Jaci Burton vit dans l'Oklahoma. Lorsqu'elle n'est pas en plein rush pour rendre à temps son prochain roman, elle tente de convaincre son mari de refaire la décoration de leur maison en suivant scrupuleusement les conseils d'une émission de télévision qu'elle adore. C'est également une inconditionnelle des histoires à l'eau de rose, et surtout des happy ends, que vous trouverez dans tous ses romans. Elle a déjà publié plus d'une soixantaine de titres, figurant régulièrement dans les listes des best-sellers du *New York Times* et de *USA Today*.

Du même auteur, chez Milady :

Les Idoles du stade :
1. *La Courbe parfaite*
2. *Le Coup sûr*
3. *Les Règles de l'engagement*

CE LIVRE EST ÉGALEMENT DISPONIBLE
AU FORMAT NUMÉRIQUE

www.milady.fr

Jaci Burton

Les Règles de l'engagement

Les Idoles du stade – 3

Traduit de l'anglais (États-Unis) par Claire Allouch

Milady Romance

Milady est un label des éditions Bragelonne

Titre original : *Taking a Shot*

Originellement publié par Berkley Publishing Group.

ISBN : 978-2-8112-1204-9

Bragelonne – Milady
60-62, rue d'Hauteville – 75010 Paris

E-mail : info@milady.fr
Site Internet : www.milady.fr

Chapitre premier

Jenna Riley ne voulait pas entendre parler de sport.

Ce qui semblait ironique, sachant que l'affaire de famille dont elle était propriétaire et patronne n'était autre qu'un bar sportif. Et plus encore si l'on ajoutait que l'un de ses frères était attaquant d'une grande équipe de football américain et l'autre, joueur de base-ball professionnel. Et que sa tribu tout entière était fan de sport au sens large.

Pour sa part, elle en avait assez du base-ball, du hockey, du foot américain, des courses automobiles, du basket, du tennis, et de tout ce qui avait trait de près ou de loin à une balle – ou à une voiture de course, du moins si elle n'était pas elle-même au volant. Cela venait sans doute du fait qu'elle était tombée dedans dès sa naissance. Et maintenant elle devait vivre avec, vingt-quatre heures sur vingt-quatre, et n'entendre que ça chaque soir au boulot. Au bar, on ne parlait jamais de rien d'autre que de sport.

Elle s'était trompée de métier. Elle ferait mieux de rendre son tablier pour devenir *roadie* d'un groupe de rock. Non, elle pouvait abandonner cette idée sans hésitation. Elle pouffa discrètement. Comme s'il lui était possible de s'affranchir un jour de ses engagements vis-à-vis de sa famille… Depuis que son père avait dû lever le pied, le *Riley's* était sous sa responsabilité, ce qui signifiait que le sport était présent à chaque instant de sa vie, qu'elle le veuille ou non. Des télés grand écran retransmettaient tous les matchs, les voix surexcitées de ces commentateurs infernaux nommant chaque geste devant elle, derrière elle, et tout autour d'elle. Des fans enthousiastes remplissaient le bar après chaque rencontre, la contraignant à écouter le récit du jeu après avoir subi le commentaire en temps réel.

Et, comme si cela ne suffisait pas, les chaînes sportives déversaient également une litanie de statistiques et d'analyses ainsi que des retransmissions en différé avec avis d'experts.

Pour quelqu'un qui détestait le sport, elle en connaissait un rayon sur chaque joueur de n'importe quelle discipline que ce soit.

C'est pour ça que tout le monde l'adorait, au *Riley's*.

— Eh, Jenna !

Occupée à essuyer le comptoir, elle leva les yeux. Steve Mahoney, l'un des habitués, fit signe qu'il voulait une autre bière. Elle prit une bouteille, la décapsula et la fit glisser vers lui, avant de la noter sur son ardoise.

— Tu as vu le match de ce soir ?

— Bien sûr, répondit-elle avec un sourire.

Comme si elle avait eu le choix !

— Anderson a marqué deux buts. Les Ice ont eu le nez fin en le recrutant, l'année dernière, pas vrai ?

— Oui, il est bien.

Dick Mayhew vint se mêler à la conversation. Il s'installa sur un tabouret que quelqu'un venait de libérer et leva un doigt pour réclamer une bière.

— Avec Eddie, ils font une bonne équipe. À mon avis, ils sont imbattables.

Steve acquiesça.

— Je crois que nous avons toutes nos chances pour la coupe, cette année. Qu'est-ce que tu en penses, Jenna ?

Ce qu'elle en pensait, c'est qu'elle aimerait vraiment s'excuser de devoir abandonner cette conversation pour aller resservir quelques clients à l'autre bout du comptoir. Au lieu de ça, elle fit comme d'habitude : elle sourit, s'accouda au zinc et joua le jeu à fond.

— Je suis de ton avis. Anderson patine vite et il ne rate jamais ses tirs. Il sait toujours exactement où viser. Je n'ai jamais vu quelqu'un lancer le palet avec une telle précision. Il n'a peur de rien. C'est un dur à cuire. Et nous sommes tous d'accord qu'Eddie est un vrai champion sur l'aile droite. C'est pour ça que les Ice font tout ce qu'ils peuvent pour le garder. Ils forment un duo de choc. Avec Victor à gauche, ils sont imbattables. Leur nombre de buts, à eux trois, est phénoménal.

— Sans parler de leur endurance. Quand l'un faiblit, les autres montent à l'assaut, ajouta Steve.

Dick et lui se plongèrent dans leur conversation, libérant ainsi Jenna, qui en profita pour servir les autres clients au comptoir et préparer les commandes pour les serveuses qui s'occupaient de la salle.

Après un match, le bar était toujours bondé, et elle perdait la notion du temps. Elle était arrivée avant midi, et il était à présent minuit. Elle avait mal aux pieds, ses vêtements étaient imprégnés d'odeurs de cuisine et d'alcool, et elle avait envie de rentrer chez elle pour s'écrouler dans son lit et dormir vingt-quatre heures d'affilée.

Malheureusement, elle devait revenir le jour suivant, et revivre exactement la même chose.

On était en semaine. Peut-être que le bar allait commencer à se vider. Après tout, il fallait bien que les gens aillent bosser le lendemain.

Mais les acclamations rauques qui fusaient lui arrachèrent une grimace. Elle jeta un regard vers la porte et vit ses pires craintes se réaliser : une poignée de joueurs des Ice, l'équipe de Saint-Louis, faisaient leur entrée.

Merde ! Maintenant, personne ne partirait avant la fermeture, ce qui impliquait encore presque trois heures de travail pour elle et son équipe. En plus, les hockeyeurs avaient sans doute faim. Elle se dirigea vers la cuisine.

— On a des sportifs qui viennent d'arriver, dit-elle à Malcolm, le chef cuistot.

Malcolm, avec sa patience d'ange et sa capacité à prendre les choses comme elles se présentaient, se contenta d'acquiescer.

— Je sors les steaks du frigo.

Elle éclata de rire et retourna au bar en secouant la tête avec amusement, resservit quelques personnes et décida de laisser les serveuses prendre les sportifs en charge. Elle irait les saluer quand elle aurait une minute. Pour l'instant, elle était trop occupée à préparer les commandes à toute vitesse. L'arrivée des joueurs provoquait une vague d'excitation qui donnait soif à tout le monde.

C'était bon pour les affaires, cela dit. Elle adorait le fait que les équipes fréquentent le *Riley's*. C'était grâce à Mick et à Gavin – ainsi qu'à Elizabeth.

— Tu as l'air débordée.

Elle leva la tête et rencontra le regard gris acier de Tyler Anderson. Il avait des cheveux d'un noir de jais, qu'il portait un peu longs et ébouriffés, juste comme elle aimait…

Non. Elle n'aimait pas ce type. C'était un play-boy, un hockeyeur professionnel, et elle n'aimait pas du tout les sportifs professionnels. Ty moins que tout autre.

— Oui, Ty. Je suis un peu occupée. Que puis-je faire pour toi ?

— Je pensais que tu apprécierais un peu d'aide. Pourquoi est-ce que tu n'embauches pas un deuxième barman ?

— Parce que je m'en sors très bien toute seule. C'est Lydia qui sert votre table ?

— Oui. Tout va bien. Elle a pris la commande.

Elle s'appuya sur le zinc et respira tant bien que mal.

— Dans ce cas, qu'est-ce qui te manque ?

Il entra par l'ouverture du comptoir.

— Rien du tout. Je suis venu te donner un coup de main.

Elle écarquilla les yeux.

— Quoi ?! Sors d'ici ! C'est réservé au personnel.

— Mais non. Tu as besoin d'aide.

— Pas du tout.

Elle le poussa, mais autant essayer de déplacer une voiture.

— Fiche le camp !

Une fois Ty installé derrière le bar, la foule vint s'y agglutiner. Sous le regard abasourdi de Jenna, il se mit à préparer les commandes. Il décapsulait les bouteilles comme s'il avait fait ça toute sa vie, emplissait les verres à liqueur, mixait les cocktails, et s'en tirait comme un pro. Il encaissait aussi les paiements en liquide ou par carte, et tenait la caisse.

Mais qu'est-ce que c'était que cette histoire ?!

Il lui lança un regard en biais.

— Tu as des clients de l'autre côté.

Elle finit par abandonner pour aller s'occuper d'eux tandis que Ty continuait à servir là où il était.

— Hé, Ty, ton steak est prêt, appela Malcolm une demi-heure plus tard.

— Pose-le derrière le comptoir, je vais manger là.

— OK.

Avec un soupir exaspéré, Jenna regarda Ty dîner debout tout en discutant avec les habitués. Puis elle retourna à ses commandes.

À deux heures et demie, elle annonça la fin du service, et l'assistance commença à se diriger vers la sortie. Jenna se mit au ménage alors que les derniers clients partaient. Elle appela des taxis pour ceux qui en avaient besoin, aida les serveuses à débarrasser les tables et vida la caisse.

Elle dit au revoir à son personnel, verrouilla la porte d'entrée et pénétra dans la cuisine. Elle était en ordre, et tout le monde était déjà parti, à l'exception de Malcolm – et de Ty – en grande conversation footballistique.

— Qu'est-ce que tu fous encore ici ? demanda-t-elle à Ty.

— Désolé. Malcolm m'a embarqué dans une discussion sur les matchs en retard.

— Mais j'y vais, maintenant, dit l'intéressé en bâillant. Tu veux que je t'attende, Jenna ?

— Non merci. J'ai un ou deux trucs à faire.

Malcolm lui adressa un regard sévère.

— Va te coucher. Ne passe pas la nuit à remplir des paperasses.

— Ce n'est pas mon intention, répondit-elle en riant.

Elle verrouilla la porte derrière lui, puis se tourna vers Ty pour lui intimer l'ordre de partir, mais il n'était plus dans la cuisine. Elle le trouva au comptoir, en train de se servir un whisky.

— Eh ! Le bar est fermé depuis une heure.

Cela ne sembla pas le troubler. Il lui sourit, porta le verre à ses lèvres et avala le breuvage cul sec, avant de poser de l'argent sur le zinc. Elle attrapa les pièces et les glissa dans son jean.

— Tu empoches les bénéfices, à ce que je vois, commenta-t-il.

— Mais non, idiot ! J'ai fermé la caisse. Je le rajouterai demain.

Il secoua la tête et s'appuya au comptoir.

— C'est comme ça qu'on parle aux clients ?

— Tu n'es plus un client depuis que tu es passé derrière le bar pour servir.

— Tu avais besoin d'un coup de main.

— C'est faux.

Il croisa les bras.

— Tu es toujours aussi désagréable, ou c'est un traitement spécial que tu me réserves ?

— C'est juste pour toi. Maintenant, débarrasse le plancher et laisse-moi fermer.

Au lieu de paraître vexé, il lui sourit, exhibant des dents parfaites. Ne disait-on pas, pourtant, que les hockeyeurs avaient des trous dans leur dentition à cause des chocs reçus sur la glace ? Pourquoi fallait-il qu'il soit aussi magnifique ? Ce satané gars lui faisait un effet pas possible. Et il avait la mauvaise habitude de venir régulièrement, ce qui la rendait grincheuse, car il la mettait en émoi, et que cela faisait trop longtemps qu'elle n'avait pas mis un homme dans son lit.

Elle avait besoin d'un coup d'un soir, et vite. Avec un gars qui bosse dans autre chose que le sport.

Elle pressa l'interrupteur général, plongeant le bar dans l'obscurité.

— Tu as peur du noir ?

Elle sursauta. Ce n'est qu'en sentant le souffle de Tyler sur sa nuque qu'elle prit conscience de sa présence. Comme elle avait éteint le chauffage, elle était gelée, et lui était chaud. Elle dut lutter contre la tentation de se serrer contre lui. Elle se pencha pour attraper son sac à main et son sweat-shirt, frôlant involontairement le bas-ventre de Ty avec ses fesses. Il était en érection. Très dur. Et très attirant.

Merde ! Elle se redressa, ses yeux s'accoutumant à la pénombre.

— Non.

— Non quoi ? demanda-t-il.

— Non, je n'ai pas peur du noir.

Il la fit tourner vers lui. Un rayon de lune le baignait de sa lumière grise. Mais elle distinguait tout de même son visage et son sourire.

— Dommage…

— Pourquoi ?

— Parce qu'alors tu aurais dû t'accrocher à moi.

Elle recula d'un pas.

— Pourquoi tu insistes comme un gros lourd, Ty ?

— Allons, Jenna. Tu n'es plus un bébé. Tu sais très bien pourquoi. Je n'arrête pas de traîner dans ce bar, autour de toi… Tu me plais.

— Mais toi, tu ne me plais pas.

— Menteuse ! rétorqua-t-il en riant. Je vois bien comme tu me regardes.

— Ce que tu peux être prétentieux, Anderson ! Trouve-toi une autre fille. Je ne suis pas du tout intéressée.

Elle le planta là et se dirigea vers la porte, où elle l'attendit pour mettre l'alarme en route.

Il arriva, son manteau à la main. Elle avait déjà les doigts sur le Digicode.

— Juste une seconde, dit-il.

— Tu as oublié quelque chose ?

— Oui.

Sans lui laisser le temps de réagir, il la prit dans ses bras et posa sa bouche sur la sienne.

Pendant une fraction de seconde, elle pensa à protester et à le repousser, mais non, ça faisait trop longtemps qu'on ne l'avait pas embrassée. On était en février, il faisait un froid polaire, et les lèvres de Ty étaient chaudes. Son corps était brûlant, et, quand il la serra contre lui, elle sentit sa chaleur se répandre en elle.

Elle laissa tomber son sac et son manteau, et s'abandonna, lui offrant ses lèvres.

Ce baiser était exactement comme elle l'avait imaginé, et elle devait bien admettre qu'elle avait passé du temps à en rêver. Il avait une bouche ferme et dominatrice, parfumée d'un soupçon de whisky. Il embrassait comme un mec, un vrai, sans la moindre trace de timidité. Il se contenta de lui prendre ce baiser, glissant sa langue dans la bouche de Jenna.

Elle fut parcourue d'un frisson érotique qui lui fit crisper les orteils et déclencha des pulsations au plus profond de son être, où un désir dévorant s'alluma. Il n'aurait fallu à Ty qu'une ou deux caresses entre les jambes de Jenna pour la faire jouir, tant son baiser était délicieux.

Il posa les mains sur ses seins, lui arrachant un gémissement alors qu'elle se cambrait au-devant de lui. Elle en voulait davantage, elle voulait aller jusqu'au bout, tout de suite. Des images de Ty en train de l'allonger par terre derrière le bar ou de la courber sur le billard défilaient dans sa tête.

Mais ce serait contraire à tout ce qu'elle souhaitait. Ce serait même risquer de se jeter tête baissée dans tout ce qu'elle cherchait à éviter.

Elle ne le laisserait pas remporter la partie. Pas lui. Jamais. Elle le repoussa, mettant un terme au baiser.

— Arrête. On ne peut pas faire ça.

Il recula, les yeux obscurcis par la passion.

— Et pourquoi pas ?

Elle lutta pour reprendre son souffle, retrouver ses repères et un peu de sa santé mentale.

— Parce que je ne veux pas.

Elle se lécha les lèvres, puis se pencha pour ramasser ses affaires. Elle se détourna de lui et, d'une main tremblante, programma l'alarme avant de sortir et de verrouiller la porte d'entrée, Ty juste derrière elle.

Elle fit mine de s'écarter, mais il l'attrapa par le poignet et lui adressa un regard qui la fit fondre au point qu'elle s'imagina former une flaque sur le froid trottoir de ciment.

Puis il lui sourit.

— Bonne nuit, Jenna.

Elle tourna les talons et se dirigea vers sa voiture, consciente qu'il la regardait toujours. Il resta là, mains dans les poches, tandis qu'elle s'installait au volant et s'éloignait.

Quel con ! Elle était littéralement en feu après ce baiser, et elle allait devoir se faire plaisir toute seule en arrivant à la maison.

Plus jamais elle ne le laisserait l'embrasser.

Ty attendit que Jenna ait quitté le parking avant de monter dans sa propre voiture pour rentrer chez lui.

Cela faisait presque un an qu'il connaissait Jenna, qu'il avait rencontrée par l'intermédiaire de son agent, Elizabeth, et de Gavin, le frère de Jenna.

Jenna n'était pas du tout son genre. Bien sûr, elle était belle, mais elle était très menue, avec des petits seins. Il aimait les femmes plantureuses et les poitrines opulentes.

Il préférait les cheveux longs, dans lesquels il pouvait passer les doigts. Jenna avait une coupe courte, hérissée, et ses cheveux noirs étaient teints en violet sur les pointes, ce qui lui donnait un air original, rebelle.

Jenna avait de nombreux piercings sur l'oreille gauche et un petit diamant sur l'aile du nez. Il ne pouvait s'empêcher de se demander si elle portait d'autres bijoux à des endroits qu'il ne voyait pas. Il en allait de même pour ses tatouages, qu'il n'arrivait jamais à apercevoir en entier. Il aurait voulu les explorer, les étudier, la déshabiller pour en faire l'inventaire.

Mais ce qui l'avait vraiment attiré, c'étaient ses yeux. D'un étonnant bleu saphir, ils étaient si expressifs et si vulnérables, malgré les airs de dure à cuire qu'elle aimait se donner.

Donc, elle était un peu particulière. Et peut-être que c'était cette différence qui l'avait séduit.

Du coup, il jouait avec elle, la provoquait et l'allumait parce qu'il savait qu'elle finirait par réagir.

Elle prétendait ne pas être intéressée. C'est ça, oui… Ce baiser venait de lui montrer à quel point c'était faux. Il aurait parié qu'elle en avait la culotte toute mouillée…

Cette idée le fit bander. Il pouvait encore sentir le goût de sa bouche – mélange de menthe et de gloss à la cerise. Il se lécha les lèvres, rêvant d'en avoir plus.

Oui, il en voulait beaucoup plus avec Jenna.

Et comme au hockey, quand le but n'était pas loin, il n'abandonnait jamais.

Chapitre 2

Ty filait sur la glace, dépassant le défenseur de Toronto. Victor Putinov lui fit passer le palet, et il tira.

Raté. Il contourna le filet et tenta de reprendre le disque à son opposant. Leurs crosses s'entrechoquaient, et ils se cognaient contre les bords de la patinoire. Les supporteurs locaux poussaient des cris assourdissants, l'encourageant au combat.

Il eut le dessous et partit à toute allure à la poursuite du palet. Quand il était sur la glace, c'était la seule chose qui comptait pour lui.

Eddie Wolkowski se mit également en chasse, s'arrêtant en dérapage tout contre l'attaquant centre de Toronto. Ty voulait vraiment battre ces gars. Il appréciait tous les joueurs de son ancienne équipe, mais bon, les affaires sont les affaires, et il était temps de passer aux choses sérieuses.

Parker tira contre Roger Rantzen, dit « l'Homme de Glace », le goal des Ice. Roger bloqua, et Wolkowski récupéra le palet qu'il renvoya au centre. L'ailier le rattrapa, et Ty se lança à sa poursuite, marqué à la culotte par le centre de Toronto. C'était une véritable course de vitesse.

Ty était excellent sur des patins et il avait l'endurance nécessaire pour l'emporter. Quand l'ailier gauche lui passa le palet, il le prit, le donna à Victor, qui se débarrassa du défenseur de Toronto afin de laisser le temps à Ty de se positionner.

Victor fit glisser le palet vers Ty, qui trouva une ouverture et tira avec force.

Il adorait voir les lampes du tableau de score s'allumer. La foule était debout, en liesse, et les ovations ne manquaient jamais de lui procurer des frissons. Il leva sa crosse et l'agita, triomphant, avant de rejoindre ses coéquipiers pour échanger des félicitations.

Ils gagnèrent le match trois à un. Ils avaient eu chaud. Toronto était un adversaire de taille.

Ensuite, il retourna au vestiaire.

— Que diriez-vous d'un steak au *Riley's* pour fêter ça ? proposa Eddie.

Ty savait qu'Eddie avait un gros béguin pour Renee, l'une des serveuses du *Riley's*, et que c'était la raison pour laquelle il suggérait toujours ce bar.

Et, comme il adorait embêter Jenna, il était d'accord.

— Ça me va.

Eddie eut une mimique ravie. À vingt-huit ans, il était le petit prodige des Ice, avec ses cheveux blond cendré et ses traits scandinaves. C'était un géant de près de deux mètres, et il aurait été imposant sans les taches de rousseur qui lui constellaient le visage et sans son sourire d'ado joyeux. Ty ne connaissait personne qui ait un aussi bon fond. Sur la glace, c'était une machine de guerre, mais, le reste du temps, il était doux comme un agneau. Avec toutes ces contradictions, il avait du mal à attirer les femmes.

Sauf Renee. Elle s'était tout de suite montrée charmante avec lui, et Ty avait le sentiment que le béguin d'Eddie était réciproque… et plus encore.

Ils arrivèrent au bar avec quelques-uns de leurs coéquipiers qui avaient envie de se détendre autour d'un billard.

À peine étaient-ils entrés que Ty croisa le regard de Jenna. Elle fronça les sourcils. Il sourit.

L'heure de jouer était venue. Mais il ne s'agissait pas du même genre de jeu que sur la glace.

Prenez les mêmes et recommencez. Les nuits se ressemblaient toutes, au point que Jenna ne savait plus quel jour de la semaine on était. Pendant la saison de hockey, avec tous les fans enragés qui fréquentaient le *Riley's*, Jenna se tuait les jambes à servir des boissons, pendant que ses serveuses s'épuisaient à porter des assiettes et des verres.

La partie rationnelle de son cerveau savait que c'était bon pour les affaires et que, dans le contexte économique actuel, c'était même une excellente chose. Le bar ne désemplissait pas, les clients étaient contents, et le *Riley's* rapportait de l'argent. Elle n'avait aucune raison de ne pas se satisfaire de la vie qu'elle menait. Si elle n'était pas conforme à ses attentes, tant pis. Elle rendait service à sa famille, leur établissement était florissant, et cela épargnait du stress à son père, qui avait subi une crise cardiaque et une opération l'année précédente. Les rares fois où il venait au bar, il était heureux, souriant, et n'avait besoin que de profiter de ses amis. Elle était soulagée qu'il soit encore là, après la frayeur passée, et il était à présent suffisamment en forme pour travailler de temps à autre, avec son épouse, afin de laisser à Jenna un peu de temps pour elle.

Aucune raison de se plaindre, n'est-ce pas ? Même si le *Riley's* reposait presque entièrement sur ses épaules et que sa famille comptait sur elle pour le maintenir à flot. Cela pourrait être bien pire.

— Si les Ice continuent à gagner comme ça, je vais perdre cinq kilos. Ils se retrouvent toujours ici.

Jenna leva la tête en entendant cette remarque de l'une de ses serveuses, et en effet ils étaient là. Qui plus est, Ty était parmi eux.

Il y avait des tas de bars non loin de la patinoire, et beaucoup d'entre eux accueillaient les fans de hockey. Pourquoi fallait-il qu'il vienne chez elle ?

Renee, l'une de ses meilleures employées, s'appuya sur le comptoir et lui transmit une commande de boissons.

Sans elle, Jenna ne pourrait pas s'en sortir. Renee était pétillante et jolie, un peu à la manière d'une Barbie : blonde, mince mais dotée de formes généreuses, et tous les gars étaient fous d'elle. Elle avait un rire contagieux, mais ne les encourageait jamais. Pourtant, Jenna était certaine qu'elle avait un béguin pour l'un des joueurs des Ice. Elle cachait son jeu, mais il y avait quelque chose dans les regards qu'elle échangeait avec Wolkowski.

C'était mignon. Il faudrait qu'elle découvre ce qui se passait entre eux.

Jenna attrapa la liste de boissons et commença à les préparer.

— Ton chéri est là.

Renee jeta un coup d'œil furtif vers la salle.

— Je sais, j'ai pris leur commande. Et Eddie n'est pas mon chéri.

Mais elle avait les joues rouges. Et elle ne pouvait s'empêcher de sourire.

— Tu sors avec lui ?

Elle secoua la tête, faisant voler ses boucles blondes.

— Non, il ne me l'a pas encore demandé.

— Ce que les mecs peuvent être bêtes ! Il te dévore des yeux.

— C'est vrai ? questionna Renee en levant brusquement la tête pour regarder Jenna bien en face.

— Si je te le dis, répondit la patronne en posant les verres sur le plateau de sa serveuse. Tu n'as qu'à l'inviter, toi.

— Pas question. S'il veut sortir avec moi, c'est à lui de faire le premier pas.

— Ce que tu peux être vieux jeu !

— N'est-ce pas ? répliqua Renee avec un clin d'œil avant de filer servir les boissons.

Jenna eut enfin quelques instants pour souffler. Mais elle ne pouvait pour autant s'accorder une pause, hélas. Ty croisa son regard alors qu'il se dirigeait vers le billard en enlevant sa veste. Elle sentit une bouffée d'hormones envahir son corps alors qu'elle contemplait sa silhouette mince et musclée, qui s'arrêtait près de l'une des tables, canne à la main.

Mais elle n'allait pas céder à ses pulsions. Il l'avait peut-être embrassée la nuit dernière, laissant son corps frissonnant de désir pendant des heures. mais les choses n'iraient pas plus loin. C'était un sportif, et ça voulait dire non.

Il s'appuya de la hanche sur le billard et prit la bière que Renee lui tendait. Il était superbe, athlétique, alors qu'il se détendait et riait avec ses amis.

Le son de sa voix suffisait à faire durcir les tétons de Jenna.

Tu m'entends, mon corps ? C'est non, non, non !

Décidant de ne pas lui accorder la moindre attention, elle se rendit à la cuisine et transmit les commandes de plats à Malcolm, puis servit ses habitués. Elle ne s'intéresserait pas à Tyler, même si son corps lui criait le contraire.

Mais le regarder jouer au billard était au-dessus de ses forces. Elle n'était pas assez occupée. Il était tard, les clients commençaient à se faire rares, et il ne restait quasiment plus que lui et ses camarades d'équipe. Si elle devait encore astiquer un verre jusqu'à le faire briller comme un lustre juste pour éviter de le contempler, elle allait craquer et balancer l'objet en question contre le mur.

Ayant la charge du bar, elle ne pouvait s'enfuir, et la table de billard était sur la gauche, pile dans son champ de vision chaque fois qu'elle devait attraper une bière.

Elle essayait de ne pas le lorgner, mais Ty avait un cul magnifique. Et il était bon au billard, avec ça. Bien sûr. Les play-boys ont tous les talents, ce qui explique leur ego surdimensionné. C'est ce que Jenna trouvait tellement insupportable avec les sportifs pros.

C'est pour cette raison qu'elle avait décidé de ne jamais sortir avec l'un d'eux, ni coucher, ni rien d'autre. Elle s'appliqua donc à ne pas le regarder et choisit de tourner plutôt les yeux vers l'horloge, attendant que l'aiguille ait fini son long cheminement vers l'heure de la fermeture. Le ménage la soulageait : c'était un rituel qui lui permettait de se perdre dans d'autres pensées que celles des hommes qu'elle refusait de fréquenter.

— Je peux avoir une bière, Jenna ?

Ty la tira de sa rêverie en approchant un tabouret du bar. Elle jeta un coup d'œil au billard : ses amis avaient disparu. En fait, l'établissement était presque désert, et l'heure de la fermeture était une fois de plus arrivée.

Renee lui fit au revoir de la main en se dirigeant vers la porte, Malcolm sur les talons.

Elle était à nouveau seule. Avec Ty. Comment avait-elle pu laisser cela se produire ?

— Le bar est fermé.

Il contourna le comptoir pour se servir. Elle croisa les bras et le foudroya du regard.

— Tu n'es pas chez toi, ici, tu sais !

Il décapsula sa bouteille et but une longue gorgée avant de pousser un soupir de bonheur.

— Le billard me donne soif, merci. Et je sais que ce n'est pas chez moi mais chez tes parents, et ils m'apprécient.

— Finis ta bière, que je puisse partir !

Il retourna s'asseoir sur son tabouret.

— Qu'est-ce qui te déplaît en moi ?

Elle préféra ne pas répondre et continua à frotter le comptoir.

— Mon physique ?

Oh, certainement pas ! Il était si beau que sa vue suffirait à donner envie à n'importe quelle fille de jeter sa culotte par-dessus les moulins. Non qu'elle ait l'intention de le lui avouer…

— Mon caractère ?

Très agaçant. Et charmant.

— Mes manières ?

Elles étaient parfaites. Il tenait toujours la porte pour les femmes ou les personnes âgées. Il était très courtois, ne parlait pas trop fort et ne faisait jamais d'excès de boisson. Après chaque verre d'alcool, il buvait de l'eau glacée. Certains athlètes aimaient être le centre de l'attention. Ty préférait se fondre dans la masse, se mêler à la clientèle et ne se mettait pas en avant sous prétexte qu'il était une star de hockey.

— Alors dis-moi, Jenna ? Qu'est-ce que tu me reproches ?

Elle jeta son torchon dans le panier à linge et s'appuya des deux mains sur le rebord du bar.

— Je ne sors jamais avec des sportifs.

Il haussa les sourcils.

— Ah bon ? Pourquoi ?

Elle fit un grand geste des mains pour désigner tout ce qui l'entourait.

— Regarde tout ça, Ty. Je suis plongée dedans toute la journée, presque chaque jour. Et puis il y a Mick et Gavin. On m'a gavée de sport depuis ma naissance.

Il porta sa bière à ses lèvres et prit une gorgée avant de lui tendre la bouteille vide, qu'elle mit à la poubelle.

— Je vois. Tu en as eu ta part, des mecs comme moi.

— Voilà, tu commences à comprendre.

— Donc je suis maudit à cause de ma profession. Hors jeu avant même d'avoir eu une chance.

Elle acquiesça.

— C'est ça. Tu perds ton temps avec moi. Tu ferais bien d'aller chercher une autre fille à draguer.

Il revint derrière le bar.

— Et si je ne veux pas d'une autre fille ? Si c'est toi que je veux ?

Oh, oh… Elle sentait son corps vibrer, comme si elle s'était transformée en compteur Geiger et que Ty était radioactif. Plus il approchait, plus elle avait chaud. Elle recula.

— Moi, je ne veux pas de toi.

Il s'arrêta, un sourire sagace aux lèvres.

— C'est ce que tu répètes toujours, mais je ne pense pas que je vais te croire.

— L'arrogance n'a rien de sexy…

— Je ne suis pas arrogant. Je suis juste doué pour décrypter les signes.

— N'importe quoi ! Et puis d'abord quels signes ? rétorqua-t-elle en se penchant pour attraper son sac auquel elle s'agrippa comme à une bouée.

— Ta respiration qui s'accélère, tes joues rouges, tes pupilles dilatées…

— Je suis fatiguée et essoufflée à force de courir partout pour essayer de fermer ce putain de bar. Et il fait chaud.

Il éclata de rire.

— Il ne fait pas chaud ! Et tu n'as pas bougé depuis un moment.

Grillée.

— Va-t'en, Ty. Il faut que je ferme.

Elle fourragea dans son sac à la recherche de ses clés.

— Sors avec moi…

— Quoi ?! Non ! Ah non !

— Ce ne serait pas si affreux. Je te le promets.

— Plutôt me faire arracher une dent sans anesthésie !

Il n'avait pas l'air vexé. Jusqu'où fallait-il qu'elle aille pour le froisser, le mettre en colère ? Pour le faire dégager de ce fichu bar ?

— Je te jure que sortir avec moi est bien plus agréable qu'une chirurgie maxillaire.

— Je… j'ai déjà quelqu'un.

Il haussa les sourcils – qu'il avait fort beaux.

— Tu as déjà quelqu'un ?

— Oui.

— C'est qui ?

— Tu ne le connais pas.

Il éclata de rire.

— Comment tu peux le savoir, si tu ne me dis pas son nom ?

— Il n'a rien à voir avec le sport.

— Je fréquente des tas de gens qui viennent d'autres milieux, Jenna.

Elle s'enfonçait de plus en plus.

— Il n'est pas d'ici. Et il faut que j'y aille.

— Tu as un rendez-vous ?

— Oui.

Elle le poussa jusqu'à ce qu'il accepte de bouger et se dirigea vers la porte. Elle composa le code de l'alarme et se dépêcha de sortir, enfilant son manteau en hâte pour se protéger du froid glacial.

Bien sûr, il se sentit obligé de l'accompagner jusqu'à son véhicule. Quel dommage qu'il soit si galant ! Ce serait beaucoup plus facile de l'oublier si c'était un sale type.

— Il est un peu tard pour un rendez-vous romantique, non ? lui demanda-t-il lorsqu'ils furent arrivés devant sa voiture.

— Mêle-toi de tes affaires, Ty.

— C'est un plan cul, donc.

Elle sursauta.

— Mais non, pas du tout ! C'est tout ce qu'il y a de plus romantique…

— Il t'invite au resto à 3 heures du matin ?

Elle serra les lèvres.

— Ou au cinéma, peut-être ?

— Tu es vraiment con.

Elle lui tourna le dos et monta en voiture.

— Bonne nuit, Jenna.

Il recula quand elle quitta sa place de parking et, comme la nuit précédente, resta à la regarder s'éloigner jusqu'à ce qu'elle disparaisse.

Quel salaud de la forcer à penser à lui, à le désirer !

Elle allait lui montrer. Elle allait se dénicher un mec.

Peut-être que si elle trouvait quelqu'un avec qui sortir – et aussi coucher – il cesserait de l'obséder autant.

Il fallait qu'elle s'y attelle sans attendre.

Chapitre 3

Ce n'était pas dans les intentions de Ty de faire irruption chez les Riley, mais Gavin l'avait invité.

Le dîner du dimanche semblait être une grande affaire chez eux. Ty n'avait pas de famille dans les environs et il s'était lié d'amitié avec Gavin depuis quelques mois. Ils aimaient jouer au basket ensemble lorsqu'ils avaient une journée libre – c'est-à-dire pas très souvent, car Gavin se préparait pour le début de la saison de base-ball, et Ty était fréquemment en déplacement pour des matchs de hockey. Mais, de temps à autre, ils arrivaient à se débrouiller pour passer un moment ensemble, comme ce jour-là.

La famille attendait l'arrivée de Gavin et d'Elizabeth pour se mettre à table.

Ty avait fait la connaissance de Gavin par l'intermédiaire de son agent, Elizabeth Darnell, qui était désormais la fiancée de Gavin. Celui-ci avait commencé par éprouver une franche animosité pour Ty qui s'était permis de flirter avec Liz pour piquer sa jalousie. La stratégie avait porté ses fruits, puisque Gavin et Liz étaient à présent fiancés et plongés dans leurs projets de mariage.

Mais il y avait d'abord celui de Mick, le frère aîné de Gavin – dans deux semaines, s'il ne se trompait pas. Et, d'après les conversations frénétiques que partageaient Kathleen – la mère de Mick et de Gavin – et Tara, la fiancée de Mick, avec Liz, les préparatifs battaient leur plein.

Ty était content de ne pas être concerné. Les mariages, ce n'était pas son truc.

Il traînait dans le salon avec une bière en compagnie de Gavin et de Mick, ainsi que de leur père et de Nathan, le fils adolescent de Tara.

C'était une charmante famille. Il y régnait une chaleur et une proximité qu'il n'avait pas rencontrées dans la sienne. Mick lui annonça qu'il comptait s'installer pour de bon à Saint-Louis, ce qui impliquait de relocaliser l'affaire de Tara et de changer Nathan d'école. La famille était primordiale pour eux, et, même si Mick jouait toujours pour San Francisco, ce n'était pas un problème : faire le voyage n'était pas difficile pour lui, et c'était important pour Tara et Nathan d'habiter à proximité de la famille de Mick, dont il était si proche.

Ty comprenait très bien ce choix. Une famille unie n'aimait pas se séparer. Il aurait voulu qu'il en soit de même pour ses parents, mais la situation n'était pas comparable.

— Tu as fière allure sur des patins, Ty.

— Merci, monsieur, répondit Ty avec un sourire au père de Gavin, Jimmy Riley.

Jimmy avait subi une opération à cœur ouvert quelques mois plus tôt et, depuis ce jour-là, il était robuste et plein de santé, surveillait sa ligne et riait plus que personne d'autre. C'était comme si cette seconde chance lui avait montré à quel point la vie était merveilleuse.

— Ne m'appelle pas « monsieur ». Ça me donne l'impression d'être vieux.

— Mais tu es vieux, papa ! déclara Mick en lui flanquant un coup de coude.

Tyler se demanda si l'accident cardiaque de son père était la raison qui avait poussé Mick à revenir s'installer à Saint-Louis. Passer à deux doigts de perdre un être cher change bien des choses.

— Tu penses que je suis vieux, mon petit ? Ah ! Je ne suis pas trop vieux pour te mettre une pâtée au basket.

Tara entra dans la pièce et leva les yeux au ciel, bras croisés.

— Et c'est reparti…, soupira-t-elle.

— Et moi, je suis assez jeune pour vous battre tous les deux, avec une seule main ! déclara Nathan.

Jimmy partit d'un grand éclat de rire.

— Je vois que tu apprends les bonnes manières à ce garçon, dit-il à Mick.

— Je lui apprends à être sarcastique. Rien de tel pour clouer le bec aux emmerdeurs.

— Mick ! Pas de gros mots, gronda Tara.

— Et tu dois payer une amende, papa, commenta Nathan.

Tyler, confortablement installé, prenait plaisir à la scène. Ils avaient les uns pour les autres un amour chaleureux et évident. C'était toujours ainsi chez les gens qui s'aimaient vraiment. Il n'y avait pas de tension, ils ne marchaient pas sur des œufs en prétendant que tout allait bien et que tout le monde était heureux. Car ici tout le monde était heureux, pour de vrai.

— On passe à table dès que Jenna sera là, annonça Kathleen en entrant dans la pièce. Elle attend juste d'être remplacée au boulot.

Tyler s'était justement demandé s'il allait la voir ce soir. Il avait la réponse.

Une vingtaine de minutes plus tard, elle arriva d'un pas léger, jeta négligemment son sac sur la console de l'entrée et se laissa tomber sur le canapé à côté de sa mère, qui l'embrassa sur la joue.

— Dure journée ? interrogea celle-ci.

Jenna haussa les épaules et mit les pieds sur la table.

— Non. Casey était en retard, comme d'hab, mais ce n'était pas trop bondé, donc pas de problème.

Jenna salua tout le monde, et posa enfin les yeux sur Ty. Elle grimaça de surprise.

— Qu'est-ce que tu fous là ?

— J'attends de déguster le délicieux repas que ta maman nous a préparé. C'est Gavin qui m'a invité.

Jenna foudroya son frère du regard. Ty afficha un sourire satisfait.

— On a fait une partie de basket tout à l'heure, du coup j'ai invité Ty à dîner. Ça te pose un problème ?

— Qu'est-ce que ça peut me foutre, qui vient manger ?

Elle se leva de son air le plus désinvolte et ajouta :

— Je vais me servir un verre. Qui m'accompagne ?

Elle sortit du salon, et sa mère la suivit.

— Maintenant que Jenna est arrivée, je vais jeter un coup d'œil au rôti et lancer la cuisson des pommes de terre.

— Je viens t'aider, dit Tara.

— Moi aussi, renchérit Liz en se levant à son tour.

Ty supposa que c'était le signal pour commencer une conversation entre filles, soit à son sujet, soit au sujet du mariage. Ou peut-être des deux.

— Qu'est-ce qui se passe entre Jenna et toi ? demanda Gavin.

— Rien. J'ai essayé de sortir avec elle. Elle a dit non.

— Elle déteste le sport et tous les gars qui en font. Sauf ses frères, bien sûr, expliqua Mick en riant.

— Mon pauvre vieux, elle a déjà du mal à nous supporter, alors qu'on est sa famille ! renchérit Gavin.

— Exactement, conclut Mick.

Ty prit le temps de boire une longue gorgée de bière avant d'acquiescer.

— Oui. Elle m'a dit très clairement que je n'avais aucune chance.

— Elle te plaît ? demanda Nathan.

— Oui, beaucoup.

— Alors fonce, conseilla l'adolescent.

— Mais je me heurte à un mur, mon grand.

Nathan détacha son regard du match de foot qu'il suivait à la télé pour accorder son attention pleine et entière à Ty.

— Et alors ? Papa me dit toujours de ne pas renoncer à ce qui me tient à cœur.

Ty n'en avait pas l'intention, mais il ne voulait pas en discuter avec un ado ni avec les frères de l'intéressée.

— Je vais y penser. Merci pour tes encouragements.

— De rien.

Mick adressa à Ty un grand sourire par-dessus la tête de son beau-fils.

— Il a raison. Elle est du genre têtue, mais nous, on t'aime bien.

— C'est vrai, appuya Gavin. Et Dieu sait qu'elle ne sort jamais ! Tente ta chance.

— Elle m'a assuré qu'elle avait quelqu'un.

— C'est un mensonge. Tara m'a dit qu'elle n'amenait personne au mariage. Si elle avait un mec, il l'accompagnerait. À ma connaissance, elle vient seule.

Intéressant…

Jenna se terra dans la cuisine avec sa mère jusqu'à ce que tous les plats aient été déposés sur la table. À ce moment-là, il ne lui resta aucune excuse pour ne pas rejoindre sa famille – et Ty – dans la salle à manger.

Elle avait l'impression de se trouver nez à nez avec lui à chaque instant. D'abord au bar, et maintenant chez ses parents. Que devait-elle faire pour se débarrasser de ce type ? C'était déjà assez pénible qu'il envahisse ses moindres fantasmes. Fallait-il qu'il la poursuive également dans la vraie vie ?

Bien entendu, comme tout le monde était en couple et que Nathan vénérait tellement son beau-père qu'il tenait à être placé à côté de lui, elle fut contrainte de s'asseoir près de Ty. L'attraction physique qu'elle éprouvait pour lui était à son comble. Elle essaya de se concentrer sur ce qu'elle mangeait, mais elle était malheureusement dotée d'une très bonne vision périphérique et, même en contemplant son assiette, elle voyait les mains de Ty – larges et puissantes. Il avait roulé les manches de son polo, et elle ne pouvait éviter de voir ses avant-bras musclés. Elle choisit donc de baisser les yeux vers ses genoux, mais ne put s'empêcher de remarquer les cuisses de Ty, et ensuite de laisser son regard remonter vers…

Stop ! Elle n'allait pas détailler son anatomie, et encore moins imaginer qu'il allait reculer sa chaise pour qu'elle puisse venir s'asseoir sur ses genoux et se frotter contre lui.

Doux Jésus ! Elle était dans la salle à manger de ses parents. Hors de question de s'abandonner à des fantasmes sur Ty.

Les joues brûlantes, elle releva la tête, craignant de trouver toute la tablée les yeux rivés sur elle.

Ce n'était pas le cas. Plongés dans leur conversation, ils ne lui prêtaient pas la moindre attention.

Sauf Tyler, évidemment, qui lui lançait des regards en biais et arborait un sourire entendu.

Connard !

Peut-être qu'elle ferait mieux de coucher avec lui une bonne fois pour toutes, histoire de se débarrasser de ses désirs. Cela lui permettrait de l'oublier.

— Jenna ?

— Oui, Tara ? répondit-elle, ravie de détourner ses idées.

— On a rendez-vous pour les essayages mardi à 19 heures. Tu pourras y être ?

Jenna se détendit et sourit à sa future belle-sœur.

— Je ne raterais ça pour rien au monde ! J'ai trouvé quelqu'un pour me remplacer au bar, donc je suis libre toute la soirée.

Tara se tortilla un peu.

— Je sais bien que je ne devrais pas me sentir aussi affolée, mais à moins de deux semaines du mariage je ne peux rien y faire…

— On est tous surexcités, commenta la mère de Jenna. Ça va arriver vite, maintenant.

Et alors Tara commit l'impensable.

— Tyler, tu n'as rien de prévu ce jour-là ?

Oh, s'il te plaît, dis que tu as déjà un engagement ! Un match, peut-être…

— C'est quand, exactement ?

Tara lui donna la date, et il réfléchit quelques instants.

— C'est un vendredi. Il n'y a pas de rencontre, donc oui, je suis disponible.

Les yeux de Tara brillèrent de joie.

— On serait très heureux que tu sois là. Je sais que je te préviens à la dernière minute, mais, s'il te plaît, dis oui !

— Je ne voudrais pas m'imposer...

Jenna se mordit la lèvre.

— Ne sois pas idiot. Tu es ami avec Mick et Gavin, et Gavin m'a expliqué que tu n'avais pas de famille dans la région. Mick et moi, on aimerait beaucoup que tu sois avec nous pour notre grand jour.

Mick prit le temps d'adresser un large sourire à Jenna avant de se tourner vers Ty.

— C'est vrai. Viens, ce sera une super fête.

Jenna avait l'impression d'être tombée dans un piège. Tendu par toute sa famille.

Chapitre 4

Le mardi, Jenna se rendit au magasin de robes de mariée pour rejoindre Tara et Elizabeth, ainsi que Maggie, l'une des meilleures amies de la fiancée, qui travaillait avec elle dans sa société d'événementiel. Maggie venait de reprendre la boîte à San Francisco, mais elle était venue passer à Saint-Louis les dix jours qui précédaient le mariage.

Elle était le témoin de Tara, qui avait choisi Liz et Jenna comme demoiselles d'honneur. Elles prenaient toutes plaisir à ce dernier essayage avant le grand jour.

— Je dois dire que tu es plutôt calme, Tara, déclara Elizabeth en la regardant, vêtue de sa robe. Quand ce sera mon tour, je crois que je serai dans tous mes états.

Tara sourit alors que les couturières apportaient une dernière retouche à la tenue, que Jenna trouvait éblouissante.

— J'aime Mick, et je vais être heureuse pour toujours, comme dans les contes. Le reste, ce n'est que la cerise sur le gâteau. En plus, c'est mon métier. Alors c'est dans ma nature de rester sereine malgré la pression.

Maggie pouffa.

— Quoi ?

— On en reparlera le jour J. On a déjà fait pas mal de mariages. Tu sais bien dans quel état se retrouve même la plus calme des mariées. Je vais préparer toutes les situations possibles, au cas où, mais je crois que tu es comme un volcan sur le point d'entrer en éruption.

Tara releva le menton.

— Je n'entrerai pas en éruption. Je contrôle parfaitement mes émotions.

Liz regarda Jenna, qui haussa les épaules avant de s'exclamer :

— Aucune idée sur la question. Je ne me suis jamais mariée.

— Eh ben, je vais te dire. J'ai encore quatre mois avant le jour J, et j'ai déjà besoin de calmants. Ne le dis pas à Tara ni à Maggie, mais je compte cacher une flasque de vodka dans mon sac ce jour-là.

— Je suis bien contente de ne pas être à votre place, confia Jenna en riant.

— Rira bien qui rira la dernière, répliqua Tara. Ton jour viendra.

— Tu rigoles ? Je n'ai même pas de mec !

— Tiens, ce n'est pas ce qu'a dit Ty.

Jenna sursauta.

— Ty ! Qu'est-ce qu'il a dit ?

— Il m'a dit que tu avais refusé de sortir avec lui sous prétexte que tu avais déjà quelqu'un.

Tous les yeux étaient soudain braqués sur elle. Par chance, c'était à son tour d'essayer sa robe, et elle se hâta de filer dans la cabine pour éviter d'avouer qu'en réalité elle n'avait personne. Mais lorsqu'elle ressortit, vêtue de sa tenue, Tara, Liz et Maggie la guettaient.

— Alors c'est qui, ce gars ? demanda Tara.

Elle aurait dû s'attendre à ce que le sujet ne soit pas abandonné de sitôt. Elle poussa un profond soupir.

— Vous ne pouvez pas le connaître.

— Mais pourquoi tu ne nous as pas confié que tu avais quelqu'un ? insista Liz.

— Parce que ce n'est pas sérieux. Je ne vais pas vous dire chaque fois que je sors avec un mec.

Tara pencha la tête d'un air songeur.

— Tu vas l'amener au mariage ?

— Non.

— Pourquoi ? interrogea Liz.

— On s'est vus seulement une ou deux fois. Je ne vais pas déjà lui présenter ma famille !

— Est-ce qu'il a des frères ? demanda Maggie. Parce que je suis toute seule, ici. J'aimerais bien avoir un cavalier pour le mariage.

Jenna éclata de rire.

— Aucune idée !

— Je pourrais te présenter quelqu'un, Maggie, proposa Liz. Je connais plein de sportifs de haut niveau.

— Vraiment ? roucoula l'intéressée en battant des cils.

— Oui, vraiment.

— Tu ne vas pas profiter de mon mariage pour te faire de la pub, j'espère ! lui lança Tara d'un air taquin.

— Je n'aurai pas le moindre scrupule…

Jenna éclata de rire.

— Bon, fais ce que tu veux, mais trouve-moi un mec sexy, conclut Maggie. Je suis partante !

— OK !

— À propos de mecs, intervint Tara, qu'en est-il de Jenna… ?

Merde ! Elle aurait juré que le changement de conversation leur avait fait oublier cette histoire.

— Tu ne sais rien de sa famille ? demanda Tara. Maman ne va pas être contente. Mick et Gavin non plus.

Elle était prise dans un tissu de mensonges. C'est ce qui arrive quand on s'invente un petit ami.

— Je ne sais même pas si je vais le revoir. Donc papa et maman n'ont aucune raison de s'en faire.

— Le courant n'est pas passé ? supposa Maggie.

— Oui, c'est exactement ça.

Elle l'aurait bien embrassée, pour la remercier de cette excuse providentielle !

— Eh bien, ma puce, tu es magnifique. Et sexy. Je suis certaine que si ça ne prend pas avec celui-là, tu en trouveras dix qui ne demanderont qu'à sortir avec toi, déclara Tara d'un ton confiant.

Jenna lui sourit.

Elle allait devoir dénicher un mec réel. Et Dieu lui en était témoin, elle l'amènerait à ce fichu mariage. Premièrement, pour que sa famille lui foute la paix, et deuxièmement, pour s'enlever Ty du crâne.

Il se pouvait d'ailleurs que ce dernier vienne accompagné. Elle espérait que ce serait le cas. Cela l'aiderait à se débarrasser de l'attirance qu'elle pouvait encore éprouver pour lui.

Après les essayages, elles allèrent dîner ensemble, ailleurs qu'au *Riley's* fort heureusement.

C'était agréable d'avoir une soirée libre et de sortir. En général, les soirs de congé, elle restait à la maison pour rattraper son sommeil en retard ou regarder la télé. Elle en profitait toujours pour jouer de la guitare et écrire des chansons. Pour une fois, cela lui faisait du bien de s'évader.

Elle était trop seule. Elle le savait bien et avait conscience qu'il fallait qu'elle sorte davantage, mais elle préférait de loin la solitude de son appartement, et sa musique.

Elle n'aimait pas tant que cela les gens, de toute façon.

Oui, on peut dire qu'elle était la petite amie idéale…

— Et lui ? Comment tu le trouves ? demanda Liz alors qu'elles s'installaient et commandaient leurs boissons.

Il fallut à Jenna quelques secondes pour comprendre que Liz s'adressait à elle.

— Hein ? De quoi tu parles ?

— Le gars, là. Celui du bar, qui te regarde.

Elle suivit le signe de tête de Liz et découvrit un homme en costume, appuyé au comptoir, un verre à la main. Sublime, avec des cheveux couleur de blé, des dents parfaitement alignées et d'un éclat qui sentait le blanchissement en cabinet.

— C'est le genre qui sort avec vingt filles en même temps et ne se souvient pas de leur prénom. Non merci.

— À quoi tu vois ça ? s'étonna Liz.

— Whisky, sec.

— Ce qui signifie ? demanda Tara, les sourcils froncés.

— Je devine plein de choses sur les mecs rien qu'à ce qu'ils boivent.

— Les risques du métier, quoi, commenta Liz.

— On peut aussi considérer ça comme un plus. À leur façon de balayer la pièce des yeux, de s'habiller, et à leur verre, je les mets dans une case avant même qu'ils ouvrent la bouche.

Liz rapprocha sa chaise de Jenna.

— Oh, je sens qu'on va s'amuser ! Y a un mec sublime en jean et tee-shirt noir, tout à gauche du bar.

Jenna jeta un coup d'œil.

— Il trompe sa femme.

— Non…, soupira Maggie. Comment tu le sais ?

— Trop facile ! Il a la marque de son alliance sur l'annulaire. Et drôlement fraîche en plus : on voit les bords bien nets.

— Quel connard ! commenta Tara en sirotant son verre. Tu es trop forte. Je n'aurais jamais repéré ce détail.

— La plupart des filles ne remarquent pas ce genre de choses, du moins pas du premier coup. Cela dit, tous les mecs ne sont pas des salauds. Mais dans un bar, en particulier, beaucoup d'entre eux ne méritent pas qu'on s'y intéresse.

— Parce qu'ils ne cherchent qu'à draguer ? demanda Liz.

— Et surtout à baiser !

— Quel cynisme ! Ça ne m'étonne pas que tu n'aies pas plus de petits copains, soupira Tara en secouant la tête.

— Il n'y a que quand j'ai envie de sexe que je rentre dans le jeu. Aucun de ces types n'est mon genre. Et un bar n'est pas le meilleur endroit pour rencontrer un homme, crois-moi.

— Oh, arrête. Y a des mecs superbes, ici ! s'exclama Liz.

Mais Jenna les passait en revue avec la précision d'un rayon laser.

— Celui-là est au chômage. Celui-ci est gay. Lui, il n'est pas sorti des jupes de sa mère. Là, c'est une brute. Et le dernier, une lavette. Vous voulez que je continue ?

Tara secoua la tête.

— Je pense que tu es un rien trop difficile. Tu es certaine de ne jamais te tromper ?

— Je vais te le prouver.

Elle adressa un regard charmeur à l'homme d'affaires qu'elles avaient repéré au tout début. Il lui répondit par un sourire digne d'une pub pour dentifrice, quitta le bar pour se diriger vers elles, approcha une chaise et s'y glissa.

— Bonsoir, mesdemoiselles. Comment trouvez-vous la soirée ?

— Pas mal, pour l'instant, commenta Jenna.

— Est-ce que je peux vous offrir un verre ?

— Avec plaisir, dit Jenna avant de lui énumérer ce qu'elles buvaient.

Sans même se retourner, il leva la main et claqua des doigts pour appeler une serveuse. Jenna serra les dents.

Chacun se présenta. Lui se prénommait Craig et était commercial en informatique.

— Tu voyages beaucoup ? demanda Jenna.

— Plutôt, répondit-il d'un air content de lui. Je passe beaucoup de temps sur la route.

— Je suis sûre que ça te plaît.

— C'est toujours une aventure ! Et toi, Jenna, qu'est-ce que tu fais dans la vie ?

— Je suis barmaid.

Il leva son verre dans sa direction.

— C'est cool. J'adore les bars.

Cela, elle s'en était doutée.

— Et vous autres, charmantes demoiselles ? Quel métier faites-vous ?

Première erreur. Quand on drague une fille, on ne s'intéresse pas à ses copines en même temps. On fait comme si on ne les voyait pas. Craig gardait plusieurs fers au feu, au cas où il choisirait de ne pas raccompagner Jenna chez elle ce soir-là.

— Je suis fiancée, annonça Liz.

— Je me marie dans dix jours, précisa Tara.

— J'ai déjà un petit ami, mentit Maggie.

Elle avait tout compris, cette Maggie.

Craig rapprocha sa chaise de Jenna. *Beurk!*

— Alors, comme ça, tu es barmaid ?

— Eh oui !

Ce fut la dernière fois qu'il parla d'elle. Ensuite, elle dut subir une envolée d'une demi-heure sur lui-même, sa carrière, ses aspirations, et comment il était parvenu en haut de l'échelle de sa société en seulement trois ans, décrochant par là même une substantielle prime trimestrielle qui lui avait permis de s'acheter son nouvel appartement dont il était certain qu'elle était impatiente de le découvrir, pourquoi pas ce soir… Elle essaya de ne pas bâiller.

Elle adressa des appels à l'aide silencieux à Tara, à Liz et à Maggie, qui se levèrent.

— Eh bien, Craig, j'ai passé un très bon moment, déclara Liz, mais c'est une soirée entre filles, et on doit y aller.

Il se leva aussi et se tourna vers Jenna.

— Attends. Tu t'en vas ? Avec elles ?

Elle parvint à ne pas rire devant son air stupéfait. Même si c'était difficile. Craig ne devait pas avoir l'habitude de se faire jeter.

— Hélas, oui. J'ai été ravie de faire ta connaissance. Bonne chance dans ton travail.

Jamais elle n'avait tant apprécié le choc de l'air froid en sortant d'un bar.

— Ça alors… Tu avais complètement raison ! constata Tara.

— Ce n’est pas étonnant que je n’aie pas eu davantage de mecs, dit Liz avec un frisson. Est-ce que tous les célibataires sont comme celui-là ?

— Non, pas tous. Mais j’en croise souvent qui sont sur ce modèle.

Ce qui signifiait qu’elle allait avoir du mal à en trouver un potable pour le mariage.

Merde !

Chapitre 5

Trouver un mec ne serait pas si compliqué. Au boulot, Jenna en était entourée. Elle en voyait si souvent franchir la porte du bar que c'était comme feuilleter un catalogue. Il lui suffisait de choisir.

Facile, non ? L'établissement se remplissait de beaux mâles tous les soirs. Ils avaient un sourire charmant et de la conversation. Elle n'avait qu'à faire son tri, parler avec quelques-uns, inviter celui qu'elle préférait et croiser les doigts pour qu'il accepte.

Elle se faisait draguer tout le temps. En général, elle les repoussait avec un sourire et un « non » gentil.

Mais, aujourd'hui, elle n'avait pas l'intention de refuser.

Elle était très occupée depuis l'heure de pointe. Il n'y avait pas de match de hockey ce soir-là, mais la télé diffusait une rencontre de basket. Tout ce qui pouvait attirer des clients était bon pour les affaires. Et cela signifiait aussi que des mecs allaient venir au *Riley's*.

Elle pouffa. Jamais jusqu'à maintenant elle ne s'était préoccupée de savoir si l'établissement était ou non fréquenté par des hommes. Elle voulait des consommateurs, peu importait leur sexe. Mais ce soir elle scrutait chaque mâle qui entrait, se demandant s'il valait le coup.

Quand un type sublime avec un corps magnifique s'installa au comptoir, son radar à mecs se mit à sonner. Il portait un jean noir neuf et une chemise sous une veste sombre.

Il avait les cheveux châtains, coupés court, et des yeux verts à tomber. Cerise sur le gâteau : il avait un sourire engageant. Elle respira un grand coup, s'assura dans le miroir qu'elle présentait bien et alla prendre sa commande.

— Qu'est-ce qui vous ferait plaisir ?

— Un verre de chardonnay.

Merde !

— Ça roule.

Un amateur de vin. Ils étaient tous tatillons et bloqués au stade anal. Comment avait-elle pu ne pas remarquer que son jean était repassé ? Si ça se trouvait, il le faisait laver à sec !

Ça ne collerait jamais.

Un de perdu, mais encore plein à tester. Elle était occupée à servir les habitués et à observer d'autres candidats potentiels, lorsqu'un nouveau type entra.

Il avait des cheveux blond cendré, un blouson en cuir, un jean décontracté et des bottes. Il tenait un casque de moto à la main. Cela ne devait pas être évident de se déplacer en deux-roues au mois de février, par ces températures polaires. Son bouc et son sourire désinvolte étaient sexy en diable. Il la vit tout de suite et se dirigea vers elle.

Cela lui plut.

— Qu'est-ce qui vous ferait plaisir ?

Il s'accouda au comptoir.

— Un scotch on the rocks.

Merde !

— Ça marche.

Elle avait eu l'espoir que ce soit un buveur de bière. Au lieu de ça, c'était un gosse de riche qui jouait au biker. Avec un tel potentiel… Quel dommage ! Il roulait sans doute sur une moto m'as-tu-vu.

Elle refusait d'abandonner. Elle retourna à ses clients et à ses commandes.

— Y a du monde, ce soir.

Au son de ce timbre sexy et ténébreux, elle sentit des frissons lui parcourir l'échine. Elle ferma les yeux une seconde et laissa la voix de Ty prendre possession de ses sens.

Elle n'avait pas vraiment besoin qu'il se pointe ce soir. Alors qu'elle était occupée à se choisir un mec.

Elle se tourna vers lui.

— Qu'est-ce que tu fous là ?

— Ben, je suis venu jouer au billard…

Elle regarda vers la gauche, et en effet deux autres membres de l'équipe des Ice étaient en train de prendre des cannes.

Il n'était peut-être pas ici pour elle, après tout. Peut-être que Ty et ses amis aimaient l'atmosphère et les équipements du *Riley's*.

Et maintenant elle se sentait très conne. Et égocentrique.

— Qu'est-ce qui te ferait plaisir ?

— Trois bières. Une légère, deux normales. En bouteille.

Elle attrapa les bières et les fit glisser sur le zinc.

— Je t'ouvre une ardoise ?

— Ce serait parfait, Jenna. Merci.

Mortifiée, elle nota les consommations sur l'ardoise et décida de ne pas accorder la moindre attention à Ty jusqu'à la fin de la soirée. Elle fit signe à Amber de s'occuper de sa table et de leur apporter leurs prochaines boissons afin qu'il n'ait pas l'idée de revenir au comptoir.

Ainsi, elle parviendrait peut-être à trouver un jules.

L'affluence diminua un peu pendant les heures suivantes, lui laissant le loisir d'observer les clients.

Peut-être qu'elle était trop difficile. C'était à cause de sa fichue théorie sur les breuvages comme révélateurs de l'âme. Cela l'empêchait de rencontrer des gars. Car sa science était très exacte et permettait d'éliminer tous les losers.

— Je peux avoir une bière, s'il vous plaît ?

Elle leva la tête et découvrit son sauveur en face d'elle. Beau, les cheveux bruns un peu longs, juste comme elle les aimait. Il portait une chemise ajustée et un jean, avec une barbe d'un jour et des yeux marron incroyablement sexy.

Miam, miam !

— Bouteille ou pression ?

— Pression. Classique.

Bingo ! Un amateur de bière.

Elle remplit une chope, et il régla en liquide. Pas de carte gold ou autre. Jusqu'ici, il avait tout bon. Il s'éloigna, et elle le suivit des yeux pour voir si une demoiselle l'attendait. Ce n'était pas le cas. En outre, il ne regardait pas le sport sur les écrans. Il s'assit à l'autre bout de la salle avec un groupe d'amis – tous des hommes – pour bavarder.

OK, ce type était parfait pour elle. Ce qui ne voulait rien dire. Il se pouvait tout de même qu'il ait une copine, voire une épouse, et que ce soir il sorte entre mecs.

Elle le laissa tranquille, s'occupa des autres clients, lava des verres et, quand elle jugea le moment opportun, s'approcha du groupe sans se presser.

— Je vous ressers quelque chose ?

Il lui adressa un sourire éclatant, manifestement intéressé.

— Avec plaisir, répliqua-t-il avant de se tourner vers ses amis. Ça vous dit, les gars ?

— Je dois me lever tôt demain, donc je vais y aller, répondit l'un d'eux.

— Moi aussi. Tu es seul sur ce coup-là, Joe.

— OK, à bientôt.

Les autres mecs attrapèrent leur manteau et partirent. Il se leva et la suivit vers le bar.

— Toujours d'accord pour une bière ? demanda-t-elle.

Elle pensait qu'une fois ses amis partis il ne s'attarderait pas. Mais, tout au contraire, il acquiesça.

— Ouais. Je vais en reprendre une avant d'y aller. J'ai eu une dure journée.

— Ça arrive tout de suite, dit Jenna en remplissant une chope qu'elle lui tendit.

Il paya et lui laissa un généreux pourboire. Cet aspect de sa personnalité lui plut aussi.

— Merci.

— De rien.

Il but une longue gorgée tout en soutenant son regard.

— C'est la première fois que je viens ici, ajouta-t-il. C'est un chouette bar.

— Merci.

— C'est toi la patronne ?

— Il appartient à ma famille, mais en ce moment c'est moi qui le gère.

— C'est un gros établissement pour quelqu'un d'aussi jeune.

Elle se pencha par-dessus le comptoir, essayant de son mieux de se rappeler comment flirter.

— Je me débrouille.

Il tendit la main.

— Joe O'Brien.

Elle la serra et répondit :

— Jenna Riley.

— Enchanté, Jenna.

— Et qu'est-ce que tu fais dans la vie, Joe ?

— Je suis médecin. Interne, plus précisément, et je suis nouveau dans le coin. J'arrive du Massachusetts, donc je cherche des endroits où passer le peu de temps libre que j'ai. Avec mes potes, on a décidé de se retrouver ici parce que c'est tout près de l'hôpital.

— Bienvenue à Saint-Louis, répliqua Jenna avec un grand sourire. Je suis sûre que tu vas t'y sentir chez toi. Et tu es né dans le Massachusetts ?

— Non, je suis de Pittsburgh à l'origine. Mais j'ai entendu beaucoup de bien de l'université Washington, alors je suis impatient de faire mes premiers pas ici.

— C'est un super hôpital.

Ils bavardèrent un moment. Il lui plaisait, même si elle ne pouvait s'empêcher d'entrevoir Ty du coin de l'œil.

Il jouait au billard. De temps en temps, il levait les yeux et la regardait parler avec Joe.

Elle se demanda s'il était jaloux. Non que cela ait la moindre importance. Elle ne serait pas surprise qu'il vienne se mêler à la conversation !

Mais il n'en fit rien. Pas même quand Joe et elle se mirent à rire.

De toute évidence, Joe la draguait.

Cela sautait aux yeux.

De même qu'il sautait aux yeux que Ty les observait. Mais il continua sa partie et alla même jusqu'à commander des plats ainsi que d'autres boissons. Auprès d'Amber.

Il ne s'approcha pas une seule fois du bar. Même pas pour bavarder avec elle.

— Alors, Jenna, comme j'ai besoin d'un guide pour découvrir cette ville merveilleuse et que tu es née ici, accepterais-tu un rendez-vous ? Je t'invite à dîner, et tu me fais visiter ?

Entièrement concentrée sur Ty, elle avait presque oublié Joe. Elle sursauta en entendant sa proposition.

— Euh, quoi ?

Il fronça les sourcils.

— Désolé. Tu as un petit ami ?

— Moi ? Non. Pas du tout. Désolée. C'est les risques du métier, je gardais un œil sur mes clients.

Menteuse…, tu reluquais Ty !

Il allait falloir que ça cesse. Tout de suite.

— Je serai ravie de dîner avec toi, Joe.

Elle avait peut-être parlé un peu fort. Elle baissa la voix et fit une autre tentative :

— Oui, j'ai très envie de te revoir.

Ils trouvèrent une date à laquelle ils étaient libres tous les deux : ce vendredi.

Parfait.

Elle avait un rendez-vous, pour de vrai, avec un beau docteur.

Cerise sur le gâteau : il ne s'intéressait pas au sport.

Après le départ de Joe, elle se consacra à scs tâches de barmaid et de manageur. Elle fit le tour de la salle pour voir chacun de ses clients et s'assurer que tout allait bien. Cela impliquait de se mêler aux joueurs des Ice qui semblaient avoir élu domicile au *Riley's*. Veiller à leur bien-être était bon pour les affaires. Elle devait faire en sorte qu'ils continuent de venir.

— Tout va bien, les garçons ?

Eddie Wolkowski, occupé à regarder Ty préparer son tir sur le billard, leva les yeux vers elle avec un sourire.

— Tout est parfait, Jenna. Et toi, comment ça va ?

— À merveille. Rien ne vous résiste en ce moment sur la glace. On est tous fiers de vous.

— On fait de notre mieux. Merci pour le dîner, au fait.

— C'était un plaisir. À part ça, Victor, il y a une bande de groupies à l'autre bout de la salle, qui tueraient père et mère pour un autographe de toi.

Elle fit un signe de tête vers la table 7 où était réuni un petit groupe de filles d'environ vingt-cinq ans. À peine arrivées, elles avaient repéré Victor et ne l'avaient plus lâché des yeux depuis.

Victor Putinov était l'ailier gauche des Ice. Ses cheveux platine et son beau visage aristocratique lui valaient un énorme succès auprès de la gent féminine.

Victor releva le menton d'un air décidé.

— Je vais aller les voir. Signer leurs petits bouts de papier.

— Je ne suis pas surpris, commenta Ty sans lever les yeux du velours vert.

Victor fit une mimique innocente.

— C'est mon devoir de satisfaire les filles qui nous soutiennent.

— Ouais, avec ton engin, pouffa Eddie.

Jenna secoua la tête.

— J'ai vu que tu avais un nouveau copain.

Elle s'arrêta et se retourna pour dévisager Ty, qui, après avoir joué, s'appuyait sur le bord du billard.

— Ce n'est pas mon copain. Juste quelqu'un que je vois.

— Tu le connais depuis longtemps ?

— Ça ne te regarde pas.

— Ce n'est pas ton genre de mec, en tout cas.

Elle sentit une pointe d'agacement et mit les poings sur ses hanches.

— Vraiment ? Et qu'est-ce qui te permet de dire ça ?

— Le courant n'est pas passé.

— Mais si, au contraire !

Il tendit la main vers elle et attrapa une mèche de ses cheveux, qu'il tira doucement.

Elle en eut le souffle coupé et fut saisie par mille émotions qu'elle n'avait pas ressenties avec Joe.

— Entre toi et moi ? C'est vrai. Le courant passe.

Elle leva les yeux vers lui. Il avait raison. C'était un déferlement de sensations dans son corps. Elle avait les tétons qui picotaient. Elle avait inconsciemment entrouvert la bouche. Elle sentait une douce chaleur envahir son bas-ventre, et c'est tout juste si elle ne s'offrait pas à lui.

Le courant qui passait entre eux était explosif, dangereux.

Et il n'était pas sur sa liste de mecs potentiels. Ni pour sortir ni pour quoi que ce soit d'autre.

— Il n'y a strictement rien entre toi et moi, déclara-t-elle.

— Tiens donc !

Joe lui plaisait. Elle allait sortir avec lui.

— J'ai un rendez-vous vendredi soir.

Il laissa échapper la mèche de cheveux de Jenna et recula d'un pas. Pourtant, l'ombre d'un sourire flottait toujours sur ses lèvres.

— Amuse-toi bien…

— Je n'y manquerai pas.

Elle tourna les talons et s'éloigna, espérant se sentir triompher.

Mais elle ne ressentit qu'un grand vide.

Un rendez-vous ? Elle allait sortir avec ce loser ?

Mais pourquoi ?

Ty se rassit et regarda Eddie jouer, mais il n'avait plus la tête au billard.

Non qu'il ait été très concentré depuis qu'il avait aperçu Jenna en train de parler avec ce… comment avait-elle dit qu'il s'appelait, déjà ? Joe ?

Il jeta un regard furtif au bar. Elle était en train de frotter le comptoir avec un torchon, tout en riant avec un client.

Il adorait son rire. Son timbre rauque lui donnait des frissons. Il avait envie de la faire rire, de la déshabiller pour la voir rire, nue.

Merde, il avait juste envie de la voir nue, en fait !

Il en voulait davantage. Mais il ne savait pas pourquoi. Il ne cherchait pas à se mettre en couple, et qu'est-ce que ça pouvait lui faire, que Jenna sorte avec quelqu'un ?

Sauf que ce Joe n'était pas l'homme qu'il lui fallait. Il voyait comme le nez au milieu de la figure que cela n'allait pas marcher, mais, si elle voulait vraiment sortir avec ce type, il ne pouvait pas l'en empêcher. Il ne l'avait même jamais invitée…

Si elle continuait à se tromper comme ça, Ty n'aurait jamais sa chance.

Mais il n'avait pas l'intention de renoncer. Il allait juste la laisser se divertir avec des guignols comme ce Joe et, quand l'heure serait venue, il se jetterait dans la bataille.

Rasséréné, il reprit sa canne de billard, prêt à jouer son coup.

Chapitre 6

Deux jours plus tard, Jenna se tenait devant son miroir et scrutait la robe noire qui couvrait ses bras mais dévoilait ses jambes à partir du genou, et ses escarpins à bout ouvert.

Elle choisit des boucles d'oreilles en argent et une longue chaîne assortie pour compléter sa tenue.

Sobre mais sexy.

Joe lui avait demandé de sélectionner le restaurant – haut de gamme pour qu'il puisse lui offrir un bon repas en remerciement de ses services de guide touristique. Il avait envie de découvrir la gastronomie italienne de Saint-Louis, dont il avait entendu dire du bien.

Il avait fait le bon choix. Elle opta pour le *Tony's* dans Market Street, bien qu'elle estime que les meilleurs restaurants italiens se situaient dans le quartier The Hill.

Elle avait retenu la table pour 20 heures, et il était presque 19 heures. Joe avait proposé de venir la chercher tôt afin qu'ils prennent un cocktail au bar avant le dîner. Elle avait consacré la journée à ranger son appartement – ou du moins le salon et la cuisine, qui ressemblaient à un champ de bataille. Elle avait passé l'aspirateur, fait la poussière et remisé le bazar afin que les lieux ne semblent pas habités par une folle furieuse ou une de ces personnes incapables de jeter quoi que ce soit.

Elle avait des petits frissons. Elle était nerveuse. Quelle idée !

Détends-toi, Jenna… Il fallait vraiment qu'elle sorte davantage.

La sonnette retentit, et elle quitta sa chambre en hâte, s'arrêtant une dernière fois devant le miroir pour s'assurer qu'elle n'avait pas de rouge à lèvres sur les dents.

Tout étant en ordre, elle s'ébouriffa les cheveux et alla ouvrir, non sans respirer un grand coup avant de tourner la poignée.

Joe était là, un bouquet à la main.

Ce qui ne gâchait rien.

—Salut. Entre.

Il lui sourit et lui tendit son présent. Des roses. Comme c'était… conventionnel ! Mais gentil quand même.

—C'est pour toi. Merci encore de me faire visiter la ville.

—De rien. Et merci pour les fleurs. Je vais les mettre dans l'eau.

Il enleva son manteau. Il portait un pantalon foncé, une chemise blanche, pas de cravate mais une veste. Élégant et décontracté à la fois. Il était magnifique.

C'était un beau mec. Un très beau mec.

Alors pourquoi est-ce qu'elle ne vibrait pas de désir ?

Sans doute parce qu'elle mourait de faim. Elle avait eu une journée bien remplie : un aller et retour au bar pour régler quelques détails, faire les comptes, s'assurer que tout soit en ordre quand son assistant arriverait ce soir, puis un retour en vitesse à la maison pour faire le ménage et se préparer à sortir. Elle avait peut-être bien oublié de déjeuner.

Donc elle était stressée. Et vraiment affamée.

Elle mit les fleurs dans un vase, puis ressortit de la cuisine. Joe était dans le salon, regardant autour de lui avec intérêt. Ravie d'avoir rangé, elle s'approcha de lui. Il contemplait un tableau sur un mur.

— C'est joli.

— Merci. C'est une de mes œuvres préférées.

— C'est un original ?

— En quelque sorte. On y va ?

— OK.

Il prit le manteau de Jenna et l'aida à l'enfiler. La route vers le centre-ville ne dura que quelques minutes. Il avait neigé un peu plus tôt, et l'air était froid. Par bonheur, il choisit de confier son véhicule au voiturier, ce qui évita à Jenna de devoir patauger dans la neige avec ses talons. Ils se précipitèrent dans la chaleur et le confort du restaurant.

Il l'escorta vers le bar.

C'était agréable, pour une fois, d'être de l'autre côté de la barrière et de se faire servir.

Sirotant son Martini, elle essaya de se mettre dans l'ambiance d'une soirée de plaisir. Il était temps de se détendre et de profiter de la compagnie de cet homme superbe, qui posait sur elle un regard pour lequel bien des femmes auraient jeté leur culotte par-dessus les moulins.

— Alors, raconte-moi ce qu'il y a à faire dans ta jolie ville.

— Plein de choses. On peut aller au musée, au concert ou au théâtre, si c'est le genre de sorties qui t'attire. Ou assister à des matchs, comme tu as pu t'en douter en venant au *Riley's*. Nous avons des équipes de foot américain, de base-ball et aussi de hockey.

— Le sport, ce n'est pas trop mon truc, mais j'aime aller au musée.

Il était beau et ne s'intéressait pas au sport ? Elle aurait dû défaillir de bonheur…

— Tu aimes la musique ?

Il haussa les épaules.

— Je n'ai pas trop le temps d'en écouter, du coup ça ne m'intéresse pas plus que ça.

Elle sentit son cœur se serrer. Mais elle décida quand même de rester ouverte.

— Alors qu'est-ce que tu fais, en dehors du boulot ?

— J'ai passé les douze dernières années de ma vie en fac de médecine, confia-t-il en riant. Je n'ai eu aucun loisir. Quand je n'étais pas en train de travailler ou de réviser, je dormais.

— Je comprends. C'est quoi, ta spécialité ?

— Cardiologie.

— Ça ne rigole pas…

— C'est vrai, mais j'adore ça. C'est ce que je veux faire depuis toujours. Je rêvais déjà d'être médecin quand j'étais petit.

— Tu es d'une famille de médecins ?

— Pas du tout, répondit-il, amusé. Mon père a fait toute sa carrière dans le bâtiment. Ma mère était secrétaire.

Il était intéressant, cultivé, intelligent. Et aussi dévoué, motivé, agréable et décidément beau gosse.

Ils passèrent dans la salle pour dîner, et il la captiva par sa conversation, la fit rire avec ses histoires sur la fac de médecine et les horreurs de la vie d'interne. Il ne se contenta pas de parler de lui, cependant, mais lui posa des questions sur elle-même, sa famille, ses rêves et ses aspirations pour l'avenir.

C'était presque l'homme idéal.

Après le dîner elle lui fit faire un tour en voiture et lui montra tous ses endroits préférés. Il semblait intéressé, puis il lui parla de ses projets.

— Tu comptes t'installer ici ? demanda Jenna.

— Je vais rester quelques années. Mais je ne sais pas encore où je m'établirai définitivement.

— Sans doute près de ta famille, tu ne crois pas ?

Il se gara devant chez Jenna et coupa le contact.

— Je suis un grand garçon. Je n'ai plus besoin de vivre à côté d'eux.

— Je crois qu'on n'a pas le même point de vue sur la famille, dit-elle en riant. Je n'imagine pas une seconde de m'éloigner d'eux.

— C'est parce qu'on est tous différents, Jenna. J'aime être libre de vivre ma vie. Et toi, tu préfères la proximité des tiens.

— Je pense que tu as raison.

Là-dessus, la conversation prit fin, et il se pencha vers elle.

Elle attendit la sensation de chaleur, l'explosion de frissons.

Il frôla sa bouche du bout des lèvres et la prit dans ses bras. Elle s'abandonna au baiser, mit les doigts dans ses cheveux.

Il frotta doucement sa langue sur celle de Jenna.

C'était… agréable.

Merde ! Agréable… Plaisant… Mais cela ne faisait pas d'étincelles, rien dans son corps ne perdait le contrôle.

Ce mec était magnifique, avec une belle carrière ; il était drôle, et elle avait passé une excellente soirée en sa compagnie.

Et elle n'éprouvait pas le moindre désir de coucher avec lui.

Quelle déception !

Il s'écarta et lui sourit.

— Alors c'est qui, cet homme ?

— Quoi ? demanda-t-elle en clignant des yeux.

— Celui auquel tu pensais pendant que je t'embrassais ?

— Il n'y a personne.

Il n'avait pas l'air de la croire.

— Je suis médecin, Jenna. Je ne sais peut-être pas tout, mais je m'y connais en anatomie. Toi et moi, on s'entend très bien.

— C'est vrai.

— Mais quand je t'ai embrassée ça t'a laissée de marbre.

Elle baissa les yeux.

— Je suis désolée…

Du bout des doigts, il lui releva le menton.

— Il ne faut pas. Ça ne se commande pas. Crois-moi, j'ai été suffisamment souvent de l'autre côté de la barrière pour le savoir. Ne t'excuse pas de ne pas avoir de sentiments. J'ai passé une excellente soirée. Merci de m'avoir fait découvrir la ville.

Il sortit de la voiture pour venir lui ouvrir la portière et la raccompagner jusqu'à sa porte.

Elle se tourna vers lui.

— Je regrette vraiment qu'il n'y ait pas eu d'étincelle, Joe…

— Moi aussi, répondit-il en lui faisant une bise sur la joue. On se revoit au bar.

Elle le regarda partir, sachant pertinemment qu'il n'y remettrait jamais les pieds.

Pire, elle n'avait toujours pas de cavalier pour le mariage.

Elle rentra chez elle.

Chapitre 7

La cérémonie du mariage avait été magnifique. L'église était décorée d'arums blancs, de roses écarlates, de gypsophiles et de verdure variée dont Jenna ignorait le nom. L'effet général était superbe. L'image de Tara remontant la nef sur un tapis rouge lui avait littéralement coupé le souffle. Elle était éblouissante. Mick avait les larmes aux yeux. Oui, sa grande brute de frère avait pleuré.

Mick était donc désormais marié. Jenna avait du mal à le croire. Son grand frère, qui l'avait taquinée, asticotée, et aussi aidée quand ils étaient enfants, avait trouvé la femme de ses rêves et l'avait épousée. Et il avait reçu en prime un adolescent qu'il s'apprêtait à adopter légalement. Nathan allait devenir un Riley.

Parfois, tout allait si vite que sa tête en tournait.

Jenna, debout devant l'autel, avait écouté le prêtre, méditant chaque mot que le père Abrans avait prononcé au sujet de l'amour, de la fidélité et de la rencontre avec la personne qui nous est destinée. En regardant son frère et Tara se boire des yeux, elle avait eu la certitude qu'il était impossible de s'aimer plus que ces deux-là.

À sa grande surprise, elle avait pleuré. Elle ne s'y attendait pas du tout : elle se vantait d'être toujours forte et stoïque. Pourtant, c'est avec des joues ruisselantes qu'elle avait écouté Mick et Tara prononcer leurs vœux.

Il faudrait qu'elle travaille sur sa force morale avant le mariage de Gavin et de Liz.

Après la cérémonie, les proches des mariés étaient restés à l'église pour une séance photo. Jenna était bien obligée d'admettre qu'ils s'étaient tous bien amusés. S'il lui arrivait parfois de trouver sa famille envahissante, ce jour-là elle savourait leur présence.

Entre deux prises, elle en profita pour féliciter son frère et l'étreindre avec affection.

— Je suis tellement heureuse pour toi !

Un grand sourire aux lèvres, Mick lui mit un bras autour des épaules.

— Merci. J'ai beaucoup de chance !

— C'est vrai. Prends bien soin d'elle. Elle est merveilleuse.

— Oh oui, soupira-t-il en serrant le poignet de Jenna.

La journée fut magnifique : froide, mais claire et ensoleillée. Un temps parfait, sans la moindre trace de nuages ou d'humidité.

Voyant les mariés radieux et ses parents aux anges, Jenna se demandait ce qu'elle aurait pu souhaiter de plus.

En outre, les robes des demoiselles d'honneur n'étaient pas vilaines – merci, Tara –, et elle espérait donc survivre à cette fête.

Elle avait renoncé à dénicher un cavalier pour le mariage après le désastreux épisode avec Joe. Pauvre garçon… Elle s'en voulait terriblement. Les mecs, c'était fini pour elle. Tant qu'elle n'aurait pas trouvé quelqu'un qui lui mette la tête à l'envers.

Non. Quelqu'un qui ne soit pas sportif et qui lui mette la tête à l'envers.

C'était peut-être demander beaucoup, mais elle était certaine qu'un tel homme l'attendait quelque part. Pour l'instant, elle s'en fichait. Elle était suffisamment occupée pour la journée, et les mecs ne l'intéressaient pas.

Enfin, sauf un.

Tyler.

Elle l'avait aperçu sur un banc de l'église tandis qu'elle remontait l'allée. Elle n'avait pu s'empêcher de remarquer ses cheveux bruns alors qu'il la contemplait, ses yeux rivés sur les siens.

Elle avait des frissons…, des milliers de frissons, quand elle le regardait.

Elle s'était hâtée de détourner le regard et de se concentrer sur l'autel. La cérémonie était consacrée à Mick et à Tara, pas à ses sentiments ambivalents pour Tyler Anderson.

Le mariage s'était déroulé de façon fluide, sans le moindre accroc, au grand soulagement de Tara qui avait eu un accès de trac à la dernière minute.

À présent, si elle pouvait se dénicher une assiette et une boisson, la journée serait vraiment parfaite.

Ils s'entassèrent dans les limousines et se mirent en chemin vers le lieu de la réception. Les invités étaient déjà arrivés, et les proches des mariés furent annoncés, suivis du jeune couple, sous une salve d'applaudissements.

M. et Mme Michael Riley. Jenna avait encore du mal à s'y faire, mais elle aimait déjà Tara comme une sœur et son fils Nathan comme s'il était un neveu de son propre sang. Peu importait que Mick ne soit pas le vrai père de Nathan. L'adolescent faisait partie du clan, pour toujours.

Il était tellement adorable dans son smoking ! Il n'avait pas tout à fait dix-sept ans, mais on voyait bien qu'il allait se transformer en bourreau des cœurs. Il était vraiment bien assorti aux autres hommes de la famille Riley : les deux frères et le père de Jenna étaient extrêmement beaux. Jenna ne put retenir un sourire. Elle allait devoir commander beaucoup de tirages à ce damné photographe !

Alors que les mariés ouvraient le bal, Jenna, à sa grande honte, se sentit à nouveau d'humeur lacrymale.

Mais qu'est-ce qui lui prenait ?!

— Je constate que toi aussi, tu es une vraie Madeleine, aujourd'hui, souffla sa mère en lui passant le bras autour des épaules.

Jenna s'appuya sur elle en riant.

— Je ne peux pas m'en empêcher. Ils sont tellement heureux, maman !

— Oui. Et ils le méritent. Je n'ai jamais vu deux personnes s'aimer autant.

Jenna se contenta d'acquiescer en silence tandis que Mick menait Tara tout autour de la piste. La mariée était éblouissante dans sa robe de bal rose pâle et crème, ses cheveux blonds remontés en chignon, les oreilles et le cou ornés des diamants que Mick lui avait offerts pour leur mariage.

— On dirait Cendrillon !

— Elle est magnifique, approuva sa mère, amusée. Et toi aussi.

— Merci, maman. Mais il n'y a pas de comparaison. Aujourd'hui, c'est le grand jour de Tara.

— Tu es splendide, Jenna. La robe écarlate que Tara a choisie fait ressortir le bleu de tes yeux et met ta crinière en valeur. Et elle a le même effet sur Maggie et Elizabeth. Tara a vraiment trouvé la meilleure couleur pour vous trois.

— C'est vrai.

C'était aux proches des mariés de danser. Les témoins, Gavin et Maggie, s'avancèrent sur la piste, suivis de Liz avec Cole – le cousin de Mick – et de Jenna avec Nathan.

— Tu as l'air d'un grand jeune homme.

Nathan sourit.

— C'est exactement comme ça que je me sens. Mais parfois j'ai l'impression d'être encore un enfant.

Elle éclata de rire.

— Profite de ces moments d'enfance ! Ils passeront plus vite que tu ne peux l'imaginer.

— Je sais. Je ne vais pas tarder à entrer à la fac. Il ne me reste plus qu'une année de lycée après celle-ci.

— Je ne suis pas certaine que nous te laissions partir aussi facilement.

— Je ne suis pas certain de me sentir prêt…

— Oh si, tu seras prêt, fais-moi confiance. La famille Riley peut devenir étouffante si on la fréquente trop assidûment. Tu feras le mur avec ta valise avant qu'on ait réussi à t'attacher.

Il pressa la main de Jenna.

— Je suis ravi d'être entré dans la tribu.

— Nous aussi, on est ravis, Nathan. On t'aime tous très fort.

Il la fit tourner de façon à regarder Mick et Tara.

— Ils ont l'air tellement heureux !

— Ils le sont vraiment. Et le resteront, toujours.

Elle le sentit se détendre.

La nuit s'écoula sans anicroche. Elle put enfin manger, ce qui la ravit. Tout le monde dansait. Elle se promena à travers la salle pour saluer les invités.

— Salut, beauté !

Quelqu'un venait de la soulever pour la faire tournoyer. Quand il la reposa par terre, elle leva la main, prête à assener une bonne baffe au crétin qui venait de l'attraper comme ça.

Constatant que c'était son cousin – qui lui adressait un sourire très content de lui – elle leva les yeux au ciel.

— Cole. On ne t'a jamais dit qu'il était impoli d'emmerder les demoiselles ?

— Premièrement, tu n'es pas une demoiselle, tu es ma cousine. Et deuxièmement, emmerder les filles est ma marque de fabrique.

Jenna avait toujours considéré son cousin Cole comme une plaie. Seuls Gavin et Mick le dépassaient. Tout aussi beau gosse qu'eux, il était footballeur professionnel. C'était l'un des meilleurs attaquants de Green Bay. Et son ego était à la hauteur de son talent : démesuré. Mais elle l'aimait presque autant que ses frères, malgré toutes les années d'enfance où il n'avait fait que l'asticoter.

Son oncle et son père avaient dû former un duo de choc lorsqu'ils étaient petits, à en juger par leurs fils !

— Pourquoi tu ne bois pas avec les autres mecs ?

— J'ai décidé de bien me conduire, ce soir. Je l'ai promis à ma mère et à tante Kathleen.

— Et depuis quand tu tiens tes promesses ?

— C'est la première fois. Mais, vu qu'elles me surveillent comme le lait sur le feu, je n'ai pas vraiment le choix.

— Ce que tu peux être sage…

— Seulement jusqu'à minuit. Ensuite, je me tire et je vais en boîte. Il y a des nénettes qui m'attendent.

— Et des journalistes, sûrement. Ils espèrent que tu seras impliqué dans une bagarre ou un nouveau scandale qui fera les gros titres. Tu es le bad boy du football américain.

Après un haussement de sourcils, Cole lui adressa un sourire. Ses fossettes ne diminuaient en rien son charme un peu brut. Pas étonnant que la presse l'adore.

— Eh, ce n'est pas ma faute si je suis photogénique !

— C'est vrai, ta photo d'identité judiciaire était très séduisante. Je suis sûre qu'oncle Jack et tante Cara étaient très fiers.

— C'étaient que des conneries. En plus, j'ai de bons avocats, et l'affaire a été classée.

Elle secoua la tête.

— C'est l'avantage des gros sous, j'imagine. Mais tu approches de la trentaine, maintenant, monsieur le fêtard. Tu ne crois pas qu'il est temps de grandir ?

Il éclata de rire.

— Je suis comme Peter Pan. Il ne sera jamais temps de grandir.

Elle le congédia d'un geste de la tête. Cole était toujours dans les ennuis. C'était un grand sportif, mais il adorait sortir. Peut-être un peu trop.

Une flûte de champagne à la main, elle regardait ses frères évoluer sur la piste avec leur moitié lorsqu'elle sentit une présence dans son dos.

— Tu ne danses pas ?

Tyler. Elle avait réussi à l'éviter ces deux dernières heures. Elle se tourna vers lui.

Il était magnifique en tenue de soirée. Son costume noir et sa cravate lui allaient si bien qu'ils semblaient faits sur mesure. Ses cheveux bruns retombaient sur son col, si soyeux qu'elle avait envie d'y passer les doigts.

— Non.

— C'était qui, ce gars ? Ton cavalier ?

Elle fronça les sourcils avant de comprendre qu'il parlait de Cole.

— Non, c'était Cole Riley, mon cousin. Tu as déjà dû le voir dans l'équipe de Green Bay. Il est attaquant.

Tyler acquiesça.

— Il me semblait bien que je le connaissais. Le gène du sport est dans la famille, on dirait.

— Tu n'imagines pas à quel point.

— Alors, où est ton partenaire ?

Refusant de mordre à l'hameçon, elle répondit :

— Je n'en ai amené aucun, ce soir.

— Ah, alors tu en as plusieurs ? demanda-t-il d'un air taquin.

Elle préféra s'abstenir de tout commentaire.

— Ça te dirait de danser ? demanda-t-il.

— Où est ta partenaire ?

— Je n'en ai amené aucune, ce soir.

Elle ne put s'empêcher de sourire. La musique était entraînante, et elle avait envie de danser. Elle avait un peu abusé du champagne et elle se sentait bien. Si bien, même, qu'elle en avait des frissons de la tête aux pieds. La soirée respirait la magie et l'amour. Même s'il ne s'agissait pas de cela entre elle et Ty, bien sûr. Mais cela faisait des étincelles, et il était l'homme le plus sexy de l'assistance, alors autant danser avec lui.

— OK, dansons, dit-elle.

Ty fut pris par surprise.

Il avait sincèrement cru que le gars avec lequel il l'avait vue bavarder était son mec. C'était un soulagement de découvrir que ce n'était que son cousin. En apprenant qu'elle était venue seule, il avait commencé à chercher un moyen de l'attirer sur la piste de danse ou de lui parler en tête à tête. Il était décidé à l'avoir dans ses bras ce soir-là, mais s'attendait à devoir déployer des ruses de Sioux.

Il était content que ce soit aussi facile. Il la prit par la main et la conduisit sur la piste de danse bondée, où il la regarda onduler au rythme d'une musique endiablée.

Jenna était magnifique dans sa robe rouge qui soulignait chacune de ses courbes, et elle savait bouger. Il avait envie de poser les mains sur elle, de la sentir vibrer ainsi, sans aucun vêtement. Balançant les hanches, elle tourna sur elle-même, et il sentit sa queue frissonner lorsqu'elle se mit à rouler des fesses. Elle était prise par la musique, les bras levés, suivant le tempo de tout son corps.

Il vint se coller contre elle, noua ses bras autour de sa taille et épousa la cadence avec elle, s'attendant à ce qu'elle le repousse. Mais, au lieu de ça, elle posa la main sur son bras et appuya la tête sur lui. Enivré par son odeur, il essayait de garder le rythme malgré ses piètres talents de danseur. Il était heureux de la laisser guider, puisque, de toute évidence, elle savait ce qu'elle faisait.

Puis elle se tourna vers lui, passa un bras autour de son cou et se colla contre lui en ondulant du bassin.

Il commençait à bander, et elle s'en était forcément aperçue. Mais elle se rapprocha encore de lui et vint se frotter contre son bas-ventre.

Elle faisait ça pour le torturer, pour se venger de sa présence répétée au bar et de sa drague assidue. Mais, lorsque leurs yeux se rencontrèrent, il ne vit pas de colère, seulement un intérêt sincère.

Quand la musique ralentit et se fit plus sensuelle, elle ne s'écarta pas. Il lui prit la main, passa un bras dans son dos et la serra contre lui.

Il ferait sans doute mieux de lui dire quelque chose, mais il ne voulait pas risquer de rompre le charme. En entendant sa voix, elle se souviendrait peut-être de qui il était, aussi choisit-il de se taire, se contentant de respirer cette odeur de vanille qui l'accompagnait partout. Il lui caressa le dos. Elle avait la peau douce.

Elle rejeta la tête en arrière pour le regarder.

— Tu es bien silencieux.

— J'avais peur de te faire fuir en disant une bêtise.

Elle haussa les sourcils, surprise.

— Pourquoi ça ?

— Parce que tu ne m'aimes pas trop.

Elle sourit.

— Je n'ai jamais dit ça.

C'était à son tour d'être surpris.

— OK, concéda-t-elle, j'ai pu donner cette impression. Mais la musique est chouette, et c'est agréable d'être avec toi.

— C'est agréable pour moi aussi. Tu n'as rien contre passer la nuit sur la piste de danse ?

Elle pouffa et posa la tête sur sa poitrine.

— Ça me convient, mais il faut que je me débarrasse de ces chaussures. J'ai trop mal aux pieds!

— Enlève-les, répondit-il en s'écartant.

Elle acquiesça.

— Bonne idée, dit-elle en les retirant pour les lui tendre.

Il les prit par la bride en se disant que pour porter des talons aussi vertigineux il fallait avoir des pensées suicidaires.

— Comment vous faites, vous les femmes, pour marcher avec ce genre de trucs?

— C'est dans les gènes. C'est pour ça que les filles sont le sexe dominant. Il n'y a que nous qui sommes capables de donner la vie et de nous débrouiller avec des escarpins.

Il éclata de rire.

— Pas étonnant que tu aies mal aux pieds.

Elle se glissa dans ses bras, et ils se remirent à danser. Le DJ leur fit la bonne surprise de passer un deuxième slow. Il faudrait qu'il pense à lui laisser un pourboire.

— La cérémonie était bien.

— C'est vrai, dit-elle avec un grand sourire. Tara et mon frère sont heureux. Ils ont vécu des choses pas faciles avant d'en arriver là, alors ils le méritent.

Il ne croyait pas trop aux contes de fées, mais il voulait bien admettre que cela pouvait marcher pour certains. Il espérait sincèrement que cela dure toujours pour Tara et Mick, d'autant plus qu'il y avait déjà un enfant dans l'histoire. Tyler savait mieux que quiconque ce qui se passait pour un adolescent lorsque ce qu'il avait pris pour une famille unie tombait en miettes sous ses yeux.

— Oui, j'espère que leur bonheur durera toujours.

— Je n'en doute pas. Ils ont déjà franchi toutes les étapes difficiles. Le reste sera beaucoup plus simple, répondit-elle d'un air confiant.

Il se garda d'exprimer ses doutes. Pas la peine de la faire descendre de son nuage. Elle croyait sûrement aux chevaliers à l'armure resplendissante, aux princesses en danger et aux happy ends.

Et aussi au fait que l'amour triomphait de tous les problèmes.

Un tas de conneries, à son avis. Il n'y croyait pas une seconde. Mais ce qui comptait, c'était l'instant présent. Il fallait en profiter tant qu'on pouvait, parce que rien ne durait éternellement.

La chanson vint illustrer cette philosophie en s'achevant brusquement, l'obligeant à lâcher Jenna. Le DJ repassa à un tempo plus rapide.

— Merci pour cette danse, conclut Jenna. Je ne dirais pas non à un verre.

— Je partage ton avis.

Loin de s'écarter de lui, elle lui prit la main.

— Je connais un raccourci vers le bar.

Elle ne lui demanda pas ses chaussures ; aussi, il les garda au bout des doigts alors qu'elle l'entraînait vers le comptoir. Il choisit une limonade tandis qu'elle reprenait du champagne.

Elle croisa les jambes. La fente de sa jupe s'ouvrit, dévoilant sa cuisse galbée. Tyler qui avait l'habitude de la voir en jean et tee-shirt ne se gêna pas pour la reluquer à loisir avant de s'appuyer au bar pour siroter sa boisson.

— Tu ne bois pas de champagne ?

— Ce n'est pas mon genre, expliqua-t-il.

Elle le regarda d'un air goguenard.

— Quoi ? demanda-t-il.

— Rien. Je repensais juste à une idée dont j'ai fait part aux filles l'autre soir, sur les mecs et leurs choix au bar.

— Ah oui ? Tu me racontes ?

Elle secoua la tête.

— Je ne peux rien révéler. Secret professionnel.

Il n'avait pas trop de mal à imaginer.

— Je parie que tu sais tout sur un gars rien qu'en regardant ce qu'il boit.

Elle fronça les sourcils et posa sa flûte sur le comptoir.

— Ah, tu crois ça ?

— Oui, les barmaids sont perspicaces. Alors, qu'est-ce que tu peux dire sur moi ?

— Que tu aimes le whisky, sec. Même si, de temps en temps, tu préfères une bière. Ce qui signifie que tu es indépendant, pas facile à saisir. Tu tiens à ta liberté, sans pour autant être prétentieux. Tu ne bois pas de champagne : trop chic. Tu n'aimes pas l'ostentation, mais tu es tatillon. Non, attends, ce n'est pas ce que je veux dire. Méticuleux, plutôt. Oui, c'est ça.

Tu es méticuleux. Tu ne sors pas avec n'importe quelle fille. Il faut que ce soit la bonne.

— Et tu vois tout ça dans les boissons que je commande…

Elle prit une gorgée de champagne.

— Oui. Et aussi dans le fait que tu ne ramasses pas de nénettes dans mon bar.

— C'est peut-être parce que je t'attends.

Elle éclata de rire, la tête rejetée en arrière. Il adorait ce son.

— Tu dis trop de conneries, Ty. Ça me plaît.

Il aimait l'écouter parler. C'était une fille intelligente, et la regarder réfléchir le faisait bander autant que de la voir bouger sur la piste de danse.

— Tu crois m'avoir cerné, hein ?

— En fait, non. Je n'ai pas du tout l'impression de te connaître. La plupart des mecs sont comme des livres ouverts. Mais toi, j'ai du mal à te coller une étiquette.

Il but un peu de sa limonade.

— Tant mieux. Je n'aimerais pas être prévisible.

— Tu es tout sauf prévisible. Tu m'agaces. Je te plais, et de toute évidence tu veux sortir avec moi, tu ne t'en caches pas. Ça me convient, parce que j'aime que les choses soient claires. Mais, d'un autre côté, je n'ai pas envie de te séduire. Je veux que tu t'en ailles et que tu me foutes la paix, comme ça je pourrai cesser de penser à toi.

Il sourit. Elle était un peu pompette, et donc suffisamment détendue pour en révéler davantage qu'elle ne l'aurait fait en temps normal. C'était l'occasion ou jamais d'aller un peu plus loin avec elle, à condition de manœuvrer habilement.

— Moi non plus, je n'arrive pas à te sortir de ma tête.

Elle posa les coudes sur le bar.

— C'est vrai ?

— Ouais.

— Et tu imagines quoi, quand tu penses à moi ?

C'était un test. Elle le mettait sur la sellette pour voir s'il lui racontait des conneries.

Mais ce n'était pas le cas.

— Je rêve à ta bouche, répondit-il en caressant du pouce la lèvre inférieure de Jenna. J'aime ce que cette bouche me dit. C'est toujours insolent et intelligent. Et je peux t'assurer que j'ai pris plaisir à l'embrasser. Elle est douce et humide, et je t'ai sentie céder dans mes bras comme si tu avais envie de moi.

Elle respirait plus vite.

— J'aime cette façon de parler, pleine de confiance en soi, ajouta-t-il. Mais tu fais un peu trop la maligne. Ça me plaît aussi. Ça montre que tu n'es pas prête à tout. Je ne veux pas d'une femme que je puisse écraser. Je veux une femme capable de se défendre.

Jenna se passa la langue sur les lèvres. Cela le déconcentrait terriblement, et il fallait qu'il réfléchisse à ses mots.

— Tu as les plus beaux yeux que j'aie jamais vus, reprit-il. Et tu sais t'en servir. Tu ne te laisses pas embobiner, et de toute évidence tu connais bien les hommes.

— Ah ouais ? Qu'est-ce que tu veux dire ?

— Tu sais reconnaître quelqu'un de sincère d'un mytho. Tu n'es pas du genre à gober n'importe quoi.

Elle se contenta de rire doucement.

— J'aime aussi tes anneaux, dit-il en caressant les nombreuses boucles qui ornaient l'oreille gauche de Jenna.

Il se pencha tout près d'elle avant de lui demander :

— Est-ce que tu en as ailleurs, Jenna ? Cette question m'empêche de dormir…

Elle le regarda avec des yeux soudain assombris. Était-ce de l'intérêt ou du désir ? Il n'aurait su le dire.

— Et tes tatouages. Ils m'excitent, déclara-t-il en lui prenant le poignet pour contempler la Terre, la Lune et les étoiles, qui y étaient représentées. Ils me donnent envie de te déshabiller pour explorer ton corps. Donc oui, je peux dire que je pense beaucoup à toi, Jenna.

— Je ne veux pas sortir avec toi, Ty. Je te l'ai déjà dit, tu n'es pas le genre d'homme qu'il me faut.

— Oui, c'est ce que tu m'as dit.

Elle poussa un profond soupir.

— Le problème, c'est qu'il y a quelque chose.

— Quelque chose ?

— Oui. Le courant passe, entre toi et moi. Et ça me perturbe quand j'essaie de sortir avec un autre gars.

Oh, c'était en train de devenir bon…

— Le courant passe ?

— C'est sexuel.

— Ah oui, le sexe. C'est un problème.

Il se pencha vers elle si près que leurs épaules se frôlèrent. Il était tout à fait d'accord avec elle. Sa seule présence suffisait à le faire bander.

Elle se tourna vers lui.

— En effet. Comment le résoudre ?

Il se pencha vers elle.

— Le sexe n'est pas un problème pour moi, Jenna. Tu sais ce que je ressens. La question, c'est de savoir comment toi, tu veux régler la situation.

Du bout du doigt, elle caressa le col de sa veste. Elle lui adressa un regard qui le mit en feu.

Oui, on pouvait dire que le courant passait. Il était même surpris qu'on ne voie pas des étincelles jaillir entre eux. Il sentait sa respiration s'accélérer. Si elle ne se dépêchait pas de prendre une décision, il allait devoir filer à l'anglaise, car elle était en train de le rendre fou.

— Je crois que tu devrais venir chez moi pour qu'on en discute, proposa-t-elle.

— Tout de suite, si tu veux.

Chapitre 8

Jenna sentait bien qu'elle avait bu un peu trop de champagne, mais elle n'était pas non plus ivre morte et restait consciente de ses gestes.

Autrement dit, elle ne pourrait pas, le lendemain matin, mettre les événements sur le compte de l'alcool.

Il y avait quelque chose dans l'air, ce soir. Peut-être était-ce l'amour qu'elle percevait entre Mick et Tara, qui lui rappelait combien sa vie était solitaire ces derniers temps.

Elle en avait assez de rentrer dans son appartement désert. Pourtant, rien ne l'empêchait de ramener un gars à la maison pour passer une nuit de folie, si elle le souhaitait. Après tout, elle était une grande fille.

Ty ne semblait pas du genre à tomber raide amoureux après une unique soirée. Elle ne craignait pas qu'il veuille l'épouser ou même simplement entretenir une relation, et c'était très bien comme ça. Il avait envie de coucher avec elle, et c'était exactement ce dont elle avait besoin. Elle ressentait une alchimie incroyable entre eux et elle en venait à se demander pourquoi elle l'avait toujours repoussé. Elle était juste assez pompette pour faire s'évaporer toutes ses réticences, comme les bulles d'une coupe de champagne qu'on a laissée traîner.

En outre, il ne s'agissait pas de sortir ensemble, seulement de passer un moment au lit.

Elle s'était rendue au mariage dans la voiture de ses parents, aussi prirent-ils celle de Ty pour rentrer chez elle. La fête tendait à sa fin, et seuls les plus endurcis des noceurs étaient encore sur la piste.

— Tu as tes clés ?

Elle leva les yeux. Elle se trouvait avec Ty devant la porte de chez elle.

— Quoi ?

— Tes clés.

— Ah oui !

Elle fouilla dans son sac et lui tendit le trousseau. Il ouvrit la serrure et poussa le battant, puis se mit de côté pour la laisser passer.

Elle alluma la lumière. Il ferma la porte derrière eux.

— C'est joli, ici.

— Menteur ! C'est le bazar.

— Tu as raison. Je suis effaré. Le bar est toujours nickel !

Elle se tourna vers lui et vit qu'il souriait. Elle devait admettre qu'elle avait un peu honte. Elle laissa tomber son sac à main sur la table basse.

— Ouais, bon, j'ai dû partir à l'arrache parce que mon père klaxonnait comme un malade et je n'ai pas eu le temps de ranger.

Elle fila dans le salon pour ramasser son pantalon de fitness, ses chaussettes et ses chaussures de sport.

Il lui attrapa les poignets.

— Je rigolais. Laisse tomber ces trucs.

Elle leva les yeux vers lui.

— Je ne suis pas vraiment une fée du logis…

— Je m'en fous complètement. Si tu venais chez moi ce soir, tu trouverais la boîte de pizza d'hier soir sur la table, des canettes de bière et de soda, et à peu près une semaine de linge sale éparpillé partout.

— C'est vrai ?

— Oui ! Je me fiche du rangement de ton appart. Ce n'est pas pour ça que je suis venu.

Elle poussa un soupir.

— Je peux te servir quelque chose ? On pourrait s'asseoir pour bavarder un peu.

De son pouce, il lui caressa le poignet. Elle sentit son cœur s'emballer.

— C'est pour ça que tu m'as invité ? Pour papoter autour d'un verre ?

Elle déglutit, pleinement consciente que ce n'était pas du tout ce qu'elle désirait. Pas avec lui.

— Non, je n'ai pas envie de parler.

— Parfait, dans ce cas, répondit-il en la regardant de la tête aux pieds. Tu es trop bien habillée pour ce que j'ai l'intention de te faire…

Elle avait le cœur qui battait la chamade et les tétons qui tendaient le tissu de sa robe. Elle suffoquait littéralement de désir. Elle n'avait pas besoin de préliminaires… : cela faisait des mois qu'elle l'attendait.

Elle avait l'impression d'avoir tourné autour du pot avec lui pendant trop longtemps et elle ne voulait pas patienter une minute de plus à cause d'une fichue robe de soirée.

— Ça m'est égal, répondit-elle en lui passant un bras autour du cou.

Elle attira sa tête vers elle. Lorsque les lèvres de Ty se posèrent sur les siennes, elle éprouva une explosion de sensations. C'était exactement ce qui avait manqué avec Joe. Cette bouffée brûlante, cette réaction organique de son corps quand on le touchait et qu'on l'embrassait. Lorsque Ty appuya sa bouche sur elle, elle en eut des frissons jusqu'au bout des orteils – comme si son corps prenait conscience de ce qui l'attendait.

Ty lui mit un bras autour de la taille et la colla contre lui, provoquant un nouvel embrasement de sensations.

Elle lui caressa les biceps, heureuse de sentir leur puissance d'acier, puis s'agrippa à ses épaules avant de lui passer la main dans les cheveux.

Ils étaient exactement comme elle les avait imaginés, à la fois épais et soyeux, véritable délice sensuel pour ses doigts. Quand il glissa sa langue dans sa bouche, elle resserra les mains sur la chevelure de Ty, son corps tout entier vibrant en réponse.

Jamais on ne l'avait embrassée ainsi. Certes, ce n'était pas son premier baiser. Elle connaissait toute la gamme des embrassades, des plus douces aux plus violentes, mais cette fois-ci c'était une vraie déferlante.

Ty n'embrassait pas seulement avec les lèvres. C'était aussi une caresse de ses mains dans le dos de Jenna, l'une venant presser doucement ses fesses tandis que l'autre lui étreignait la nuque, et tout son corps vint la pousser contre le mur. Elle le sentait, dur et viril, contre son ventre.

— Depuis que je te connais, j'ai envie de faire ça, murmura-t-il d'une voix rendue rauque par le désir alors qu'il lui pétrissait les hanches de ses mains puissantes.

Il se pencha pour lui embrasser la joue, puis le cou, remontant ensuite vers son oreille gauche. Elle frissonna en sentant sa langue effleurer son lobe et titiller ses anneaux.

— J'aime ces boucles, Jenna. Elles sont sexy.

— Merci.

Il lui lécha le cou, puis la fit pivoter pour lui embrasser la nuque.

Elle trembla, les jambes flageolantes, lorsqu'il défit la fermeture de sa robe.

— Je ne veux pas que tu gardes ces vêtements une minute de plus.

Elle était sur la même longueur d'onde.

— Oh !

— Quoi ?

— Tu as un sacré tatouage dans le dos.

— Mon dragon…

— Oui. Il est magnifique. Là je n'ai pas le temps parce que j'ai trop envie de toi, mais plus tard j'ai l'intention d'en lécher chaque centimètre carré. Mais il y a d'autres endroits que je veux lécher d'abord.

Elle reprit son souffle, pantelante, imaginant déjà sa langue sur les replis de son être, qui brûlaient de désir pour lui.

Il se baissa pour tirer sa robe jusqu'à ses chevilles et se releva pour la poser sur le canapé. Quand il revint auprès d'elle, il se remit à genoux et commença à lui caresser les jambes.

— Tu as des jambes incroyablement sexy, souffla-t-il en déposant un baiser dans le creux de son genou. Et ces cuisses... J'ai hâte de les sentir s'enrouler autour de moi, ajouta-t-il en les embrassant avant de la retourner face à lui.

Vêtue uniquement d'une culotte et de ses escarpins, elle se sentait exposée, à la fois sexy et excitée.

Ty était d'une douceur qu'elle n'attendait pas d'un type aussi costaud. Elle avait craint de la maladresse, des caresses mal ajustées – des préliminaires bâclés en quelques minutes – et s'étonnait de ses effleurements si délicieux qu'ils lui donnaient envie de se laisser glisser sur le sol. Elle était inondée d'un désir douloureux, les tétons durcis et brûlants, appelant le toucher de sa bouche ou de ses mains.

Il lui frôla à nouveau les jambes, et elle sentit ses cheveux soyeux contre sa peau. Elle était prête pour lui, mais il prenait son temps pour explorer son corps.

Lorsque enfin il arriva près de sa culotte il leva la tête vers elle.

Le sombre désir qu'elle lut dans ses yeux affola son cœur. Elle se demandait comment elle tenait encore debout. Elle plaqua les mains sur le mur alors qu'il faisait glisser son sous-vêtement sur ses hanches et le laissait à mi-cuisse, s'arrêtant pour contempler son sexe.

— Tu as un piercing…

Il se pencha pour titiller du bout de la langue le petit anneau qui ornait son clitoris. Des frissons de plaisir la traversèrent.

Il la regarda.

— Ce que tu peux être sexy, Jenna !

Il s'approcha pour introduire sa langue plus profondément, et elle se sentit fondre. Il avait la langue brûlante, et, quand il se mit à la frotter contre elle, elle dut se tenir au mur. Elle allait mourir de plaisir. Elle était envahie par ses sensations alors qu'il lui pétrissait les hanches tout en explorant son sexe avec sa langue, tournant autour de son clitoris pour jouer avec le piercing.

Naturellement très sensible à ce genre de caresses, elle était en outre restée longtemps sans partenaire. La position dans laquelle il la maintenait, nue à l'exception de sa culotte toujours tendue à mi-cuisse et de ses escarpins, alors que lui était encore en costume, à genoux devant elle pour lui donner du plaisir avec sa bouche…, cette seule image suffisait à l'amener au bord de l'orgasme. Mais c'était tellement délicieux qu'elle voulait que cela dure. Elle aimait sentir sa bouche, la façon dont il la taquinait du bout de la langue avant de sucer son clitoris, d'abord tout doucement, puis plus fort. Puis il descendit un peu pour la pénétrer avec sa langue, allant et venant en elle. Elle emmêla ses doigts dans les cheveux de Ty et se cambra au-devant de lui pour s'offrir encore davantage. Elle voulait qu'il la prenne tout de suite, qu'il lui fasse voir mille étoiles.

Elle n'en pouvait plus d'attendre cet orgasme. Cela faisait tellement longtemps qu'elle fantasmait sur Ty. Elle allait se débarrasser de cette obsession lorsqu'il la ferait jouir – à de multiples reprises.

— Oh oui, Ty ! Suce-moi encore le clito.

Il fit tournoyer sa langue autour du petit mamelon de chair et introduisit en même temps un doigt en elle.

Elle sentit des vagues de plaisir l'envahir alors qu'il commençait un rapide va-et-vient. Son corps se resserra convulsivement autour des doigts de Ty alors qu'elle approchait de l'orgasme.

Elle se cogna la tête contre le mur quand la première onde de choc la transperça.

— Oh, Ty, je jouis ! gémit-elle en se cambrant vers lui pour qu'il continue.

Elle cria de plaisir. Il ne la lâcha pas avant que les dernières ondulations de son orgasme se soient éteintes.

Hors d'haleine et incapable de tenir debout, elle se laissa aller contre lui.

Tyler se redressa, l'entoura de ses bras et la retint tandis qu'elle reprenait son souffle. Il finit de lui enlever sa culotte et glissa deux doigts en elle.

— J'aime te sentir jouir, sentir ton corps qui me répond. Je pourrais rester des jours à te donner orgasme après orgasme, Jenna.

Son regard plein de promesses la mit en émoi. La nuit ne faisait que commencer, et cela lui allait. Elle avait traversé un long désert et, puisqu'il s'agissait d'une aventure sans lendemain, elle était bien décidée à profiter de Ty au maximum.

— Je veux te voir nu, dit-elle en lui caressant les épaules.

— C'est un problème qui peut se régler, répondit-il.

Il recula pour enlever sa veste de costume et défaire sa cravate. Cette vision fit remonter la libido de Jenna à son maximum. Les cheveux noirs de Ty ressortaient magnifiquement sur le col de sa chemise blanche. Il se hâta de dégrafer ses boutons, puis arracha le vêtement, dévoilant un torse musclé parsemé de poils sombres. Ils formaient une ligne qui allait se perdre sous la ceinture de son pantalon ; Jenna avait envie d'y passer les doigts.

Il se débarrassa de ses chaussures, ouvrit sa ceinture, et Jenna, la gorge sèche, le regarda laisser tomber son pantalon par terre, puis ses chaussettes et enfin son caleçon.

Nu et en érection, il représentait tout ce qu'elle attendait. Les épaules larges, musclé et mince, la taille fine et les abdominaux sculptés, il était puissant et magnifique. Elle avait envie de le toucher, de le goûter, de le dévorer des yeux tant qu'il lui en donnait le temps.

Mais il s'approcha et la prit dans ses bras, la serrant contre lui pour l'embrasser avec une passion qu'elle aurait crue réservée au grand écran. C'était un baiser dominateur qui la laissa le souffle court et le corps abandonné.

Il lui tira doucement la tête en arrière pour l'embrasser plus profondément, sa langue effleurant celle de Jenna.

C'était vraiment comme au cinéma. Elle était littéralement pâmée.

Il la redressa et la regarda dans les yeux.

— J'aime ton goût, dit-il.

Elle sentit son corps s'embraser, mais pas de gêne. Elle aimait le sexe. Rien ne pouvait la mettre mal à l'aise. Elle lui sourit.

— Si tu me laisses te goûter, je pourrais moi aussi te donner mon opinion, répondit-elle.

Il éclata de rire.

— Oui, c'est au programme, mais il y a encore beaucoup de parties de ton corps que je n'ai pas léchées. Comme celle-ci, dit-il en lui caressant les seins.

Elle avait une poitrine menue que les hommes avaient tendance à négliger. Elle appréciait donc d'autant plus que Ty s'y intéresse. Il la contemplait comme un trésor fabuleux.

— Je vois que tu n'as pas de piercing par ici.

— Pas encore, répondit-elle avec un grand sourire.

Il lui adressa un regard complice avant de couvrir d'une main l'un des seins de Jenna, lui caressant le téton du bout du pouce.

Certes, ils n'étaient pas gros, mais, bon Dieu, qu'ils étaient sensibles ! Elle poussa un gémissement.

— Je m'y attendais, confia-t-il avant de se pencher pour prendre le relais avec sa bouche.

À quoi il pouvait bien s'attendre, elle n'en savait rien : aussitôt qu'il eut posé ses lèvres sur elle, elle ne fut plus capable de penser à autre chose qu'à ce qu'il lui faisait. Un frisson de volupté la parcourut, depuis le téton qu'il léchait jusqu'à son clitoris. Elle avait à nouveau envie de lui.

Il prit le bout de son sein dans sa bouche, le titillant de la langue tandis que d'une main il s'occupait de l'autre, le roulant et le tirant doucement entre ses doigts jusqu'à la faire crier de plaisir.

Puis il posa sa bouche sur le deuxième sein, passant de l'un à l'autre et leur consacrant tant d'attention qu'elle dut bientôt s'appuyer sur lui, défaillant de volupté.

Elle le désirait tant que c'en était douloureux. Elle tendit la main vers le sexe de Ty et se mit à le caresser, se délectant de la chaleur qui en émanait. Avec un gémissement, il plaqua sa bouche sur la sienne dans un baiser qui lui fit tourner la tête.

Elle lui fut reconnaissante lorsqu'il la souleva dans ses bras, car elle n'était pas certaine d'être capable de tenir plus longtemps sur ses jambes. Il l'amena dans la chambre et la posa sur le lit, avant de s'y allonger lui aussi pour la prendre dans ses bras et l'attirer au-dessus de lui, la tenant par les fesses pour guider le bassin de Jenna vers son sexe tendu de désir.

Elle appuya les mains sur sa poitrine et se redressa pour le regarder.

— C'est une vue que je ne suis pas près d'oublier, commenta-t-il en tendant les mains vers ses seins pour lui effleurer les tétons.

Elle se frotta contre lui. Ils se dévoraient des yeux. Il lui pinça légèrement le bout des seins, lui arrachant un gémissement.

— C'est bon… Fais-moi pareil avec la bouche.

Elle se pencha pour rapprocher sa poitrine des lèvres de Ty. Il aspira un mamelon qu'il pressa de la langue contre son palais, accroissant les sensations par une succion vigoureuse.

Elle enfouit ses doigts dans les cheveux de Ty et s'inclina encore davantage vers lui en soupirant :

— Oh, Ty, c'est vraiment délicieux…

À ces mots, il la fit brusquement rouler sur le dos et passa les mains sous son bassin pour la cambrer vers lui. Elle se pressa contre sa queue. Elle aurait pu jouir rien qu'en se frottant à lui, mais ce n'était pas ce qu'elle voulait.

— Si tu ne me prends pas tout de suite, je vais te mordre, dit-elle.

Il se redressa pour la regarder.

— Peut-être que ça me plairait.

Elle se pressa contre lui.

— Je suis sérieuse. Il y a des capotes dans ce tiroir, précisa-t-elle avec un signe de tête.

— Je vois que tu n'es pas prise au dépourvu, commenta-t-il.

— Jamais. Maintenant, mets-en une et baise-moi.

— J'ai apporté les miennes.

— Jamais pris au dépourvu non plus ?

— J'essaie.

Il se leva et retourna au salon, dont il revint aussitôt avec un paquet de trois préservatifs.

Elle se redressa.

— Trois, rien que ça ?

— Absolument. J'espère que tu es prête pour une nuit blanche…

Il enfila un préservatif, puis l'attira vers lui et l'embrassa.

Hum, il embrassait tellement bien, et leurs lèvres s'accordaient si parfaitement… Il apportait tellement de soin à ses baisers qu'elle en avait la tête qui tournait, et pas à cause du champagne. Il avait une si belle bouche qu'elle aurait pu passer des heures à son contact.

Sans rompre le baiser, il lui écarta doucement les jambes, et elle se laissa faire avec bonheur, s'offrant à lui. Il la pénétra lentement, lui donnant le temps de profiter de la sensation.

Pendant quelques instants, elle sentit son corps s'ajuster à la présence de Ty et le découvrir intimement.

Elle écouta sa respiration, saccadée comme la sienne. Elle adorait son odeur, à la fois fraîche comme une brise hivernale et musquée, masculine. La douceur de sa peau contrastait avec la fermeté virile de ses muscles. Mais, en le caressant du bout des doigts, elle rencontra ici et là de petites irrégularités, sans doute des cicatrices. Il faudrait qu'elle les découvre une à une, une fois calmée l'exaltante précipitation de cette première fois.

Pour l'instant, elle ne pouvait penser à autre chose qu'aux mouvements de Ty en elle. Il commença doucement, ce qu'elle apprécia car elle n'avait pas fait l'amour depuis longtemps. Mais, une fois qu'elle eut retrouvé son aisance, elle eut envie de plus, et elle le lui fit savoir en se cambrant vers lui, accélérant le mouvement.

Apparemment heureux de la suivre dans cette direction, il accentua ses coups de reins.

— Oh oui, plus fort ! soupira-t-elle.

Il lui prit la main pour entremêler leurs doigts et accéda à sa demande avec une vigueur qui lui fit voir des étoiles. Elle gémit et se contracta autour de lui. Elle avait du mal à repousser l'orgasme qu'elle sentait monter.

— Jenna…

Elle le regarda dans les yeux. Il se souleva pour mieux la regarder et reprit son va-et-vient à une allure soutenue qui l'amena à plusieurs reprises au bord de l'orgasme. Chaque fois, il s'arrêtait quelques instants avant de recommencer. Et, pendant ce temps, il pressait son bassin contre le clitoris de Jenna, conscient de ses désirs et de son plaisir.

C'était un vrai magicien.

Elle enfouit ses doigts dans les cheveux de Tyler. Il passa la main sous ses fesses afin de la maintenir collée à lui. Elle vit son visage se crisper alors qu'il accélérait encore le mouvement et elle sut qu'elle ne tiendrait plus très longtemps.

— Tyler, je vais jouir…

— Laisse-toi aller, ma belle.

Il lui souleva une jambe et donna encore davantage de vigueur à leur union. Soudain, il l'embrassa, effleurant la langue de Jenna de la pointe de la sienne. Cette sensation délicieuse fit perdre le contrôle à Jenna, qui sentit l'orgasme déferler en elle. Elle gémit contre la bouche de Ty, secouée de spasmes d'extase. Elle s'agrippa à lui, lui enfonçant ses ongles dans la peau, envahie par la volupté. Lorsqu'il jouit à son tour avec un gémissement sourd, elle le serra de toutes ses forces, prenant plaisir à le sentir frissonner contre elle.

Il la serra dans ses bras alors qu'ils reprenaient tous deux leur souffle.

C'était absolument merveilleux. Non qu'elle n'ait jamais eu de plaisir au lit auparavant, mais cette fois-ci c'était tout simplement… incroyable.

Elle pensait qu'il voudrait partir tout de suite. Certains hommes n'aimaient pas trop les moments qui suivaient l'amour. Ty n'avait pas l'air d'en faire partie. Il continuait à la caresser, dessinant paresseusement d'un doigt des cercles sur sa peau.

Elle ne savait comment se comporter.

Cela faisait tellement longtemps qu'elle n'avait pas eu un mec à la maison qu'elle ne s'en souvenait même pas. Elle était difficile. Et elle n'avait pas vraiment de temps. Peut-être aussi qu'elle préférait être seule plutôt que de ramener n'importe quel gars ramassé dans un bar. Elle l'avait assez fait quand elle avait quitté le toit familial, à dix-neuf ans. C'était dans sa période rebelle, lorsqu'elle avait découvert la liberté de ne plus être sous le regard de ses parents et de ses frères. C'était chouette, mais elle s'en était vite lassée. Bien que jeune à l'époque, elle avait davantage de maturité que les garçons qu'elle avait mis dans son lit.

En sept ans, les choses n'avaient pas beaucoup changé. Les hommes étaient toujours les mêmes, à sa grande déception. Il faut dire aussi qu'elle ne cherchait pas tellement à sortir pour rencontrer d'autres genres de mecs. Elle était le plus souvent coincée au bar, et elle savait déjà que les clients n'étaient pas du tout son style.

Alors pourquoi en avait-elle un dans son lit en cet instant ?

Parce qu'il était grand, baraqué, magnifique, et qu'elle rêvait de lui toucher les cheveux.

Bon, c'était fait. Et pas seulement les cheveux, d'ailleurs.

— Tu ne dis rien, Jenna. Tu es fatiguée ?

Elle leva les yeux vers lui. Il l'observait.

— Non, plutôt pensive.

Il se redressa pour mieux la voir.

— Qu'est-ce qui te rend pensive ? Le mariage ou ce qu'on vient de faire ?

— Je ne sais pas. Peut-être un peu des deux.

Elle s'attendait à ce qu'il lui lance ce regard que la plupart des hommes avaient après le sexe : celui d'une biche terrifiée devant les phares d'une voiture. Mais non, il avait l'air intéressé.

— À quoi tu penses ? demanda-t-il.

— À Mick et à Tara, et aussi aux changements dans ma vie, ces dernières années.

— Ah oui ? Explique…

Elle le dévisagea.

— Tu es certain de vouloir savoir ?

Toujours occupé à tracer des cercles invisibles sur l'épaule de Jenna, il ne semblait pas prêt à s'enfuir.

— Oui, certain.

— J'ai quitté la maison à dix-neuf ans. Pour moi, c'était vraiment la liberté, après avoir vécu avec papa et maman, en plus de Mick et Gavin.

— Tu étais très surveillée, hein ? commenta-t-il, amusé.

Elle s'assit et s'appuya sur les oreillers.

— Tu n'imagines même pas… Je suis partie à la fac et j'ai passé le premier semestre en résidence universitaire. J'ai détesté. Mes voisines étaient toutes des garces, enfermées dans leur milieu, dans leurs clubs, et ne pensant qu'à faire la fête. Ça ne m'a pas pris longtemps pour comprendre que je n'étais pas faite pour la vie de campus. Les soirées étaient trop bruyantes, trop déjantées, et trop nombreuses. J'étais l'une de ces rares étudiantes qui avaient vraiment envie d'apprendre quelque chose. Comme ce n'était pas possible dans ces conditions, je suis retournée chez mes parents. C'était une grosse erreur.

— Une fois qu'on est parti, c'est compliqué de revenir…

— Exactement, dit-elle en riant. Je ne supportais plus de respecter des règles et d'être surveillée tout le temps. Pourtant, je n'étais pas du genre à sortir tous les soirs. Pas encore, du moins. J'avais juste besoin d'avoir ma vie à moi. Alors j'ai loué un appartement et je me suis installée toute seule pour la première fois de ma vie.

— Ça devait être sympa.

— Très.

— Tu t'es mise à faire la fête ?

— Oh oui ! Rien de tel que la liberté absolue. Pour quelqu'un qui avait dit tant de mal des noceurs du campus… Je suis passée pour une sacrée hypocrite quand, à peine arrivée sous mon propre toit, j'ai commencé à faire la même chose !

— J'étais pareil. Mais à la fin on est bien obligé de mûrir et de devenir responsable.

— C'est vrai. Et ça ne m'a pas pris longtemps de voir mes notes tomber en chute libre et de comprendre que les études, ce n'était pas pour moi.

— C'est comme ça que tu t'es retrouvée barmaid ?

— Plus ou moins. J'ai laissé tomber la fac à la fin de la deuxième année, puis je me suis accordé une année sabbatique pour voyager et faire le point.

— Tu es allée où ?

— D'abord au Canada avec des amis, ensuite à Paris, en Allemagne et enfin à Londres. Là aussi, c'était la fête en permanence.

Il lui caressa le poignet, puis le bras, jusqu'au tatouage tribal qui enserrait son biceps.

— C'est là que tu t'es fait tous ces tatouages ?

— Là et ailleurs, répondit-elle en frissonnant à son contact.

Il s'assit à son tour et fit glisser son index jusqu'à l'épaule de Jenna, autour de son cou et derrière son oreille, effleurant les piercings au passage.

— Et les anneaux ?

— C'était juste un coup de tête.

— Je les aime bien. Ils sont sexy.

Elle adorait qu'il lui touche l'oreille. Et pas seulement.

— Les tatouages aussi, c'était sur un coup de tête ?

— Non, ils ont tous une signification, expliqua-t-elle en tendant le bras. Le Soleil, la Lune et les étoiles me rappellent qu'où que j'aille on peut toujours regarder le même ciel, ma famille et moi. C'était un grand réconfort, lorsque je me suis installée toute seule et quand je suis partie autour du monde. Le tatouage tribal, c'était pour matérialiser une amitié, en Angleterre.

— Et le dragon ?

— Il me protège. J'avais un très bon ami tatoueur. Je le connaissais depuis le lycée. J'aimais ce qu'il faisait. Il l'a créé pour moi, et je suis tombée amoureuse d'Edgar à cette époque. Je savais que tôt ou tard je me le ferais tatouer.

Tyler écarquilla les yeux.

— Edgar ?

— C'est comme ça que je l'appelle, répondit-elle avec un sourire.

— Tu as baptisé ton dragon Edgar ?

— Oh, ta gueule !

— Mets-toi à plat ventre que je puisse le regarder.

— Tu n'as pas l'intention de te moquer, n'est-ce pas ? protesta-t-elle, les sourcils froncés. Edgar représente beaucoup pour moi.

Il la prit par le menton et lui donna un baiser.

— Jenna, jamais je ne me moquerais de quelque chose qui est si important pour toi.

Elle se sentit à nouveau toute chose. Maudit Ty, il savait vraiment la prendre par les sentiments !

Pour autant, elle allait quand même le mettre à la porte après cette nuit. Ce n'était pas l'homme qui lui fallait.

— Allez, à plat ventre !

— Ok, répondit-elle avec un sourire.

Tyler déglutit. Comme Jenna avait les cheveux courts, ce tatouage bien visible sur son cou l'avait toujours intrigué. Dans l'état de leurs relations, il n'avait pu que deviner quelques touches de couleur, une ligne ici ou là, mais il n'avait jamais pu voir de quoi il s'agissait. Il savait seulement que c'était un dessin dans les tons verts, qui lui enserrait partiellement le cou. C'était d'autant plus intrigant qu'elle portait souvent des bijoux qui le dissimulaient et lui donnaient envie d'en voir plus.

Et maintenant qu'il en avait enfin la possibilité, qu'elle était nue devant lui…

Bien entendu, à présent qu'elle était allongée, nue, à côté de lui, il avait de nombreuses autres idées pour s'occuper, mais il voulait tout de même regarder ce tatouage.

La queue du dragon s'enroulait autour de la nuque de Jenna et se terminait à côté de sa gorge. Le dessin s'élargissait dans son dos et descendait de façon sinueuse le long de sa colonne vertébrale.

Le tatoueur était vraiment doué : le dragon semblait vivant. Il le suivit du doigt, s'attendant presque à sentir les écailles tant les couleurs et le trait étaient réalistes. Il effleura les pattes griffues et les ailes.

Ce fichu tatouage était absolument magnifique. Heureusement, vu qu'il ornait le dos d'une si belle femme…

Il la caressa, effleurant l'animal, juste pour le plaisir de sentir ses muscles se contracter et se détendre sous sa main.

Leur union avait rempli toutes ses espérances, et même davantage.

Jenna aimait le sexe, elle était à l'aise avec son corps, et il n'avait pas envie de s'arrêter en si bon chemin. Elle était superbe, mince et sensible, et à la seule pensée de se trouver à nouveau en elle, de la lécher et de la toucher, il se remit à bander.

Mais il savait bien qu'il allait devoir se contenir un peu, car, pour Jenna, c'était une histoire sans lendemain.

Il ne voulait pas se contenter de si peu.

L'une des griffes du dragon décorait sa hanche gauche. On aurait presque cru qu'elle était en relief.

— C'est un tatouage magnifique.

— Merci.

— Combien de temps ça a pris ?

— Trois mois.

— Dis donc, il fallait être motivé ! Autant pour toi que pour le tatoueur.

Il lui massa le dos du bout des doigts, descendant jusqu'au creux de ses reins et laissant ses mains s'arrêter sur ses fesses.

Il déposa un baiser sur son épaule puis la retourna vers lui.

Ses seins étaient semblables à deux petites pêches bien mûres, avec des tétons bien ronds et durs. Et très sensibles, ce qui n'était pas pour lui déplaire. Il les caressa à pleines mains, puis passa la langue sur l'un des mamelons, le regardant se dresser. Elle haleta lorsqu'il lécha à nouveau le bout de son sein, puis les pressa l'un contre l'autre afin de pouvoir les titiller en même temps avec sa langue, ses lèvres et ses dents.

Elle avait la taille fine, les hanches étroites, et des jambes superbes qui étaient sans nul doute son principal atout. Il la caressa de la tête aux pieds, d'une main légère et détendue, faisant monter en elle les sensations jusqu'à ce qu'elle frissonne à son toucher.

Lorsqu'il effleura ses flancs et son ventre, elle se cambra vers lui.

Elle en voulait encore, et il était sur la même longueur d'onde. Il aurait pu consacrer la nuit entière à jouer avec son corps.

Il passa alors la main sur le sexe de Jenna, arrêtant ses doigts juste au-dessus du clitoris. Elle fixa sur lui des yeux aux pupilles dilatées de désir.

— Touche-moi…, soupira-t-elle.

Il sentit sa queue vibrer à ce son. Il fit glisser sa main plus bas sur le sexe de Jenna, brûlant et humide, et, lorsqu'elle se cambra vers lui, il se mit à tourner autour de son clitoris, accordant une importance particulière à son piercing. Il avait remarqué qu'une caresse à cet endroit lui arrachait un soupir de plaisir. Sans cesser de stimuler ce point sensible avec la paume de sa main, il introduisit ses doigts en elle.

Elle tira le poignet de Ty vers elle, l'incitant à entrer plus profondément. Les pieds posés à plat sur le lit, les genoux repliés, elle souleva le bassin vers lui.

Oh oui ! Il se pencha vers elle pour l'embrasser, et elle enfouit les doigts dans sa chevelure, dans un déferlement de passion. Elle était à nouveau au bord de l'orgasme. Ses cris et ses gémissements rendirent Tyler fou. Il la mit à plat ventre et attrapa un préservatif.

Puis, glissant un bras sous le ventre de Jenna, il la souleva pour la mettre à quatre pattes, vint se caler derrière elle et la pénétra.

Elle était secouée de spasmes d'orgasme. Il s'arrêta pour lui laisser le temps de se remettre.

Apparemment, ce n'était pas ce qu'elle voulait, car elle se colla contre lui afin de mieux le sentir.

Oh, c'était bon… ! Il la prit par les hanches et donna un coup de reins pour entrer encore plus profondément en elle.

— Oh oui ! dit-elle, la tête penchée, les fesses cambrées vers lui.

Elle avait un fessier sublime, et il n'en perdait pas une miette. Il la voyait onduler en cadence et rejeter la tête en arrière lorsqu'il venait se cogner contre elle.

Elle agrippa convulsivement les oreillers alors qu'il continuait son va-et-vient avec une vigueur accrue. Une fine couche de sueur perlait sur sa peau.

Ty était envahi de sensations brûlantes. Il se pencha en avant afin de pouvoir la toucher, lui caresser le clitoris en même temps qu'il la prenait par-derrière.

— Tu vas me faire jouir, prévint-elle d'une voix étranglée. Baise-moi plus fort…

Il obéit, pressant son bassin contre les fesses de Jenna sans cesser de titiller son clitoris. Il la sentit se crisper légèrement, à deux doigts de l'orgasme.

Il n'en était plus très loin lui-même, mais il voulait l'attendre.

— Ty…

En l'entendant l'appeler d'une voix rendue rauque par le plaisir, il faillit perdre tout contrôle.

Un instant plus tard, elle se cambra et frissonna sous l'effet d'un orgasme si puissant que Ty lui-même en fut secoué. Il laissa libre cours à son plaisir et jouit à son tour avec un grognement sourd.

Elle se laissa retomber sur le lit. Ty s'allongea près d'elle et la serra dans ses bras. Dos à lui, elle glissa une main derrière elle pour lui caresser le cou et se tourna pour l'embrasser.

Il lui rendit son baiser. Il aimait sa bouche et avait hâte de la sentir sur sa queue, mais Jenna semblait tellement épuisée qu'il se contenta de lui effleurer le bras puis la hanche, heureux d'écouter sa respiration se faire plus profonde à mesure qu'elle sombrait dans le sommeil.

Il ne lui fallut que quelques minutes pour s'endormir, et Ty la suivit presque aussitôt.

Chapitre 9

Jenna battit des paupières quelques instants avant d'ouvrir les yeux pour de bon. Elle était clouée au matelas par un poids inhabituel. Elle tenta de secouer cette chaude torpeur.

Alors elle entendit quelqu'un grogner.

Ah oui !

Ty. C'est vrai.

Elle sourit.

Elle avait passé une nuit… incroyable. Plus que ça, même. Elle se mit sur le dos et le contempla. Il dormait sur le flanc, face à elle. La lueur blafarde de l'aube entrait dans la pièce, juste assez pour qu'elle puisse le regarder.

Fidèle à sa parole d'utiliser les trois préservatifs, il l'avait réveillée au milieu de la nuit en promenant sa queue en érection contre les cuisses de Jenna. Il avait enfilé la dernière capote et l'avait pénétrée par-derrière, allant et venant lentement tout en lui caressant les seins. Elle ne savait même pas si elle s'était vraiment arrachée au sommeil, mais elle avait aimé le plaisir brumeux qui l'avait envahie alors qu'il lui faisait l'amour avec décontraction. Puis elle s'était sentie de plus en plus excitée et avait fini par atteindre un orgasme qui l'avait secouée de la tête aux pieds. Il l'avait imitée un instant après.

Ils s'étaient aussitôt rendormis. C'était une expérience éblouissante.

Elle ne ressentit aucun regret en se réveillant à ses côtés. Comment aurait-ce pu être le cas, alors qu'il lui avait donné plus de plaisir qu'elle n'en avait eu de toute sa vie ?

Une barbe d'un jour pointait sur sa joue, il avait les cheveux emmêlés par le sommeil et l'amour, et elle avait envie de s'allonger sur lui pour recommencer. Elle en eut des frissons de désir dans le ventre.

Jusqu'à ce que ses yeux se posent sur le réveil.

6 h 30.

Merde ! Ses parents l'attendaient à 8 heures pour un petit déjeuner avec Mick et Tara avant leur départ pour la lune de miel.

Elle se glissa hors du lit et courut dans la douche, se débarrassant des restes de maquillage et des souvenirs du plaisir de la nuit. Puis elle se sécha, se coiffa et se remaquilla, avant de rentrer dans la chambre sur la pointe des pieds.

Ty n'avait pas bougé d'un pouce. Manifestement, il avait le sommeil lourd. Elle secoua la tête et ouvrit le placard, à la recherche d'un jean et d'un pull. Elle attrapa aussi des sous-vêtements, des chaussettes et des bottes, et s'habilla dans la cuisine en attendant que le café ait fini de couler.

Elle avala une tasse du breuvage, avec une bouffée de reconnaissance pour les excitants, avant de retourner dans la chambre.

Il dormait encore. *Veinard!* Rien n'aurait davantage plu à Jenna que de se recoucher pour grappiller quelques heures de sommeil en plus. Et peut-être quelques galipettes.

Malheureusement, rien de tout cela n'était au programme.

Elle s'assit sur le lit à côté de lui et lui secoua l'épaule.

— Salut.

— Hum ?

— Ty… ! Tyler… !

Il entrouvrit les yeux.

— Oui ? Tu es déjà habillée ?

— Je dois aller chez mes parents, ce matin. On a une réunion de famille.

Il repoussa les couvertures et s'assit.

— Pas de problème. Je vais partir.

— Prends ton temps. Il suffit de claquer la porte en sortant. Il faut que je file.

Il se passa la main dans les cheveux et regarda le réveil.

— Oui, moi aussi. J'ai un match, ce soir.

— OK. J'ai passé un bon moment.

— Moi aussi.

Elle s'apprêtait à se lever, mais il l'attira contre lui et lui donna un baiser voluptueux.

Il était tout chaud, et le contact de sa bouche rappela à Jenna la nuit qu'ils avaient vécue. Lorsqu'il s'écarta, elle regretta de ne pas avoir davantage de temps à lui consacrer, surtout en remarquant la bosse prometteuse que faisait son sexe en érection sous les draps. Elle avait envie de le toucher, de le lécher, de jouer encore avec lui.

Mais cela ne se produirait pas.

— Passe une bonne journée, Jenna.

— Toi aussi, répondit-elle avec un sourire de regret.

Elle se leva et sortit précipitamment avant d'avoir eu le temps de commettre un impair, comme lui proposer de se revoir.

Ty lut le regret et l'hésitation dans le regard de Jenna.

Il connaissait les règles. Une nuit, pas plus.

Mais il avait également remarqué la flamme qui s'était allumée dans ses yeux après ce baiser.

Elle était peut-être déterminée, mais lui aussi. Et il ne renonçait jamais.

Il repoussa les couvertures et alla chercher ses habits. Cela n'avait guère d'intérêt de se doucher chez Jenna pour remettre des vêtements sales ensuite. Autant attendre d'être rentré chez lui. Il s'habilla et suivit l'odeur du café.

Jenna lui avait sorti une tasse, et il n'eut plus qu'à se servir. Il but en bénissant la caféine qui lui permettrait de se traîner jusqu'à son appartement.

La nuit avait été longue. Et délicieuse. Il sourit en y repensant. Il avait envie de recommencer.

En se dirigeant vers la porte, il remarqua la guitare dans la chambre d'amis. Il s'arrêta, jeta un coup d'œil dans la pièce et aperçut une feuille de papier à musique.

Il savait que cela ne le regardait pas et qu'il ne devrait pas s'approcher, mais, après tout, elle l'avait laissé seul chez elle.

Il entra et s'accroupit par terre. Il trouva des partitions imprimées, et aussi des feuillets où elle avait noté ses propres compositions.

Ça alors ! Il n'aurait jamais deviné qu'elle écrivait des chansons. Il n'y connaissait rien en musique, mais de toute évidence ce n'était pas le cas de Jenna. Elle avait couvert des pages et des pages de ses compositions.

Intéressant.

Jenna se débarrassa de son manteau et se dépêcha d'entrer dans la cuisine, tout en se frottant les mains pour les réchauffer.

Tout le monde était déjà arrivé, et la bonne odeur de nourriture fit gronder son estomac. Il y avait du bacon et des petits pains maison. Elle était affamée.

— Bonjour. Je suis en retard ?

— Non, tu es juste à l'heure, répondit sa mère. Les autres sont déjà dans la salle à manger. Tu peux apporter cette assiette de muffins.

Jenna embrassa sa mère sur la joue et prit le plat.

— Il était temps que tu arrives, grommela Gavin. Nous étions tous en train de défaillir en t'attendant.

Jenna s'assit, non sans lever les yeux au ciel.

— Il est 8 h 05. Je ne pense pas que tu serais mort de faim.

Elle embrassa Tara, qui rayonnait littéralement.

— Bonjour, madame Riley.

Tara lui répondit par un grand sourire.

— Ça va me prendre quelque temps pour m'y faire. Tara Riley. J'ai du mal à y croire ! Il est à moi pour toujours…

Mick s'approcha et passa un bras autour des épaules de sa femme.

— Et si, c'est bien vrai. Tu es mon épouse. Trop tard pour faire machine arrière.

Tara leva vers lui un regard adorateur.

— Ça ne risque pas. Je ne suis pas près de te lâcher.

— Vous me donnez des crampes d'estomac. À moins que ce ne soit juste la faim.

Mick et la mère de Jenna s'assirent, et tous attaquèrent le merveilleux repas qu'elle avait préparé. De toute évidence, tout le monde avait bon appétit. La conversation porta sur les événements de la veille.

Jenna prit plaisir à écouter les autres raconter les anecdotes qu'ils avaient vécues pendant la soirée. Mick avoua avoir eu le trac, craignant d'oublier ses vœux. Tara avait traversé la cérémonie dans une extase totale, et Nathan était soulagé de ne pas avoir trébuché malgré ses chaussures habillées. Gavin et Liz avaient des étoiles plein les yeux en songeant à leur futur mariage, et les parents regardaient leurs enfants avec tant de bonheur que Jenna en eut les larmes aux yeux.

C'était sa famille, et elle l'aimait tellement…

Elle se resservit du café, y ajouta de la crème et porta la tasse à ses lèvres, fermant les yeux pour mieux sentir l'arôme.

— Tu as eu une nuit agitée ?

Elle rouvrit les paupières et vit Liz qui la dévisageait.

— Je me suis couchée tard, comme tout le monde ici…

— J'ai un doute, déclara Tara en examinant Jenna avec attention. Tu as les joues roses, mais des cernes jusqu'au menton…

Les hommes étaient tous passés au salon pour regarder la télé, et la mère de Jenna était dans la cuisine, laissant les trois jeunes femmes seules.

Liz pencha la tête d'un air songeur.

— Je ne connais qu'une seule chose capable de donner à la fois des cernes et des couleurs. Le sexe.

Jenna écarquilla les yeux.

— Pas du tout !

— Si, renchérit Tara. Tu crois qu'on n'a jamais fait de galipettes ? On reconnaît cette tête !

Jenna regarda autour d'elle pour s'assurer que personne n'était à portée de voix. Le volume de la télé était à fond, et, si jamais sa mère entendait des bribes, elle ne viendrait sans doute pas demander de détails. Heureusement.

— Alors, c'était qui ? interrogea Tara.

— Je n'ai pas envie d'en dire plus…

Liz regarda Tara.

— Elle n'a pas envie d'en dire plus. Donc elle ne nie pas. Elle a bien passé la nuit en galante compagnie, CQFD.

— Je ne parlerai qu'en présence de mon avocat, rétorqua Jenna en relevant le menton.

Tara adressa à Liz un signe de tête entendu.

— Évidemment, j'ai été occupée toute la soirée. Mais toi, tu as dû la voir : avec qui était-elle ?

Liz tapota la table avec son ongle à la manucure impeccable.

— Voyons… Elle est venue seule et, pour autant que je sache, elle n'a pas de petit copain…

— Du moins pas à notre connaissance. Je pourrais demander à Mick.

— Et moi à Gavin.

— Arrêtez, vous deux ! Je n'ai personne. C'était juste un coup d'un soir.

— Un coup d'un soir… Oh, je sais ! annonça Liz. C'était Ty.

Merde !

— Ty Anderson ? Le joueur de hockey ? demanda Tara en se tournant vers Jenna. Oh, il est magnifique ! Et tellement sexy !

— C'est un joueur professionnel, et vous savez ce que je pense du sport et des sportifs !

— Peu importe, si Ty te plaît.

Perplexe, Liz dévisagea Jenna.

— Quel est le rapport entre le sport et le fait de passer la nuit à faire des cochonneries ?

— Elle refuse de sortir avec des sportifs, expliqua Tara.

— Mais pourquoi ? insista Liz, les sourcils froncés.

Jenna haussa les épaules, consciente que cela semblait idiot.

— Parce que je baigne dedans au boulot et aussi dans ma famille. Donc, quand je sors avec un gars, j'aime bien changer un peu de paysage !

— Mais tu as le sport dans le sang, Jenna.

— Non, ce sont eux qui l'ont dans le sang, pas moi, répliqua Jenna avec un geste en direction de Mick et de Gavin.

Tara s'appuya sur son dossier en sirotant son jus de fruits.

— OK, je comprends. Et, comme je suis moi-même la reine du déni, j'admets que tu ne veuilles pas sortir avec Ty…

— Aussi stupide que ça puisse être, intervint Liz.

Tara la fusilla des yeux.

— Jenna a ses raisons, point.

— OK, OK, capitula Liz en agitant les mains.

— Bref, reprit Tara, c'était bien ?

— Oh oui ! insista Liz. Dis-nous tout ! C'était comment ?

Jenna secoua la tête.

— Ma parole, vous êtes pires que des mecs !

— Non, les mecs ne se racontent pas les détails de leurs prouesses sexuelles, protesta Tara.

— C'est vrai, ça ?

— Je t'assure, affirma-t-elle. Mick m'a avoué qu'ils sortent des phrases du genre « Je lui ai si bien fait son affaire hier soir que ce matin elle ne pouvait plus marcher » ou d'autres idioties dans ce goût-là, mais sans entrer dans les détails. Alors que nous, on veut un compte-rendu.

— Ah ! Bah..., je lui ai si bien fait son affaire hier soir que ce matin il ne pouvait plus marcher.

Liz pouffa. Tara éclata d'un grand rire, la tête rejetée en arrière.

— Qu'est-ce qui vous fait rigoler comme ça, là-bas ? demanda Mick.

— Des trucs de filles, cria Tara avant de se tourner à nouveau vers Jenna. Et puis ?

— Et puis quoi ?

— Allez, Jen, tu ne peux pas nous laisser en plan comme ça. C'était vraiment bien ? Ce mec est l'incarnation de la sensualité dans un corps de hockeyeur. Je l'ai vu jouer. Je suis son agent, quand même ! Sur la glace, il a une énergie incroyable.

Jenna se laissa aller contre son dossier.

— Et tu aimerais savoir si cette énergie se retrouve sous la couette.

— Un peu, que je veux savoir !

Jenna ne put s'empêcher de sourire. En repensant à sa nuit, elle sentit la chaleur l'envahir.

— Eh bien..., oui, on peut dire ça !

Liz donna une grande claque sur la table.

— Je m'en doutais. Remarque, je ne me plains pas, car Gavin…

Jenna leva une main.

— … est mon frère et je ne veux surtout pas que tu me racontes quelles acrobaties vous pouvez faire ensemble.

— Tu n'es vraiment pas drôle.

Jenna se leva et prit la cafetière.

— Je vais chercher du café. Tu peux parler de cul avec Tara. Je reviens tout de suite.

Elle entra dans la cuisine. Sa mère venait de raccrocher le téléphone.

— J'ai des mauvaises nouvelles, ma chérie. C'était Diandra, elle n'a pas pu venir au mariage parce que Bill a dû être opéré de la vésicule biliaire en urgence.

Jenna prit la verseuse fumante pour remplir la cafetière. Diandra était l'une des plus anciennes amies de sa mère. Bill et elle étaient venus si souvent à la maison que pour Jenna ils faisaient partie de la famille.

— Oh non ! Comment va-t-il ?

— Mieux. Il est encore à l'hôpital : il est sous antibiotiques à cause d'une infection, mais il devrait sortir demain. Elle était vraiment déçue d'avoir raté le mariage.

— Dans ces circonstances, elle est tout excusée. Je suis contente que Bill n'aille pas trop mal.

— Moi aussi. Dis-moi : de quoi vous parliez, toutes les trois ?

— Rien de spécial. Du mariage, surtout.

— C'était une belle cérémonie, pas vrai ?

— La plus belle qu'on n'ait jamais vue, maman.

Elle n'avait pas l'intention d'en révéler davantage à sa mère. C'était déjà assez catastrophique que Liz et Tara aient découvert le pot aux roses. Dans la mesure où elle ne comptait pas revoir Ty, elle n'avait aucune raison d'en parler à ses parents.

Malgré le manque de sommeil, Ty débordait d'énergie sur la glace.

À seulement quatre minutes de la fin de la troisième période, ils menaient trois à deux. Consigné sur le banc de pénalité à la suite d'une faute grave, il rongeait son frein. Plus que quinze secondes avant de pouvoir réintégrer le jeu.

Quand il était maintenu à l'écart du jeu, les secondes lui semblaient aussi longues que des heures. Il garda les yeux rivés sur le compte à rebours jusqu'au moment où il put s'élancer sur la glace et reprendre sa position.

Eddie Wolkowski lui passa le palet, qu'il fit alors avancer à travers les défenses adverses. Il fit à son tour une passe à Eddie et alla se placer devant le filet. Eddie envoya le palet à Victor, qui le fit glisser vers Ty, et ce dernier tira de toutes ses forces vers le but. Le gardien se jeta au-devant du disque, dont il dévia la trajectoire vers la zone derrière le filet.

Merde !

Sentant l'adrénaline couler dans ses veines, Ty repartait vers l'arrière du terrain lorsque le centre de

Montréal arriva à sa rencontre. Ty ne voulait pas le laisser passer : il cogna sa crosse de toute la puissance de la sienne, puis lui ravit le palet, plantant ses patins dans la glace afin de retourner le plus vite possible vers le filet.

Son opposant lui donna un coup d'épaule pour l'empêcher d'avancer, et ils se disputèrent le palet. Le disque finit par se dégager de lui-même, et Ty partit à sa poursuite, bien décidé à ne pas le laisser échapper. Chaque fraction de seconde était comme une bataille à remporter. Il n'allait pas permettre à ce centre de lui arracher sa proie. Ils le rattrapèrent au même instant, et Ty fit demi-tour, dos au joueur adverse. Il leva sa crosse, subtilisant le palet au Montréalais pour le passer à Victor, qui l'envoya à Eddie.

Tyler se rapprocha du filet.

Eddie se débattit avec un défenseur avant de pouvoir refaire passer le disque à Ty. Ce dernier se glissa derrière le filet avant de faire une passe à Victor, qui se tenait prêt, à la droite du gardien, et n'eut plus qu'à l'expédier au fond du filet.

Les lumières du tableau clignotèrent, signalant le changement de score.

La foule bondit sur ses pieds pour les applaudir.

Tyler s'approcha d'Eddie et de Victor pour toper vigoureusement. Il était temps de finir la partie.

Quand la rencontre prit fin, Tyler était à la fois lessivé et d'humeur à faire la fête.

— Vous avez envie de sortir vous amuser ce soir, les gars ? demanda-t-il.

Eddie acquiesça. Célibataire, vingt-huit ans, il était toujours d'accord pour aller célébrer une victoire.

— Tu le sais bien. Du moment que tu paies.

Ty secoua la tête.

— Ce que tu peux être radin, Eddie!

— Oui, mais un jour je serai radin ET riche, surtout si je continue à dénicher des braves gars comme toi pour me payer mes consommations.

— Je t'offre à dîner en remerciement de la passe que tu m'as faite, et pareil pour Victor, en reconnaissance du point qu'il a marqué. Mais pour la bière tu peux te brosser.

— Tu as raison, répondit Victor. Plein de belles femmes vont me réclamer, après le but de ce soir.

— Je crois que les beautés te courraient après même si tu n'avais pas marqué, répliqua Ty avec une tape dans le dos.

Victor fit une petite moue.

— C'est vrai…

Ils se dirigèrent vers le *Riley's*. Pas même parce que Ty espérait y voir Jenna : c'était Eddie qui l'avait suggéré, à la fois parce qu'il aimait leur cuisine et à cause de Renee, la jolie serveuse qu'il n'avait pas encore eu le courage d'inviter. Et puis Victor y avait repéré une blonde quelque temps auparavant et, comme il n'avait pas encore réussi à la mettre dans son lit, il voulait voir si elle serait au bar ce soir-là.

D'ailleurs, puisque Ty avait proposé de payer le dîner, il était un peu obligé de venir, non ?

Il se trouvait justement que Jenna était de service ce soir-là. Simple coïncidence.

Elle n'eut pas l'air surprise de voir arriver Tyler. Elle ne lui sembla pas non plus manifester un plaisir particulier, bien qu'elle n'ait pas, à proprement parler, l'air fâchée.

Elle paraissait surtout fatiguée.

Renee était également présente et elle leur apporta leurs boissons. Elle reluquait Eddie, qui le lui rendait bien.

Ty flanqua un coup de coude à son coéquipier.

— Tu lui plais, ça se voit comme le nez au milieu de la figure. Invite-la !

— Peut-être, répondit Eddie, rouge comme un coquelicot.

— Maintenant, pas dans dix ans, espèce de bêta !

— Bravo pour le match, les garçons, vous étiez magnifiques, commenta Renee. Et Jenna vous offre l'apéro pour célébrer la victoire.

— Excellent ! s'enthousiasma Victor en levant sa vodka. À l'équipe des Ice !

— À l'équipe des Ice ! renchérit Ty.

Mais c'est Jenna qu'il regardait en vidant son verre de whisky. Il lui sembla voir l'ombre d'un sourire flotter sur son visage. Mais peut-être avait-il rêvé.

De toute façon, il n'était pas là pour Jenna. Il était venu faire la fête avec ses copains.

Ils commandèrent leurs plats, descendirent quelques bières, et Victor retrouva la fameuse demoiselle blonde, qui était aussi ravie que lui de le revoir. Ils ne tardèrent pas à être entourés de fans enthousiastes, heureux de revivre en paroles la rencontre tout juste achevée.

Le match avait été grandiose. Ty avait envie de partager son exaltation avec Jenna, mais on était samedi, et le bar était bondé. Elle était surchargée de travail, mais, après ce qu'ils avaient vécu ensemble la nuit précédente, il aurait été grossier de ne pas au moins aller lui parler.

Il attendit qu'elle ait terminé de préparer une commande, puis s'appuya au comptoir.

— Salut.

— Salut. Vous avez bien joué ce soir, dit-elle tout en lavant des verres.

— Merci.

Elle ne l'avait pas encore regardé, et il patienta donc jusqu'à ce qu'elle ait fini ce qu'elle était en train de faire. Mais ensuite elle se rendit à l'autre bout du bar pour servir quelqu'un.

D'accord, il fallait bien qu'elle s'occupe de ses clients. Il comprenait parfaitement. Il pouvait se montrer patient.

Mais lorsqu'une fois revenue elle continua de l'éviter, il se dit que quelque chose n'allait pas.

— Tu as l'air fatiguée.

— Je le suis, répondit-elle avec un petit sourire.

— Tu as eu une nuit agitée ?

— Non. J'ai passé une nuit très agréable. Mais tu sais que c'est la fin de l'histoire, pour nous.

Sans se vexer, il s'appuya au comptoir.

— Tu me laisses tomber en douceur, c'est ça ?

Elle le regarda comme lui-même avait déjà regardé de nombreuses femmes par le passé, d'un air de dire : « C'était bien, mais… »

— Tyler…

Il rit.

— Envoie Renee pour nous resservir à boire. Et essaie de dormir cette nuit, Jenna.

C'était la fin de la partie, du moins selon Jenna.

S'il avait été trop sensible, il en aurait sans doute été blessé.

Mais, par chance, il était solide comme un roc, et il en fallait bien plus que ça pour l'ébranler.

Pour lui, la partie était très loin d'être terminée…

Elle pensait qu'elle serait mieux avec un gars pas trop sportif ?

Il allait lui en trouver un.

Peut-être même plusieurs.

Chapitre 10

Il se passait quelque chose de bizarre…

À moins que Jenna ne dégage des phéromones d'un genre nouveau, car elle n'arrêtait pas de se faire draguer.

Cela faisait une semaine qu'elle était entourée d'un flot permanent de prétendants. C'était comme si quelqu'un avait répandu le bruit qu'elle était disponible.

Comme c'était plutôt invraisemblable, elle accusait les phéromones.

Tout avait commencé le lendemain de sa rupture avec Tyler. Elle avait tout d'abord rencontré un comptable sexy qui, aussitôt entré dans le bar, lui avait foncé dessus comme si elle était le seul élément féminin présent ce soir-là. Elle s'était sentie flattée lorsqu'il l'avait invitée, mais il n'était pas son genre.

Le jour suivant, c'était le concessionnaire automobile. Comment il s'appelait, déjà ? Ah oui, Stan ! Il était beau, dans un genre à la fois séduisant et coincé, avec des lunettes à monture noire et un corps musclé qui montrait combien il aimait le sport. Mieux, il était intelligent, et elle appréciait les gars futés. Mais, encore une fois, le courant ne passait pas spécialement entre eux, et elle refusa donc son invitation.

Ensuite, elle avait rencontré un mannequin. Mon Dieu, il était superbe ! Il était arrivé avec un groupe de gens – des hommes et des femmes, tous aussi magnifiques que lui. Tout le monde dans le bar était resté figé un instant à contempler ces gens qui semblaient sortir d'un magazine de mode. Et, quand Robert – c'était son nom – s'était appuyé au comptoir en lui adressant un sourire éblouissant, elle avait failli lâcher la bouteille qu'elle tenait à la main.

Ils avaient discuté pendant près d'une heure. Il buvait de la bière, ce qui indiquait qu'il n'était pas prétentieux, et il lui avait raconté qu'il était entré dans le mannequinat à l'adolescence. Il ne comptait pas faire ça toute sa vie, mais pour l'instant il mettait de l'argent de côté, car c'était une carrière qui rapportait gros. Il espérait par la suite ouvrir une galerie d'art. Il lui avait montré quelques photos de lui sur son téléphone. Il était photogénique en diable, et son corps était à la hauteur de son visage.

Elle ne comprenait toujours pas comment il s'était retrouvé à la draguer, mais il paraissait gentil, agréable et authentique. Et tous ses amis étaient également sympathiques, ce qui prouvait bien qu'il ne fallait pas se fier aux apparences.

Aussi, lorsque Rob lui proposa un rendez-vous, elle accepta, bien décidée à élargir son horizon.

Il l'amena au musée, et elle découvrit avec surprise que c'était un véritable connaisseur. Il lui conseilla d'aller à New York, et elle lui apprit qu'elle avait visité le Louvre, ce qui les conduisit à parler d'art pendant le dîner. Il lui expliqua qu'il aimait peindre et que c'était la raison pour laquelle il souhaitait avoir sa galerie. Il comptait afficher ses œuvres parmi celles d'autres artistes.

C'était un garçon fascinant. Incroyablement beau, talentueux, énergique et de bonne compagnie.

Mais lorsqu'il l'embrassa sur le pas de sa porte – et quel baiser ! – elle n'éprouva rien.

Rien du tout. Pas le moindre petit frisson d'intérêt. Rien ne vibrait, ne s'affolait, ni n'explosait. Pas l'ombre d'un petit tilt !

Robert lui sourit et lui promit de l'appeler le lendemain, mais elle avait déjà décidé de ne pas le revoir, puisqu'elle ne ressentait rien du courant qui crépitait si bien entre elle et Ty.

Et elle voulait ce genre d'étincelles, merde ! Il devait bien y avoir quelque part un gars avec qui elle vivrait un tel feu d'artifice.

Maintenant qu'elle y pensait, cela faisait une dizaine de jours qu'elle n'avait pas vu Ty.

Bien sûr, elle ne s'en était pas aperçue tout de suite. Elle avait été très occupée au bar, avait passé du temps à rattraper son retard de sommeil, et aussi à faire connaissance avec tous ces nouveaux gars qui étaient entrés dans sa vie. Comme elle ne travaillait pas ce soir-là, elle comptait aller chez ses parents afin de retrouver Mick et Tara, qui rentraient de leur lune de miel.

Liz devait également les rejoindre, bien que Gavin soit en route pour la Floride afin de se préparer pour son entraînement de printemps.

Jenna était impatiente que le printemps arrive, bien qu'on en soit encore très loin. La météo était franchement hivernale, en cette fin de février à Saint-Louis.

Elle aurait préféré être en Floride, elle aussi. Mais le temps froid et la saison de hockey amenaient des clients au bar, et c'était bon pour elle.

Dès que Mick et Tara eurent franchi la porte, Jenna verdit de jalousie.

— Quel teint de folie ! dit-elle en serrant Tara dans ses bras avant d'embrasser son grand frère. Je vous déteste, tous les deux !

Tara lui adressa un sourire radieux.

— On s'est éclatés. On est restés des heures sur la plage à bronzer, on s'est baignés avec des dauphins et puis on a fait du parachute ascensionnel, de la nage avec tuba, de la plongée sous-marine, et même une croisière au soleil couchant. Mick avait réservé le bateau juste pour nous deux. C'était incroyablement romantique !

Tara leva la tête vers Mick, qui l'embrassa.

— C'est vous qui êtes incorrigiblement romantiques. C'est écœurant.

— On est des jeunes mariés. C'est normal, rétorqua Mick en l'attrapant pour la serrer dans ses bras et lui faire une bise. Mais tu seras toujours la deuxième fille dans mon cœur.

— Oh, arrête ! dit-elle en le repoussant. Tu es tout sirupeux. Ça ne te ressemble pas.

Il éclata d'un rire sonore.

— Oui, je suis amoureux et heureux. J'ai le droit d'être sirupeux.

— Certes. Mais c'est répugnant. Combien de temps ça va encore durer ?

Il attira Tara devant lui.

— Longtemps.

Avec un soupir excédé, Jenna partit aider sa mère dans la cuisine.

— Ils sont écœurants !

— Ils sont amoureux, c'est tout, répondit sa mère en riant.

— Oui, tout le monde est amoureux, on dirait, grommela-t-elle entre ses dents tout en attrapant des tomates pour la salade.

— Peut-être que ce sera toi la prochaine. Mick et Gavin ont trouvé l'amour de leur vie.

Elle tenta de sourire, mais ne parvint qu'à avoir l'air peinée.

— Non merci, maman. Je ne suis pas prête.

Sa mère, sans cesser de s'activer pour disposer de la viande froide et du fromage sur un plateau, haussa un sourcil. Jenna pouvait lire sur le visage maternel comme dans un livre et elle savait ce qui allait suivre.

— Je n'ai pas l'impression que tu aies vraiment essayé…

— Je t'assure que si, au contraire. Fais-moi confiance.

— C'est juste que tu n'as pas encore trouvé le bon, alors.

Elle s'apprêtait à répondre qu'elle n'avait pas le temps de chercher le prince charmant, puisqu'elle travaillait constamment au bar, mais elle se ravisa pour ne pas blesser ses parents. Elle les aimait trop pour ça.

— Oui, tu as raison.

Kathleen s'arrêta un instant dans ses préparatifs pour la regarder.

— Il y a quelque chose qui ne va pas…

— Non, non.

— Mais si, je le vois. Qu'est-ce qui se passe ?

— Rien du tout, maman. Je t'assure. Je suis juste un peu fatiguée. Je me suis couchée tard hier soir.

Sa mère s'essuya les mains dans un torchon avant de s'approcher pour lui toucher le front.

— Tu es sûre que tu vas bien ?

Jenna rit. Parfois, quand elle était avec ses parents, elle avait l'impression d'avoir toujours six ans.

— Oui, ça va. C'est juste que j'ai beaucoup de travail.

— Tu es surmenée ?

— Non.

— Tu ne t'arrêtes pas assez souvent, répondit Kathleen, sceptique. Tu sais que ton père et moi, on peut venir donner un coup de main.

— Ce n'est pas la peine. J'ai un assistant, et je t'assure que je prends des jours de repos. Tout va bien au bar, et ma vie amoureuse est satisfaisante, dit-elle en posant les mains sur celles de sa mère.

— Voyez-vous ça… Satisfaisante dans quel sens ?

Évidemment, il fallut que Liz entre dans la cuisine juste à ce moment-là !

— Bonjour, mon chou, dit Kathleen avec un grand sourire quand Liz vint l'embrasser sur la joue. Jenna et moi, on était en train de se dire qu'elle avait l'air épuisée.

— Non, protesta Jenna. Maman disait que j'ai l'air épuisée, et moi je lui expliquais que je vais très bien.

— C'est à cause du boulot ou à cause d'un mec ?

— Les deux, répondit Kathleen. Je crois qu'elle travaille trop et qu'elle n'a personne.

Liz observa Jenna. Évidemment, Liz elle-même était l'image de la perfection, les cheveux relevés comme toujours, bien maquillée, les lèvres rehaussées de gloss, et elle portait une tenue de couturier – pull XXL blanc, pantalon clair moulant et bottes de la mort qui tue – qui avait dû lui coûter plus que ce que Jenna gagnait en un mois.

Et Jenna l'adorait. Les débuts avec Gavin avaient été orageux, mais Liz faisait partie de la famille avant même qu'ils tombent amoureux, et Jenna s'était encore plus attachée à elle avec le temps.

— Loin de moi l'idée de critiquer ceux qui travaillent trop. C'est bien mon genre, à moi aussi, commença Liz en tapotant le comptoir du bout des doigts. Mais ta mère a raison, Jen. Tu devrais sortir.

— Je suis sortie avec un gars, cette semaine.

— Vraiment ? Qui ça ? s'enquit Kathleen.

— Un mannequin, répondit-elle avec un haussement d'épaules.

Liz et Kathleen échangèrent un regard appuyé.

— Merveilleux ! s'exclama Kathleen.

— Raconte, supplia Liz, le regard brillant de curiosité.

— Ça n'a pas marché.

— Ah bon, pourquoi ? demanda Kathleen, manifestement déçue.

Jenna aurait vraiment préféré parler d'autre chose.

— Le courant ne passait pas, soupira-t-elle.

— Dommage. Mais au moins tu sors de ton repaire, conclut sa mère en reprenant son couteau.

Parfait ! Peut-être qu'on allait pouvoir changer de sujet.

— Mais il ne faut pas te décourager à cause d'une mauvaise expérience, ajouta Kathleen tout en émincant ses tomates.

Ah, peut-être que non, on n'allait pas changer de sujet !

— Il est clair que tu as besoin d'un coup de main, déclara Liz.

— Non ! s'écria Jenna en se tournant vers elle.

— Je connais tout un tas de mecs.

— Oui, tout un tas de sportifs. Mais tu n'ignores pas mes principes.

— Quels principes ? demanda Kathleen.

— Jenna ne fréquente pas les sportifs.

L'intéressée foudroya sa belle-sœur du regard, mais celle-ci se contenta de prendre un air innocent.

— Quoi ? C'était un secret ?

— Tu refuses de sortir avec des sportifs ? s'étonna Kathleen. Mais pourquoi donc ?

— Pour rien, maman, répondit-elle en agitant la main. C'est juste que je baigne tellement dedans au quotidien que je préférerais changer un peu d'horizon. Tu vois ce que je veux dire ?

— Je crois. Mais ça m'inquiète, confia-t-elle en abandonnant une fois de plus son couteau.

S'il y avait bien une chose à éviter à tout prix, c'était d'attirer l'attention de Kathleen Riley. Une fois qu'elle s'intéressait vraiment à vous, les ennuis commençaient.

— Qu'est-ce qui t'inquiète ?

— Que tu détestes le sport.

— Je ne déteste pas le sport, rétorqua Jenna, agacée. J'ai grandi dans ce milieu. Et je l'aime. Je n'ai juste pas envie de sortir avec un sportif ni encore moins d'en épouser un.

— Je vois…

Encore pire : Kathleen méditant sur ce qu'on venait de lui dire. Il fallait trouver une voie de sortie.

— Je crois que je vais aller voir ce que fait papa. Tu n'as pas besoin d'aide dans la cuisine ?

— Non, non, vas-y.

Elle se dépêcha de battre en retraite et entra dans le salon. Son père s'y trouvait, avec Tara, Mick et Nathan, occupés à regarder – par une sorte de malédiction – du hockey. Pour ne rien arranger, c'était un match des Ice.

Mais elle avait le choix entre ça ou une conversation avec sa mère au sujet de son boulot et de sa vie sentimentale.

Rester au salon était un moindre mal, et puis ce n'était pas plus terrible que d'être au comptoir quand une rencontre animait les écrans.

Elle se laissa tomber sur le canapé à côté de son père.

— Qu'est-ce qui ne va pas, ma puce ? demanda-t-il en passant un bras autour de ses épaules.

— Maman et Liz veulent s'occuper de moi.

— Tu as besoin qu'on s'occupe de toi ? questionna-t-il, alarmé.

— Non.

— Tant mieux. Dans ce cas, profitons du match.

Jenna était heureuse d'avoir un père comme le sien. Pour lui, les choses étaient toutes noires ou toutes blanches. Si l'on disait qu'on allait bien, c'était qu'on allait bien. Il vous croyait. À moins qu'il n'ait tout simplement juste envie de regarder la télé tranquille, sans avoir à se préoccuper d'histoires de filles.

C'était sans doute ça. Après tout, c'était un homme. Et Jenna trouvait cela parfait. Du moment qu'elle n'avait pas besoin de s'expliquer sur son absence de mec ou les raisons pour lesquelles elle refusait de sortir avec un sportif, cela lui convenait.

Elle s'installa confortablement et s'appuya contre l'épaule de son père.

On était encore dans la première période. En temps normal, elle aurait été tellement occupée derrière le comptoir qu'elle aurait dû se contenter de brefs aperçus de ce qui se passait. Évidemment, elle ne regardait jamais le sport de son plein gré pendant ses jours de congé.

C'était donc la première fois qu'elle contemplait réellement Ty sur la glace, sans être dérangée.

— Tes protégés s'en sortent bien, Elizabeth, annonça Jimmy quand son épouse et Liz entrèrent dans la pièce.

— Oui, Tyler et Eddie sont de vrais champions. J'ai de la chance d'être leur agent.

Liz lança un regard furtif à Jenna, qui lui répondit par un imperceptible signe de tête. La dernière chose dont elle avait envie, c'était que toute la famille soit mise au courant de sa folle nuit avec Ty. Surtout juste après avoir affirmé devant sa mère qu'elle ne sortait pas avec des sportifs.

— L'arrivée d'Anderson a été une bonne chose pour l'équipe, ajouta Mick.

— C'est grâce à toi, Mick. Si tu ne m'avais pas renvoyée, je n'aurais pas été prête à tout pour décrocher un nouveau client et je ne serais pas son agent aujourd'hui.

— Tu vois ? À quelque chose malheur est bon, philosopha Nathan. Mick et maman se sont rencontrés. Liz et Gavin sont tombés amoureux, et Liz a conquis des tas de nouveaux clients. Et en plus Mick et Liz sont réconciliés, et il n'y a plus de conflits. Parfois, les mauvaises choses ont de bons résultats.

Tout le monde regarda le jeune homme.

— La vérité sort de la bouche des enfants, commenta sa mère en entrant à son tour dans la pièce.

— Bien dit, petit, renchérit Mick en lui ébouriffant les cheveux.

Nathan se baissa pour échapper à son beau-père.

— Eh, ça m'a pris des heures de les coiffer comme ça !

— Moi qui croyais que c'était juste ta tête au saut du lit, le taquina Mick.

— Tu n'as pas idée des efforts que ça demande, mec…

— Ce dont j'ai une idée très précise, en revanche, c'est de la punition qui t'attend si jamais tu oses encore m'appeler « mec » : corvée de chiottes pendant une semaine !

Nathan dévisagea Mick, horrifié.

Tara pouffa.

— Bien, père, dit l'adolescent.

— Je ne pense pas qu'on soit obligés d'aller jusque-là, répliqua Mick en levant les yeux au ciel.

Jenna éclata de rire, puis chacun reporta son attention sur le jeu. Elle essayait de suivre les Ice en tant qu'équipe, mais elle ne pouvait s'empêcher de rester focalisée sur Tyler. Il avait une maîtrise parfaite du patinage et semblait toujours graviter autour du palet. C'était dû en partie à sa position de centre, mais il était aussi très rapide et ne se dégonflait jamais devant l'action, même brutale, ce qui lui valait souvent d'être flanqué de deux adversaires ou parfois d'être envoyé contre la balustrade. Il recevait d'innombrables coups de coude entre autres chocs et tombait donc plus souvent qu'à son tour.

Cela ne semblait pas le gêner, et il se montrait lui-même assez agressif avec les joueurs adverses, n'hésitant pas à les pousser ou à les cogner, et tant pis si ça devait lui coûter une pénalité. Il était prêt à tout pour prendre le contrôle du palet et s'échapper avec lui, ou le passer à un coéquipier.

Preuve de l'efficacité de ses méthodes : elles débouchaient souvent sur un but.

Pour tout dire, il était absolument fascinant à regarder et il avait d'excellents résultats.

À la fin de la première période, ils menaient d'un point.

— Le repas sera bientôt prêt. Est-ce que vous voulez vous installer dans la salle à manger ?

Tout le monde se leva, mais Jenna traîna en arrière, admirant Ty dans la glace.

— Tu es complètement accro, lui murmura Liz en fermant la marche avec elle.

— Absolument pas. J'étais juste prise par le match.

— C'est ça, ricana Liz. Normal, vu que tu es tellement fan de sport…

Jenna refusait de se démonter.

— Je dois me tenir au courant pour être capable de faire la conversation à mes clients.

— Mais bien sûr… Je pense plutôt que tu as très envie de remettre les mains sur son beau corps d'athlète…

Cette seule idée suffit à faire s'empourprer Jenna.

— Tu délires complètement !

— Vraiment ? répliqua Liz, avec l'air de ne pas en croire un mot.

— Oui. Je vais devoir commencer à sortir avec des garçons pour me débarrasser de vous.

— Ce serait génial. Je vais faire en sorte de te trouver des super mecs qui n'aient rien à voir avec le sport.

— Ça me va.

— C'est comme si c'était fait.

— Comme si quoi était fait ? demanda Kathleen.

— Je vais jouer les entremetteuses pour Jenna, exulta Liz, triomphante. Je connais beaucoup de jeunes gens.

— Oh, c'est merveilleux ! Tu es adorable, Elizabeth !

— Oui, c'est une crème, renchérit Jenna en prenant place à table.

Tara lui adressa un discret sourire entendu, mais Liz ne se gêna pas pour exulter ouvertement pendant tout le dîner.

Jenna avait bien l'intention d'éviter les repas de famille à partir de maintenant.

Chapitre 11

Cela ne prit que deux jours à Liz pour lui annoncer par texto qu'elle lui avait trouvé quelqu'un.

Jenna avait l'impression qu'on lui envoyait un escort boy, mais Liz la rassura en lui expliquant que c'était l'un de ses amis et qu'il ne s'intéressait au sport ni de près ni de loin.

Jenna était au travail, mais Liz lui dit qu'elle lui amènerait sa trouvaille aussitôt sa propre réunion terminée, vers 20 heures à peu près. C'était parfait pour Jenna, puisqu'elle était de toute façon coincée au bar.

En compagnie de Ty, qui avait une journée de repos.

Elle aurait vraiment aimé que lui et ses amis se trouvent un autre lieu de rendez-vous. Mais comme les mettre à la porte serait une terrible catastrophe pour son affaire, il fallait bien qu'elle accepte la situation. Les sportifs célèbres étaient très importants pour le *Riley's*. Leur présence enchantait les clients, et tout ce qui pouvait faire plaisir à la clientèle était bon pour le commerce.

Victor sortait désormais avec Lisa, l'habituée aux cheveux blond platine, et Eddie avait enfin pris son courage à deux mains pour inviter Renee. Deux d'entre eux étaient donc casés, et, comme le trio était inséparable, il était parfaitement logique que Ty passe du temps dans le coin.

Pourtant, elle ne pouvait s'empêcher de penser que c'était pour elle qu'il fréquentait son bar.

Même s'il ne lui avait pas témoigné un intérêt débordant les dernières fois qu'il était venu, depuis le lendemain du mariage, quand elle l'avait fermement éconduit.

Elle s'était vraiment mal comportée, ce jour-là ! Elle s'était montrée grossière et arrogante, comme si ce qu'ils avaient vécu ensemble la nuit précédente n'avait aucune importance, alors qu'en réalité elle n'avait pas passé de moments aussi merveilleux depuis au moins un an, si ce n'est davantage.

C'était d'ailleurs la raison pour laquelle elle refusait que cela se reproduise.

Chaque fois qu'elle l'apercevait, elle se remémorait les délices qu'il lui avait procurées, et elle avait envie de recommencer… Cela ne faisait qu'empirer les choses, et elle en devenait désagréable et grincheuse.

Peut-être que si Ty la voyait en compagnie d'un autre gars il tournerait la page également, et ils pourraient tous deux oublier ce qui s'était passé la nuit du mariage.

Pourvu que Liz soit douée pour choisir un mec… Il fallait que ça marche !

Liz arriva un peu après 22 heures, plus tard que ce qu'elle avait prévu. Mais Dylan, l'homme qu'elle avait amené, valait la peine d'attendre.

Il était en costume, mais cela ne l'empêchait pas d'être incroyablement sexy. Il avait les cheveux châtains, des yeux bleus magnifiques et un sourire qui faisait pâlir l'éclairage de la pièce. Il était si grand et si bien bâti que toutes les femmes de l'assistance le suivirent des yeux quand il entra. Son allure détendue et confiante lui assurait le respect. Il était viril, costaud, mais cela ne l'empêchait pas d'être ouvert et sympathique. Ce n'était pas pour déplaire à Jenna.

Il s'installa au comptoir avec Jenna et Liz, mais son attention était tout entière concentrée sur Jenna. Celle-ci s'accorda une pause, envoyant Renee s'occuper du bar pendant ce temps, car la clientèle n'était pas trop nombreuse.

Évidemment, Eddie se crut obligé de venir dans les environs pour tenir compagnie à Renee, mais du moment que la jeune femme faisait son travail cela ne dérangeait pas sa patronne.

Dylan buvait du whisky allongé d'eau gazeuse. Une boisson masculine. C'était séduisant aux yeux de Jenna.

Il était avocat, et aussi charmant, drôle, capable d'autodérision.

— Je voyage beaucoup, ce qui ne me laisse pas beaucoup de temps pour faire des rencontres.

— Je connais bien le problème : moi-même, je travaille trop.

— Je suppose que tu te fais draguer constamment en bossant ici, lança-t-il en se penchant vers elle.

— Pas vraiment. Il y a beaucoup d'habitués, et ils sont assez protecteurs. En plus, je suis très difficile, ce qui fait que je n'accepte pas facilement les rendez-vous.

— Moi aussi, je suis difficile, commenta-t-il en la détaillant de la tête aux pieds.

Elle ne devait pas être à son goût : c'était plutôt le genre d'homme qu'on imaginait avec une fille mannequin ou cadre d'une grande entreprise, certainement pas avec quelqu'un qui arborait des tatouages, des piercings et des mèches violettes. Elle se demanda ce qu'il pouvait bien lui trouver.

— Et qu'est-ce que tu aimes en dehors du boulot, Dylan ?

— L'été, je fais du bateau. J'adore être dans la nature. La rando, le camping, le ski nautique, le vélo… Je déteste rester enfermé à ne rien faire.

— Tu dois haïr l'hiver, alors !

— Je passe pas mal de temps à la salle de sport, avoua-t-il en riant. Il y a une paroi d'escalade, et j'en profite dès que j'ai un moment. Par chance, j'ai aussi quelques clients dans le Colorado, et ça me permet de faire un peu de ski et de snowboard.

Certes, il n'était pas sportif professionnel, mais il avait toutes les caractéristiques du beau gosse, qui vont avec. Et, lorsque Ty s'approcha pour parler à Eddie, Dylan les reconnut aussitôt.

— Eh, mais ça ne serait pas Tyler Anderson et Eddie Wolkowski, des Ice ?!

— Si, c'est bien eux.

— Tu les connais ? demanda Dylan, plein d'espoir.

— Oui. Ça m'étonne que Liz ne t'ait pas dit qu'elle était leur agent, à tous les deux.

Il se tourna vers Elizabeth.

— Tu ne m'avais jamais dit que tu les fréquentais.

— Ça n'est pas venu dans la conversation, c'est tout.

— Mais je suis dingue de hockey ! Vous pouvez me les présenter ?

— Bien sûr. Suis-moi, répondit Jenna en le prenant par la main, tandis que Liz écumait en silence.

Si l'affaire n'avait pas été si tristement ironique, Jenna aurait trouvé ça drôle.

— Bonsoir Tyler, bonsoir Eddie. Je vous présente Dylan Manchester. C'est un grand fan.

Tyler la regarda un instant avant de se tourner vers Dylan pour lui serrer la main.

— C'est toujours un plaisir de rencontrer les supporteurs. Enchanté, Dylan !

Eddie échangea lui aussi une poignée de main avec Dylan, et avant que Jenna ait pu dire ouf, ce dernier l'avait abandonnée pour les deux stars de la glace.

Cela ne la dérangeait pas. De toute façon, il fallait qu'elle retourne derrière le comptoir. Renee s'éloigna pour vérifier que tout allait bien pour les clients de ses tables, et Liz foudroya Jenna d'un regard accusateur.

— On croirait que tu l'as fait exprès.

— Comment est-ce que j'aurais pu deviner qu'il était fan de hockey ? rétorqua Jenna d'un air excédé tout en préparant des boissons. C'est toi qui l'as amené, je te rappelle !

Liz contempla son verre de vin.

— De toute évidence, je vais devoir apporter plus de soin à ma mission, dans le futur…

— En effet. Tu devrais peut-être leur faire remplir un questionnaire.

— Très drôle…

— Ça ne te fait pas rire ?! s'esclaffa Jenna.

— Franchement, Jenna, ça ne t'agace pas un peu qu'il soit parti papoter avec Ty et Eddie ?

— Non, pourquoi ?

— Parce que tu détestes le sport.

— Je t'ai déjà dit que ce n'était pas vrai. C'est juste que je ne veux pas sortir avec un sportif ou un supporteur. Je baigne suffisamment dedans toute la journée, comme tu peux le voir de tes propres yeux.

— Je nourrissais beaucoup d'espoir à propos de Dylan, soupira Liz. Ce mec est un tel régal pour les yeux !

Jenna regarda vers l'autre bout du comptoir, en direction des trois hommes. Mais, au lieu de contempler Dylan, elle ne put s'empêcher d'admirer Ty. Même si Dylan était beau à se damner, au milieu de ce groupe de types plus superbes les uns que les autres c'était Ty qui la fascinait. Il porta sa bière à ses lèvres, et elle fut aussitôt assaillie par le souvenir de leurs bouches se rencontrant dans un baiser voluptueux. Elle regarda ses doigts chasser inconsciemment la condensation qui s'était formée sur la bouteille tout en plaisantant avec ses copains, et cela la fit repenser au contact des doigts de Ty sur sa peau.

Elle frissonna.

— Désolée que ça n'ait pas marché avec Dylan, s'excusa Liz.

— Pas grave, répondit Jenna en revenant brusquement à elle.

Liz se tourna pour regarder dans la même direction que Jenna.

— Je me demande si c'est vraiment lui que tu couvais des yeux comme ça…

— Mais bien sûr que oui ! Il est magnifique.

— Ty n'est pas mal non plus.

— Je ne reluquais pas Ty. C'est fini avec lui.

Liz croisa ses bras sur le comptoir.

— Vraiment ? Mais pourquoi est-ce que tu luttes contre une attirance qui est si évidente ?

— Il n'y a rien d'évident. Il a tourné la page, et moi aussi.

— Tu n'as rien tourné du tout ! protesta Liz en riant. Depuis que je suis arrivée, tu n'as pas cessé un instant de l'admirer.

— C'est faux ! Oh, et puis merde ! Oui, c'est vrai, avoua Jenna, consciente que nier ne servait à rien. Je ne peux pas m'en empêcher. C'est comme un virus dont je ne réussirais pas à me débarrasser.

— C'est à ce point ?

— Pour ne rien arranger, il est tout le temps fourré ici !

— Je ne crois pas. La saison bat son plein : il est souvent sur le terrain ou en déplacement. C'est juste que tu lui accordes beaucoup d'attention quand il est ici.

— Peut-être. Je ne sais pas. C'est difficile d'oublier quelqu'un avec qui on a couché quand il n'arrête pas de se ramener à l'endroit où l'on travaille.

— Tu dirais qu'il te harcèle ?

— Pas du tout. Il ne me regarde même pas.

— Il t'a larguée ?

— Non, c'est moi qui l'ai plaqué.

— Mais c'est quoi, le problème, alors ?! s'écria Liz, agacée.

— Je ne sais pas… C'est le fait qu'il soit ici… à me rappeler des choses.

— Lesquelles ?

— Tu es de la police ?

— Non, répondit Liz, amusée. Mais je vois bien que tu l'as dans la peau et j'aimerais comprendre pourquoi.

— J'ai passé une nuit époustouflante avec lui.

— Alors, recommence ! Personne ne va t'obliger à l'épouser, mais, si tu as pris ton pied avec lui, qu'est-ce que ça peut faire qu'il soit sportif ? D'ailleurs, je tiens pour certain que Ty n'est pas du genre à vouloir se marier.

— C'est vrai ?

— Oui.

Peut-être qu'elle s'était complètement trompée d'approche, après tout. Peut-être qu'elle ferait mieux de coucher avec lui jusqu'à en être rassasiée, et ensuite ils pourraient chacun retourner à leur vie.

— Tu as sans doute raison. Je n'ai pas assez profité du plaisir d'être avec lui et je ne peux pas m'empêcher d'y repenser. Mais ça n'a rien à voir avec le fait d'être amoureuse de lui.

— Exactement. Tu as juste envie de reprendre une dose de ce qu'il a à t'offrir.

— C'est à peu près ça, conclut Jenna avec un rire bête.

— Dans ce cas, fonce !

— S'il est encore intéressé. N'oublie pas que je l'ai plaqué.

— Mais, ma bichette, c'est un mec. Les mecs sont toujours intéressés. En plus, les gars, ce n'est pas comme les femmes, je ne sais pas si tu as remarqué. S'il était blessé que tu l'aies largué, tu crois vraiment qu'il viendrait toujours ici ?

— Tu as raison.

Ty ne se comportait pas du tout en homme blessé. Il continuait à lui sourire et à la saluer d'un geste de la main, il restait amical. Simplement, il maintenait une distance.

Après tout, c'était exactement ce qu'elle lui avait demandé. Elle lui avait dit que tout était fini entre eux.

Mais à présent elle avait changé d'avis.

Beurk ! Quel genre de femme était-elle donc ?

— J'hésite, Liz. Il va sans doute me prendre pour une folle.

— Nous sommes toutes des folles. C'est ce qui rend les filles si intéressantes. Va lui parler.

— Sous le nez de mon amoureux de ce soir ?

— Pff… Je me charge de Dylan. De toute façon, je dois discuter de trucs juridiques avec lui. Et s'il avait craqué pour toi il ne se serait pas éloigné pour toutes les équipes de hockey du monde.

— Tu veux dire que je ne suis pas son genre ?

— Il aime les gros seins.

Jenna baissa les yeux vers sa poitrine, tout sauf généreuse, puis elle posa un regard plein de reproches sur Liz.

— Ben dans ce cas, pourquoi tu nous as arrangé un rendez-vous ?

— Juste pour voir si tu accepterais, expliqua Liz avec un haussement d'épaules.

— Tu es cinglée !

— Exactement, c'est ce que je te disais : toutes des cinglées.

Liz descendit de son tabouret de bar et s'approcha de Dylan pour l'arracher à la merveilleuse compagnie des joueurs des Ice et l'emmener s'asseoir à une table. Gentleman, il la suivit sans rechigner.

Jenna n'était d'ailleurs pas surprise. Liz débordait de charisme, et les gens lui obéissaient spontanément.

À peine dix minutes plus tard, elle était de retour au bar pour prendre son sac, accompagnée de Dylan.

— J'ai laissé au bureau des papiers que je dois revoir avec Dylan, du coup on s'en va.

Dylan serra la main de Jenna.

— C'était un plaisir de faire ta connaissance. Et le bar est vraiment chouette.

— J'ai été enchantée moi aussi. Reviens quand tu veux.

Elle fit le tour pour aller embrasser Liz.

— Merci d'être venue.

— De rien, répondit sa future belle-sœur d'un air espiègle. Essaie de faire un bon usage de ton temps.

Se réconcilier avec un gars qu'elle venait de plaquer n'était pas forcément un de ses points forts. Mais, si elle voulait se débarrasser de son obsession pour Ty, elle devait tenter de se rassasier de lui. Et pour ça elle allait devoir reconnaître ses torts.

Dylan étant parti et Renee étant occupée à faire le service, les mecs étaient retournés au billard. Jenna n'était pas fan de l'idée de patauger dans une mer de hockeyeurs pour parler à Ty, mais elle ne voyait pas comment faire pour le prendre en tête à tête.

Elle réfléchit un long moment à la situation, allant jusqu'à envisager de demander à Renee de lui faire passer un petit mot. Mais elle changea d'avis : et s'il le faisait lire à ses copains ? Ils seraient tous morts de rire.

Et puis on n'était plus au collège ! *Allez, Jenna, montre que tu as des tripes !*

Prenant son courage à deux mains, elle fit signe à l'une des serveuses de venir la remplacer au bar, puis se dirigea vers le groupe.

— Comment ça va, ce soir ?

— Super. Le repas était très bon, répondit Victor avec un sourire.

— Salut Jenna, dit Ty.

Il la regardait d'un air amical.

— Désolé d'avoir monopolisé ton mec.

— Ce n'est pas mon mec. C'est un ami de Liz.

— Oui, mais elle l'avait amené pour te le présenter. Je suppose que ça n'a pas collé.

Elle tourna sept fois sa langue dans sa bouche pour éviter de proférer une parole irréparable.

— Hum, non, pas trop, finit-elle par répondre.

— Dommage, commenta-t-il en s'appuyant contre la table de billard. Peut-être une prochaine fois.

— Oui, peut-être.

Cela n'allait pas du tout comme elle l'avait prévu. Elle tourna les talons pour regagner le bar.

— Jenna.

— Oui ?

— Tu avais quelque chose à me dire ?

Allez, Jenna, tu voulais montrer que tu as des tripes ! Tu l'as plaqué. Ça ne tient qu'à toi de renouer avec lui.

Elle respira un grand coup et pivota vers lui en faisant de son mieux pour sourire.

— Euh, oui. Je me demandais juste quand tu avais un jour de congé.

— Mercredi. Pourquoi ?

— Ça te dirait de passer chez moi ? Pour manger une pizza, ou quelque chose comme ça ?

Elle surprit son regard étonné et craignit qu'il ne lui fasse une remarque.

— Je croyais que tu ne voulais plus avoir affaire à moi, après l'autre nuit.

Pan, dans les dents ! Elle l'avait mérité.

— J'ai changé d'avis, marmonna-t-elle.

Il resta silencieux pendant une éternité.

Bon, ben, c'était tout alors. Il allait dire non, et elle serait humiliée.

Quelle idiote ! Elle aurait dû s'en douter.

— J'adore les pizzas, finit-il par déclarer.

Elle poussa un soupir de soulagement. *Merci, Ty.*

— Super. Vers 19 heures ?

— Parfait. À mercredi.

Elle tenta de reprendre contenance, essayant désespérément de ne pas tenir compte des frissons dans son ventre.

Elle en serait bientôt débarrassée. Quand elle serait rassasiée de Ty, les frissons disparaîtraient.

Chapitre 12

Ty avait parfaitement compris le petit jeu de Jenna.

Le défilé de ses prétendants ne lui avait pas échappé – il faut dire qu'il lui en avait lui-même envoyé quelques-uns ! Il avait également pu voir qu'aucun d'entre eux n'avait duré bien longtemps. Cela ne lui plaisait pas trop. Il comptait sur le fait qu'elle aille un peu plus loin avec certains d'entre eux. Ce n'étaient pourtant pas des losers. Mais il savait aussi quel genre d'homme elle aimait : lui. Elle avait juste mis du temps à s'en apercevoir.

Il n'était peut-être pas le prince charmant dont elle rêvait, n'empêche que c'était lui qui se dirigeait aujourd'hui vers chez elle. Et c'est elle qui l'avait invité. Elle n'avait pas vraiment jeté l'éponge, pourtant. On aurait plutôt dit qu'elle essayait d'exorciser quelques démons…, avec lui dans le rôle de Belzébuth.

C'est avec le sourire aux lèvres qu'il quitta sa voiture, une bouteille de vin à la main, pour s'approcher de la porte d'entrée.

La soirée promettait d'être intéressante.

Elle ouvrit le battant, et il la détailla des pieds à la tête avec gourmandise. Elle portait un jean ultramoulant et un tee-shirt XXL qui découvrait une épaule, révélant cette peau si douce qu'il avait envie de la mordre. Elle était pieds nus, avec un vernis à ongles noir et blanc sur les orteils.

Adorable !

— Salut, dit-elle avec un sourire en le faisant entrer.

— Salut. Tu es belle, ce soir.

— Merci. Je meurs de faim ; qu'est-ce que tu préfères, comme pizza ?

— N'importe, du moment qu'il y a de la viande dessus.

— Parfait. C'est justement ce que j'aime. Je vais passer la commande. Tu as apporté du vin ? dit-elle en regardant le cabernet qu'il tenait à la main.

— Oui, j'aime bien. Je trouve que ça va pas mal avec les pizzas.

— C'est vrai. Il y a un tire-bouchon dans le tiroir du haut, à côté de l'évier. Tu n'as qu'à ouvrir la bouteille pendant que j'appelle pour la pizza. Il y a des verres dans le placard au-dessus du lave-vaisselle.

Il entra dans la cuisine, déboucha le vin et trouva deux verres. Il s'appuya sur le comptoir, laissant le breuvage s'aérer quelques minutes. Jenna entra à son tour.

— Tu t'y connais, en vin.

Il croisa les bras.

— Ben oui, je ne suis pas juste un joueur de hockey décérébré. J'ai d'autres talents. Comme de savoir choisir l'accord parfait avec une pizza à… euh…

— Au pepperoni.

Il leva la bouteille.

— Un cabernet de Jacob's Creek, doux comme du velours.

— Ah, un cru australien. Je suis impressionnée.

Il remplit les deux verres et lui en tendit un. Elle le porta à ses narines pour en humer le bouquet avant de goûter une gorgée.

— Tu as bien choisi. Et tu as raison : ça accompagne très bien une pizza. Mais je ne te savais pas amateur de vin.

— Si j'étais aussi prévisible, la vie ne serait pas amusante.

Elle passa au salon, où il la suivit.

— Je vais devoir revoir l'étiquette que je t'avais collée.

— Tu crois me connaître parfaitement, maintenant ?

— Certainement pas ! rétorqua-t-elle en riant.

Elle s'installa sur le canapé, et il vint s'asseoir près d'elle.

— Tant mieux. J'espère rester mystérieux à tes yeux.

— Ce serait bien la première fois que ça m'arrive !

— Et ce type, l'autre soir ? Celui qui buvait du whisky ? Tu as vu clair en lui ?

— C'est ce que j'ai cru, mais ensuite il vous a vus et s'est transformé en groupie. Fin de l'histoire.

— Juste parce qu'il aime le hockey ?

— Non. Ça ne faisait pas vraiment d'étincelles.

Il se pencha pour jouer avec une mèche de Jenna.

— C'est important, pour toi, de ressentir ce petit quelque chose, n'est-ce pas ?

— Oui, il faut qu'il se passe un truc. Sinon, ça ne sert à rien de rester ensemble.

— C'est vrai. Alors, c'est pour ça que tu m'as invité ? À cause de ce courant électrique qui crépite entre toi et moi ?

— Quelque chose dans ce goût-là, souffla-t-elle en le regardant dans les yeux.

Il se pencha encore davantage et frôla sa bouche du bout des lèvres. Elle s'avança vers lui, son verre dans une main, tandis que l'autre venait s'appuyer contre la poitrine de Ty.

Il sentit son cœur s'emballer lorsqu'elle lui rendit son baiser.

Oui, ce courant qui passait entre eux était vraiment indéniable. Il n'avait jamais connu de traversée du désert avec les femmes, mais cela faisait un moment que personne ne retenait vraiment son attention. Depuis qu'il avait rencontré Jenna, en fait. Elle avait quelque chose de spécial qui l'empêchait de s'intéresser aux autres.

Il posa la main sur la nuque de Jenna et lui donna un baiser plus profond, glissant sa langue dans sa bouche pour la goûter.

Elle sentait le vin et la menthe, un mélange capiteux qui le fit bander et lui donna chaud. Il aurait voulu l'attirer sur lui et commencer à la déshabiller.

Il s'écarta juste le temps nécessaire pour lui retirer son verre et le poser sur la table. Elle se lécha les lèvres et replia ses jambes sur le canapé.

— Tu ne crois pas qu'on ferait mieux d'attendre le livreur de pizzas ?

— Pourquoi ? Tu as des envies de partie à trois avec un livreur ? C'est pour ça que tu m'as invité ? demanda-t-il en feignant la surprise.

Elle éclata de rire.

— Les plans à trois, c'est un fantasme de mec !

— Je n'aime pas partager, répliqua-t-il avec un regard farouche.

— Tant mieux. Je ne suis pas tellement prêteuse non plus.

— Parfait. Maintenant qu'on est d'accord sur ce point…

Il se pencha vers elle, mais la sonnette retentit.

Dommage !

Jenna se leva, mais il arriva à la porte avant elle et paya la livreuse, qui ne manqua pas de le reconnaître.

— Oh, vous êtes Tyler Anderson ! J'adore le hockey ! Je suis complètement fan de vous.

— Merci beaucoup, répondit-il avec un clin d'œil.

Il lui laissa un pourboire de 10 dollars qu'elle contempla avec des yeux écarquillés, puis apporta la pizza dans la cuisine.

— Hum, ça sent bon, soupira Jenna.

Elle sortit des assiettes, et ils se servirent une part de pizza.

— J'ai pas mal de films, on n'a qu'à choisir.

— Ah oui, quel genre ?

— Fantastique, films d'action, comédies romantiques, horreur…

— Tout me va.

— Même une histoire d'amour ? demanda-t-elle d'un air taquin.

— J'aime passer un bon moment. Choisis, ça me plaira forcément, sauf si c'est vraiment merdique.

Elle prit son assiette et la bouteille, et ils retournèrent au salon.

— J'ai une sacrée pression !

— La pression pour quoi ?

— Trouver un film qui ne soit pas merdique.

Ty attrapa sa part de pizza et posa les pieds sur la table.

— Je ne suis pas difficile, Jenna. Prends n'importe quoi, et je serai content.

— D'accord.

Elle se leva, glissa un DVD dans le lecteur et le mit en route.

C'était un film d'horreur.

Il adorait ça, et bien des femmes ne partageaient pas son goût. Un bon point pour Jenna.

Quand ils eurent fini de manger, Jenna éteignit la lumière.

— C'est comme ça qu'il faut regarder les films d'épouvante ! commenta-t-il.

— C'est aussi mon avis.

Elle finit son verre de vin et vint s'asseoir à ses côtés. Il leva un bras pour l'inviter à s'appuyer contre lui.

Ty avait l'habitude de sortir avec des femmes, et, en général, ils allaient en boîte, dans un bar ou au resto, avant de coucher ensemble.

Cette soirée était vraiment différente. Rester à la maison, manger une pizza et regarder un DVD…, cela faisait bien longtemps que ça ne lui était pas arrivé. Au plus fort de la saison, il était constamment en déplacement. Le peu de temps libre qu'il avait, il le passait à jouer au billard avec ses coéquipiers. Cela lui permettait de se détendre après l'épreuve du match.

Mais ce qu'ils faisaient là, c'était vraiment agréable. Être avec une femme et se contenter de sentir son corps contre le sien, en se laissant captiver par l'intrigue d'un film d'horreur macabre… Oui, c'était une façon tout à fait différente de se relaxer.

Jenna était tendue pendant les scènes de meurtre, quand l'assassin jaillissait de l'ombre avec son grand couteau. Elle ne se cachait quand même pas les yeux. Mais à la fin du film, à force de s'agripper à lui, elle était quasiment sur ses genoux.

— Tu es sûre que tu aimes les films d'horreur ? demanda-t-il après le générique de fin.

Elle attrapa son verre, qu'il remplit à nouveau.

— Oh oui ! Je suis vraiment morte de peur… J'adore ça ! Mais je vais sans doute faire des cauchemars, cette nuit !

Il éclata de rire et secoua la tête.

— Alors, tu aimes avoir peur…

— Au cinéma, oui. Pas dans la vraie vie. Ne te mets pas dans le crâne de te cacher dans un recoin pour me sauter dessus. J'en aurais une crise cardiaque et je crois bien qu'après ça je te foutrais dehors.

— Je retiens.

Ils continuèrent à siroter du vin, puis elle mit un film d'action.

— J'ai besoin de me changer les idées après le premier DVD. Il me faut un truc qui me fasse rire.

Le film était en effet drôle et plein de rebondissements, avec des tas d'explosions, de courses-poursuites et de magnifiques effets spéciaux. Jenna avait bien choisi. Même si Ty devait avouer qu'il avait préféré le premier..., surtout parce qu'elle s'était davantage serrée contre lui en le regardant.

On ne pouvait pas dire malgré tout qu'elle se soit beaucoup éloignée pendant celui-ci. Mais, comme il n'était pas captivé, il avait du mal à s'empêcher de reluquer les jambes de Jenna, dans son jean si moulant qu'il semblait lui coller littéralement à la peau, soulignant chacune de ses courbes.

Il jouait avec ses cheveux, passant les doigts dedans pour en sentir la douceur.

— Tu as toujours eu une coupe aussi courte ?

Elle s'arracha à regret à la contemplation de l'écran pour tourner les yeux vers lui.

— Au lycée, je les avais longs jusqu'à la taille. Mais c'était super chiant à entretenir ; alors, quand j'ai fait mon tour du monde, j'ai tout coupé.

Il tira doucement sur une mèche.

— Ça te correspond.

— Ah ? Comment ça ?

— Tu as un petit visage. Si tu avais trop de cheveux, tu disparaîtrais dedans ! Et puis ça fait ressortir tes yeux, et en plus on voit tes boucles d'oreilles. Et tes oreilles sont vraiment mignonnes. Tout ça, c'est très sexy.

Elle tourna un peu la tête.

—Oh..., merci!

—De rien.

Elle lui tendit son verre pour qu'il le pose sur la table basse. Puis elle vint s'asseoir sur ses genoux. Il mit les mains sur ses hanches, sentant la chaleur de son corps à travers le jean.

—Je te mentirais si je te disais que je n'ai pas attendu ça depuis le début de la soirée.

Elle posa les mains sur son torse puissant.

—Attendu quoi?

—Que tu t'assieds comme ça.

—Tu aimes que la fille soit dessus?

—J'aime t'avoir sur mes genoux, dit-il en lui pétrissant doucement les hanches. Pouvoir te sentir bouger contre moi.

Elle s'avança davantage, jusqu'à ce que l'entrejambe de son pantalon vienne toucher la bosse de plus en plus visible sous celui de Ty.

—Comme ça, par exemple?

—C'est exactement ce que j'avais en tête, répondit-il en la regardant dans les yeux.

—Ce serait mieux si on n'était pas habillés.

—Prenons notre temps.

Il savait qu'elle avait envie de se débarrasser de ses démons, mais lui voulait savourer la sensation de son corps contre le sien. Ils passeraient à la phase supérieure plus tard. Il lui caressa les flancs et le dos, puis l'attira tout contre lui. Il sentait ses seins sur son torse, leurs nez se touchant presque.

Posant une main sur sa nuque, il l'attira vers lui pour l'embrasser. Cette fois-ci, personne n'allait les interrompre.

Elle poussa un soupir très doux lorsque leurs lèvres se rencontrèrent et se frôlèrent. Il commença lentement, jouant avec ses cheveux, la maintenant contre lui alors qu'il parcourait sa bouche du bout des lèvres. Il la fit pivoter doucement afin que ses jambes reposent sur le canapé, la tenant blottie contre lui.

Puis il accentua son baiser, se faisant plus exigeant, introduisant sa langue dans sa bouche pour effleurer la sienne. Elle gémit et se serra contre lui. Il sentait l'excitation monter. Il descendit sa main vers le bas de son dos pour lui caresser les fesses.

Ce serait facile de lui donner exactement ce qu'elle voulait – la déshabiller et la prendre tout de suite – afin de faire retomber la pression qu'ils éprouvaient tous les deux.

Mais ce serait vraiment trop facile, et il ne voulait pas céder à cette forme de paresse.

Il avait envie de quelque chose de plus complexe, afin qu'elle ne puisse pas s'enfuir pour dénicher un autre gars dès le lendemain.

Pourquoi cela lui importait-il ? Il n'en avait pas la moindre idée. Il ne cherchait pas une vraie relation, et la stabilité ne l'attirait pas. Pourtant, il ne voulait pas que Jenna trouve tout ça avec quelqu'un d'autre. Et si cela faisait de lui un sale type, eh bien, il l'acceptait.

Pour le moment, il voulait Jenna pour lui seul, et il refusait qu'un autre homme puisse la conquérir.

Il appuya la tête de la jeune femme dans le creux de son bras et la tourna vers lui afin de pouvoir passer la main sur sa poitrine. Elle ne portait pas de soutien-gorge, ce qui lui avait permis de regarder ses tétons durcir chaque fois que le film lui donnait une frayeur. Il avait eu bien du mal à résister à la tentation de tendre le bras pour les toucher, de les prendre entre ses doigts et de frotter son pouce sur leur surface contractée, chaque fois qu'il les voyait tendre le tissu de son tee-shirt.

Mais, à présent, il les caressait, l'un après l'autre, du bout du pouce, et les regardait se dresser à son contact. Il glissa une main sous son tee-shirt, effleurant son ventre qui frissonna en réponse. Il sourit à Jenna, puis passa les doigts sur ses flancs et vint poser la main sur l'un de ses seins.

Il aimait la toucher et contempler l'étincelle passionnée qui s'allumait dans son regard lorsqu'il lui titillait les mamelons.

— Soulève-toi, poupée.

Elle s'assit pour lui permettre de lui enlever son tee-shirt. Il ne fallut à Ty qu'un instant pour la reprendre dans ses bras, seins nus. À présent, le jeu pouvait commencer ; il la tira vers lui pour lui passer la langue sur les tétons, les léchant et les suçant jusqu'à la faire haleter et gémir.

Oh oui, il aimait l'entendre comme ça et la sentir se tordre contre lui ! Elle se tourna vers lui pour mieux s'offrir à sa bouche. Il prit le sein offert dans sa main, le lécha et le suça, puis le titilla du bout des dents jusqu'à ce qu'elle n'en puisse plus et s'accroche à son bras en gémissant, lui enfonçant ses ongles dans la peau.

Il descendit lentement la main vers une partie plus intime de son anatomie et entendit sa respiration s'accélérer encore. Cela le fit sourire.

Oui, c'était exactement ça qu'il allait faire… Il défit le bouton du jean de Jenna, ouvrit la fermeture Éclair et y glissa la main.

— Ty…

Il ne savait pas ce qu'elle voulait dire en soupirant ainsi son prénom. Mais il était certain d'une chose : il sentait sa chair brûlante sous la soie légère. Il abaissa un peu les doigts pour toucher son piercing. Jenna vibra tout entière. Il descendit encore un peu et découvrit avec plaisir qu'elle était mouillée.

— Et si on enlevait ça ?

Elle tira sur son jean et l'arracha, l'envoyant valser au bout du canapé d'un coup de pied.

Elle portait une culotte transparente, à rayures roses et blanches, dont la ceinture montait à peine jusqu'à ses hanches. Elle s'apprêtait à la retirer aussi lorsqu'il l'arrêta.

— Garde-la. Elle est sexy. Laisse-moi te toucher.

Il posa une main dessus, sentant sa chaleur et son humidité à travers. Il passa les doigts sur son sexe, la poussant à se cambrer vers lui. Il tira la culotte pour glisser les doigts à l'intérieur. Elle était si douce à cet endroit-là, comme du velours ou de la soie… Il avait envie d'y mettre la langue, de la goûter jusqu'à ce qu'elle jouisse.

Il la fit asseoir dans le canapé, puis se mit à genoux devant elle. Il passa les mains sous les fesses de Jenna et l'attira vers lui, la regardant droit dans les yeux alors qu'il posait la bouche sur elle.

— Oh ! dit-elle simplement alors qu'il passait la langue sur son piercing.

Il le prit dans sa bouche et le suça, laissant le bouton de chair appuyer sur le côté de sa langue. Sentir le goût de Jenna faisait vibrer sa queue. Il voulait l'entendre crier de plaisir.

Après lui avoir léché les lèvres, il introduisit sa langue en elle. Elle se souleva brusquement et vint se presser contre son visage.

Sa réaction fit perdre la tête à Ty. Ce serait tellement facile de baisser son pantalon et de la pénétrer maintenant, jusqu'à ce qu'ils jouissent tous les deux. Mais elle prenait tellement de plaisir à ce qu'il lui faisait qu'il acceptait d'attendre.

Tout en elle l'excitait, de sa façon de soulever les fesses aux contractions de ses muscles alors qu'elle approchait de l'orgasme. Il appuya la langue contre son clitoris et tourna autour du piercing. Elle poussa un gémissement assourdi alors que le plaisir la secouait par vagues successives. Elle frissonnait et soupirait si fort qu'il faillit perdre le contrôle.

Il déposa une série de baisers sur ses cuisses et son ventre, remontant vers ses seins qu'il voyait se soulever au rythme de sa respiration saccadée.

Elle leva la tête pour lui sourire, puis s'approcha pour l'embrasser.

— Humm, commenta-t-elle en attrapant la chemise de Ty et en la tirant par-dessus sa tête pour la lui enlever.

Elle la posa sur le côté du canapé et plaça ses mains sur les épaules de son amant avant de lui caresser les bras.

Il aimait ses caresses et prenait plaisir à la voir le regarder avec une volupté si féminine qu'il se sentait soudain heureux d'être un homme.

— Maintenant, j'aimerais que tu viennes sur le canapé.

Il était ravi d'obtempérer.

— Mais d'abord enlève-moi ce futal.

Il sourit, se débarrassa de ses bottes et de ses chaussettes, puis la regarda s'agenouiller par terre.

Oh oui ! Il voyait où elle allait en venir, et il en avait des frissons jusque dans les testicules. L'idée qu'elle pose ses lèvres sur sa queue le faisait vibrer de plaisir anticipé. Il en avait envie, il n'avait cessé d'en rêver chaque fois qu'il fantasmait sur Jenna. Ce qui lui arrivait très souvent quand il n'était pas avec elle. Et même quand il était avec elle.

Oui, il pensait beaucoup à elle. Cela ne voulait rien dire. Juste qu'elle était sexy et qu'il n'était pas encore rassasié.

Cela lui prendrait peut-être pas mal de temps de se sentir rassasié, d'ailleurs…

Elle se redressa contre lui, lui frôlant la poitrine du bout des seins. Il avait tellement envie d'elle que c'en était douloureux. Il écarta les jambes pour la laisser s'approcher.

— Pas tout de suite, dit-elle. J'ai d'autres projets.

Elle lui caressa la bouche du bout du pouce, puis de la langue, avant de lui donner un long baiser pour savourer son goût.

Il la prit dans ses bras et la serra contre lui, lui frôlant le dos avant d'attraper les globes délicieux de ses fesses. Il l'attira vers lui, à la recherche de cette connexion entre leurs sexes. Il sentait sa bite vibrer de désir. Après l'avoir léchée, l'avoir attendue, il voulait entrer en elle, maintenant.

Mais Jenna avait d'autres idées en tête. Elle s'écarta, lui embrassa le cou, puis la poitrine, le rendant fou par ses caresses. Elle effleura ses tétons du bout des doigts, puis de la langue, l'un après l'autre. Il haleta, un tourbillon de sensations le faisant frissonner jusqu'à la queue. Celle-ci semblait se dresser entre eux comme le mat d'un navire. Il la frotta sur le ventre de Jenna.

Elle rit et leva la tête pour lui sourire.

— J'arrive, j'arrive… Sois patient.

Mais il ne voulait plus être patient. Il la voulait, tout de suite.

Elle avait un corps incroyable, dont il ne se lassait pas, et ses caresses lui faisaient perdre la tête. Elle le torturait du bout des ongles, les promenant partout sur lui, sa bouche l'effleurant à leur suite. Elle le léchait, le titillait avec ses dents jusqu'à ce qu'il se cambre vers elle. Il ne savait pas s'il en voulait encore ou s'il n'en pouvait plus. Tout ce dont il était conscient, c'est que ces sensations étaient délicieuses et qu'il voulait les ressentir... plus près de sa queue.

Lorsqu'elle s'appuya des deux mains sur les cuisses de Ty et se redressa pour lui sourire, il n'était plus très loin de la supplier.

Mais il n'en eut pas besoin, car elle saisit enfin sa bite pour la caresser à deux mains. Il se laissa aller en arrière et la regarda passer le pouce autour de son gland.

Il sentit son sexe vibrer de plaisir alors qu'elle le serrait d'une main ferme.

Observer les mains de Jenna sur lui était tellement délicieux qu'il avait bien du mal à ne pas jouir tout de suite.

Il serra les dents lorsqu'elle se pencha pour poser les lèvres sur son gland. Sa bouche était chaude et humide, et c'était une si belle femme qu'il se sentait comme torturé.

Elle fit tourner sa langue autour de son gland avant de descendre le long de la hampe jusqu'à ses testicules, qu'elle se mit à lécher.

— Oh, Jenna ! C'est tellement bon !

Elle continua un moment à stimuler cette partie de son corps avant de remonter pour le prendre tout entier dans sa bouche.

Les caresses qu'elle lui administrait étaient tout simplement divines... N'importe quel homme aurait rêvé d'être à sa place. Il se pencha pour passer les doigts dans les cheveux de Jenna, accompagnant le rythme de son va-et-vient. Il ne put résister au désir de la pousser à le prendre encore plus profondément dans sa bouche, se demandant si elle allait se rebiffer.

Au contraire, elle sembla y prendre plaisir. Elle raffermit sa prise sur sa queue qu'elle caressait toujours. Il n'allait pas tenir tellement plus longtemps. Il se contracta, essayant désespérément de retarder son orgasme.

— Jenna, je vais jouir..., prévint-il pour lui donner le temps de s'écarter.

Elle n'en fit rien. Il se laissa aller.

L'orgasme le saisit brutalement, lui donnant des spasmes et des frissons violents. Regarder Jenna qui le tenait toujours dans sa bouche ne fit qu'intensifier son plaisir. Quand tout fut fini, Jenna déposa un baiser sur sa queue et remonta sur ses genoux pour l'embrasser. Il la prit dans ses bras pour lui rendre ses baisers, ému par l'intimité du moment qu'ils venaient de partager.

Elle posa la tête contre sa poitrine et le caressa, le laissant récupérer.

— J'aime ton goût, déclara-t-elle.

— Et moi le tien. C'était merveilleux. Merci...

— J'ai aimé, moi aussi. Ça faisait longtemps que j'en avais envie... C'est toujours toi qui me fais des choses !

Il lui caressa le dos, prenant plaisir à la sentir se cambrer sous sa main, comme pour en avoir plus.

— J'aime te toucher et t'embrasser. J'aime savoir que je te donne du plaisir.

Elle leva la tête pour le regarder.

— Chacun de tes gestes me donne du plaisir…, mais tu as sans doute déjà remarqué !

— Tu es très sensible.

— Pas avec tout le monde. Mais avec toi, oui, très.

— Il y a d'autres hommes dans ta vie ?

— Non, répondit-elle en riant. Je crois que tu as aussi déjà remarqué ça ! Et toi, monsieur le joueur de hockey super sexy ? Avec Liz qui est ton agent ? Elle doit passer son temps à te présenter des nénettes.

— Elle a changé depuis ses bêtises avec Mick. Elle dit qu'elle ne se mêlera plus jamais des affaires de cœur de ses clients.

— Je te crois sans mal. Mais tu n'as sans doute pas besoin d'aide pour attirer les filles !

Ainsi, elle avait envie de savoir s'il fréquentait d'autres femmes ? Dire qu'il avait cru qu'elle s'en fichait… Il s'était peut-être trompé.

Il passa les mains sur sa taille, remonta, puis l'attira vers lui pour lui caresser les seins.

— Je n'ai pas le temps de courir après les filles.

— Pourtant, tu t'es donné à fond pour me courir après !

— Oui, mais avec toi c'est spécial.

— Ah bon ? Comment ça ?

— J'aime ton physique, j'aime le goût de ta peau, la façon dont tu réagis au contact de mes mains et de ma bouche…, expliqua-t-il en lui effleurant les tétons du bout des pouces.

— Hum, c'est bon… Pince-les un peu.

Il lui prit les tétons entre le pouce et le majeur, et les pressa légèrement.

— J'adore ça, que tu me dises ce que tu veux quand je te touche.

— Oh oui, c'est trop bon… Plus fort…

Il était content de voir qu'elle n'avait rien contre une légère douleur. Cela lui évitait de devoir la traiter comme une petite fleur fragile. Alors qu'il renforçait sa pression sur les mamelons de Jenna, il sentit sa queue devenir dure comme de l'acier. Il tira et pinça ses tétons jusqu'à la faire haleter.

Jenna posa les mains sur ses seins en se mordant la lèvre. Elle vint frotter son bas-ventre contre celui de Ty.

— Tu crois que tu pourrais te faire jouir, juste comme ça ?

— Je pense.

— Alors, fais-le. J'ai envie de te regarder.

Elle se mit à onduler du bassin, allant et venant contre sa queue. Par moments, il apercevait le piercing qu'elle portait au clitoris, et ça l'excitait encore plus. Il le sentait à chacun de ses mouvements.

Il regardait les cuisses musclées de Jenna travailler alors qu'elle se donnait du plaisir contre lui.

Mais, quand elle décida de se caresser avec la main, il n'y tint plus.

Tout en la tenant enlacée, il se pencha pour attraper un préservatif dans son pantalon. Il déchira l'emballage et l'enfila en un temps record.

Jenna se souleva et revint le chevaucher. Elle poussa un cri de volupté lorsqu'il fut entièrement en elle.

Il se sentait vibrer de plaisir alors qu'elle pressait sa queue par d'infimes pulsations de son corps.

— Je crois que je vais jouir, confia-t-elle d'une voix haletante.

Elle se laissa aller en arrière, les deux mains appuyées contre les cuisses de Ty.

— Donne-moi un orgasme, et après tu pourras me baiser de toutes tes forces.

Il vint frotter son clitoris avec ses doigts.

— Oh oui ! soupira-t-elle en le regardant droit dans les yeux. Oh oui, comme ça, Ty !

Il sentit les spasmes de son plaisir lui serrer la queue. Elle gémit et se cambra, allant et venant au-dessus de lui dans un paroxysme de plaisir.

La voir jouir était un moment magique. Elle se laissait complètement aller pendant ce qui semblait à Ty une éternité. Il ne lui restait qu'à la prendre sauvagement jusqu'à en finir lui aussi. Il l'enlaça et prit un de ses tétons dans sa bouche, le suçant vigoureusement alors qu'il jouissait à son tour. Jenna plongea les doigts dans ses cheveux et se serra contre lui.

Il lui lécha le téton quelques instants encore alors qu'ils se laissaient aller, heureux et détendus. Il s'appuya contre le dossier du canapé. Elle lui remit les cheveux en place.

Elle avait les joues rouges, les mamelons gonflés. Elle était de bonne compagnie après l'amour. Elle n'était ni timide ni pudique, et c'était agréable.

— J'ai un petit creux, déclara-t-elle.

— Il reste de la pizza.

— J'adore la pizza froide !

— Moi aussi, dit-il en lui donnant une tape sur les fesses.

Elle descendit de ses genoux.

— Tant mieux. Tu ferais bien de reprendre des forces, parce que je serai bientôt d'attaque pour remettre le couvert, déclara-t-elle.

— Mais tu es insatiable, ma parole !

— Tu n'imagines pas à quel point, répondit-elle en attrapant ses vêtements avant de filer vers la salle de bains.

Chapitre 13

En temps normal, Jenna ne se considérait pas comme une enragée du sexe.

Certes, elle aimait ça, mais les mecs qui assuraient au lit ne couraient pas les rues.

Elle savait qu'elle se préparait des lendemains difficiles avec Ty. Non seulement il était sympa, mais en plus c'était un véritable athlète sexuel. Il lui donnait tout ce qu'elle pouvait désirer, et même plus. Il n'était pas collant, ni pleurnichard, ni androgyne, ni soumis…, et bizarrement c'était assez rare. Elle ne voulait pas devoir prendre l'initiative. Cela ne la dérangeait pas de mener les opérations, une fois de temps en temps, mais elle préférait un homme qui sache se servir de sa queue. Ce qui était manifestement le cas de Ty – elle avait la tête qui tournait, rien qu'en pensant à ce qu'il lui avait fait avec sa bite. Et ses mains. Et sa bouche. *Merde !*

En plus, il ne réclamait pas de compliments sur ses prouesses sexuelles – et, sans surprise, c'était un trait de caractère assez rare également. Il semblait heureux de coucher avec elle et y prenait de toute évidence beaucoup de plaisir, tout comme elle. Mais il ne lui avait pas demandé une seule fois si cela lui avait plu, si c'était bien. Il s'était contenté de penser qu'il lui avait mis la tête à l'envers. Ce qui était vrai. Elle le lui avait bien montré.

Ils faisaient une bonne équipe, et ce n'était vraiment pas de bol, puisqu'elle avait l'intention, quand elle aurait pris suffisamment de plaisir avec lui, de le larguer.

Dit comme ça, cela paraissait horrible, mais bon, plein de mecs le faisaient. Alors, pourquoi pas elle ?

Sauf que Ty était étendu devant son canapé. Ils avaient terminé la pizza, avaient couché ensemble encore une fois et, à présent, ils regardaient un film. Ty semblait ravi de siroter une boisson gazeuse et de traîner là avec elle toute la nuit. Il ne lui demandait rien – rien de plus que son corps, qui était épuisé mais d'une saine fatigue.

Elle avait passé une soirée fantastique, et elle n'était pas repue de lui, loin de là.

Le film se termina, et il pencha la tête en arrière pour la regarder.

— Et celui-là, il t'a plu ?

Elle avait adoré. Lui aussi. Il avait bien rigolé, et il lui avait même pris la main pendant la séquence émotion, lorsqu'il l'avait entendue renifler. Et – cerise sur le gâteau – il ne s'était pas moqué d'elle. C'était magnifique, de la part d'un homme, de soutenir une femme qui pleure devant un film.

— Oui, c'est une bonne comédie romantique.

Il pivota pour lui faire face.

— Je suis de ton avis. Ils ont tous les deux commis des erreurs et des conneries qu'ils avaient besoin de se faire pardonner, donc c'était équilibré. Ils avaient tort, l'un comme l'autre !

— C'est vrai. Et ils ont tous les deux appris des choses sur eux-mêmes et progressé avant de se retrouver réunis à la fin.

— Ouais, conclut-il avec un sourire. C'était une chouette histoire. Et j'ai aimé le moment où il lui a offert un chiot qu'il avait adopté au refuge.

— Aaah…, tu te laisses attendrir par les animaux, toi ?

— À tous les coups. Mais ne le répète à personne. Ça nuirait à mon image de Superman sur la glace.

— Je serai muette comme une tombe.

— Parfait. Maintenant, à ton tour de me confier ton secret.

— Lequel ? demanda-t-elle, surprise.

Il se mit debout et lui tendit une main. Pleine de curiosité, elle y glissa la sienne. Il la fit se lever avant de l'emmener dans le couloir.

— J'ai vu ça, l'autre jour, quand je suis resté seul chez toi.

Il s'arrêta devant la chambre d'amis où elle rangeait sa guitare. Elle mit quelques instants avant de comprendre à quoi il faisait allusion.

— Ah, ma guitare ?

— Oui. Et les partitions. Tu composes ?

Elle haussa les épaules, bien décidée à faire comme si ce n'était pas important.

— Un peu…

Il s'appuya contre le chambranle.

— Je n'ai pas l'impression que ce soit « un peu ». Et puis tu joues aussi.

— Pareil, un peu, répondit-elle, surprise que ça l'intéresse.

— Est-ce que tu chantes ?

— Parfois.

— Génial ! Chante-moi quelque chose.

Elle secoua la tête.

— Oh non ! Je ne joue que quand je suis seule.

— Mais pourquoi ?

— Parce que c'est un loisir, ça me détend.

— Mais non, je voulais dire : pourquoi est-ce que tu joues seulement quand tu es seule ? Tu es nulle ?

— Non, je ne suis pas nulle ! répondit-elle en relevant la tête d'un air de défi.

— Alors joue-moi quelque chose.

— Je n'ai pas envie.

Il lui prit les mains.

— J'ai envie de t'écouter, Jenna. S'il te plaît.

Il avait l'air si sincère qu'elle en fut touchée. Elle ne jouait jamais devant personne. Plus depuis son voyage en Europe. Et cela faisait un paquet d'années.

— Je ne sais pas…

— Juste une chanson. Tu as tellement de partitions… Chante-moi juste un morceau !

— Bon, d'accord.

Elle s'assit par terre et prit l'instrument.

Il sourit, entra dans la pièce et se laissa tomber sur la banquette, aussi impatient que s'il venait de prendre place au premier rang d'un concert de Nickelback, de Beyoncé ou d'une autre star.

— J'espère que tu ne t'attends pas à quelque chose de bouleversant.

— Je ne m'attends à rien du tout, Jenna. J'ai juste envie de t'écouter.

Elle se dérouilla les doigts sur les cordes, puis commença à jouer. Au début, elle se contenta de la guitare, le temps de s'habituer à l'idée que quelqu'un l'écoute, ce qui ne lui était plus arrivé depuis des années.

Mais, quand son esprit fut envahi par la chanson, elle oublia la présence de Ty et se laissa aller. Elle chanta, les mots s'échappant sans effort de sa bouche alors qu'elle pinçait les cordes de son instrument.

C'était l'une de ses dernières chansons, qui parlait du besoin de liberté, du sentiment d'être enfermée, enchaînée. Ensuite, elle évoqua ses rêves, tous les endroits où elle se rendrait si elle était libre. C'était une chanson lente, mélancolique, mais vibrante d'espoir.

Quand elle eut fini, elle leva les yeux vers Ty. Il était penché vers elle, les coudes appuyés sur les cuisses.

— Ça alors, Jenna, tu es incroyable !

Elle sentit une rougeur envahir son cou et ses joues.

— Tu trouves ?

— Oui. Je veux dire : je ne m'attendais pas à ce que tu chantes aussi bien !

— Tu pensais que je serais une vraie casserole ? demanda-t-elle avec une moue.

— Je pensais que tu faisais ça en amateur. Je n'imaginais pas que tu avais un tel talent. Tu as une voix hallucinante. Et cette chanson… C'est toi qui l'as composée ?

Elle acquiesça.

— Ça fait combien de temps que tu écris ?

Elle se contenta de hausser les épaules.

— Jenna, réponds.

— Longtemps.

Il se passa la main dans les cheveux, se leva, et vint s'asseoir par terre en face d'elle.

— Je ne suis pas un expert, mais c'était très bon. Excellent.

— Merci.

— Ça fait combien de temps que tu joues ?

— Pareil, longtemps.

— Raconte-moi.

— Ben, il n'y a pas grand-chose à dire, ce n'est pas très important.

Il se tourna vers la pile de partitions et les feuilles de papier à musique éparpillées partout dans la pièce.

— Mais si, c'est important pour toi. Tu écris, tu joues… Raconte-moi.

Elle hésita, puis se lança.

— J'ai pris quelques cours de musique à la fac, quand j'y allais encore. J'ai adoré.

— Et puis ? demanda-t-il quand elle se tut.

— Et puis rien. J'aimais vraiment les cours, et la musique me manquait quand j'ai arrêté. Alors, j'ai commencé à écrire des chansons.

— Chante-moi autre chose.

Elle ne put retenir un frisson de plaisir.

— D'accord.

Elle choisit une chanson à la mode, familière pour tous ceux qui écoutaient la radio. C'était l'un de ses morceaux préférés, et en plus il correspondait bien à sa voix. Elle le chantait tout le temps, et cela lui faisait du bien chaque fois. À la fin, Ty applaudit, et elle éclata de rire.

— Merci, dit-elle.

— Mais pourquoi tu ne fais pas ça… quelque part ?

— Comment ça ?

— Je veux dire : sur scène. En public.

Avec un rire incrédule, elle reposa la guitare sur son pied, remit le tapis en place et se leva.

— Ne dis pas de bêtises. Je suis seulement amateur.

Il se leva.

— Amateur, mon cul !

Elle allait sortir de la pièce, mais il la retint en lui prenant la main.

— Tu es une chanteuse hors pair, Jenna. C'est dommage de ne pas laisser les gens te découvrir.

— Je ne crois pas, répliqua-t-elle, sourcils froncés.

— Mais pourquoi pas ?

— Parce que je ne veux pas.

Elle quitta la chambre d'amis et retourna au salon, les paroles de Ty bourdonnant à ses oreilles.

— Tu as le trac ?

— Non, ce n'est pas ça.

— Alors, quel est le problème ?

Elle attrapa la boîte de pizza vide et commença à débarrasser.

— Laisse tomber, Ty.

Mais il la suivit dans la cuisine.

— Tu as un talent et tu es en train de le gâcher.

Elle ne lui répondit pas, se contentant de sortir le sac-poubelle de son bac. Il le lui prit des mains, le ferma et sortit le déposer dans le conteneur sur le trottoir, lui laissant le temps de souffler.

Elle se mordit la lèvre, retenant ses larmes. Elle ne chantait jamais en public. Plus maintenant. Personne n'était au courant de son passe-temps. C'était quelque chose qu'elle gardait pour elle, une façon d'évacuer ses frustrations, de déverser ses sentiments au sujet de ce qu'elle vivait.

Pourquoi avait-elle accepté de chanter pour lui ? Cela n'avait pas le moindre sens. Elle aurait mieux fait de garder son secret. Au lieu de ça, elle s'était livrée, interprétant non pas une chanson banale mais une de ses propres compositions.

Il avait aimé, lui avait donné l'impression d'être vraiment douée.

Il avait touché une corde sensible, déclenchant un flot de rêves, la poussant à désirer des choses qu'elle savait ne pouvoir obtenir.

— Tu les ranges où, tes sacs-poubelle ?

— Quoi ?

Elle ne l'avait même pas entendu rentrer.

— Les sacs-poubelle ? Puisque j'ai sorti celui qui était plein…

— Ah oui… ! Sous l'évier.

Elle se força à reprendre ses esprits et se tourna vers lui.

— Mais je peux m'en occuper.

— C'est fait.

— Euh, merci.

— De rien.

Elle se détourna, mais il la prit dans ses bras et l'attira contre lui.

— Tu es une grande chanteuse, Jenna. Je voulais juste te faire un compliment, pas t'embêter.

Elle poussa un soupir. Elle était trop vulnérable.

— Je comprends. Tu ne m'embêtes pas.

Il pencha la tête de côté.

— J'ai l'impression que tu ne me dis pas tout.

— Non, c'est faux…

Il la retourna vers lui.

— Tu peux tout me confier, tu sais.

— Je faisais de la musique, en Allemagne. Ça bougeait vachement, et j'ai fait partie de pas mal de groupes. C'était un rêve qui se réalisait, et je m'éclatais à composer et à chanter.

Il croisa les bras et s'appuya au comptoir.

— Ah oui ? C'est génial !

— C'était génial. On a passé une audition pour un grand festival. Ils ont pris le groupe. Mais pas moi. Ils ont détesté ma voix, ils ont dit que je tirais le groupe vers le bas.

— Ouah, ça fait mal, ça !

— Le groupe m'a virée, et je n'ai plus chanté.

— Jenna, les échecs, ça fait partie du métier, non ?

Elle eut une moue désabusée.

— Peut-être. Je ne sais pas. Je n'étais pas assez bonne.

Il s'écarta du comptoir pour s'approcher d'elle et poser ses mains sur ses épaules.

— Mais si, tu es assez bonne. Tu as une voix incroyable.

Elle leva les yeux vers lui.

— Ma voix est correcte… pour chanter dans l'intimité de ma chambre.

— Arrête tes conneries. Elle est magnifique.

— Tu n'es pas non plus chasseur de talents, Ty, dit-elle avec un sourire. Mais ça me fait plaisir que tu aimes ma voix.

— Qu'est-ce qui s'est passé, ensuite ?

— Rien du tout.

— Tu veux dire que tu as cessé de chanter ?

— Non, bien sûr que non. Comme tu peux le voir d'après le désordre qui règne dans cette pièce, j'écris toujours des chansons, et je chante.

— Mais pas en public.

— Euh, non. Sauf aujourd'hui. J'ai chanté devant toi. C'est-à-dire en public, donc.

Il s'apprêtait à faire un commentaire, mais devant l'air suppliant de Jenna il se résigna à accepter son choix. Il se contenta de sourire et de déclarer :

— Tu m'en vois très honoré.

Il se pencha pour lui effleurer la bouche du bout des lèvres.

— Tu as des talents très variés.

Heureuse que la tension se soit dissipée, elle éclata de rire.

— C'est vrai, je suis une barmaid de génie !

— Oui, c'est vrai aussi, mais ce n'est pas à ce genre de talent que je pensais à l'instant.

— Vraiment ? Et à quoi tu pensais, exactement ?

— Au genre de talent qu'on déploie dans un lit.

Il la souleva et la porta jusqu'à sa chambre.

Elle leva les yeux vers le visage plein de promesses de Ty et sourit.

— En parlant de gens qui ont des talents variés…

Chapitre 14

Ty invita Jenna à sortir quelques jours plus tard, et il fut surpris lorsqu'elle accepta.

C'était tant mieux, parce qu'il avait prévu quelque chose de très spécial, et il était possible qu'elle soit à nouveau furieuse contre lui avant la fin de la soirée. Mais, s'il tirait bien son épingle du jeu, elle ne devinerait jamais qu'elle était tombée dans un traquenard.

Il passa la chercher à 20 heures. Elle portait un jean, une chemise ultrasexy qu'elle cacha sous un blouson de cuir et des bottes à talons. Elle était tellement séduisante qu'il avait envie d'oublier son projet pour lui arracher ses vêtements. Mais ce n'était pas l'objectif de ce soir.

Ou, du moins, pas le premier objectif. Il espérait tout de même que les choses finiraient comme ça. Il ne pouvait s'en empêcher : ses pensées prenaient toujours cette direction lorsqu'il était avec elle.

Elle monta en voiture et se mit à l'aise, étirant ses jambes sveltes et les croisant au niveau des chevilles. Elle se tourna vers lui, ses longues boucles d'oreilles en argent oscillant le long de son cou.

— Tu es belle, ce soir.

Il se pencha pour lui donner un baiser rapide. *Sa bouche a un petit goût...*, songea-t-il en se léchant les lèvres.

— J'ai mis un rouge à lèvres à la cerise, précisa-t-elle. Et merci pour le compliment. Tu n'es pas mal non plus.

On ne pouvait pourtant pas dire qu'il se soit mis sur son trente et un. Il était en jean et chemise, et portait comme Jenna une veste de cuir pour se protéger du froid vif.

— Merci.

Il démarra et prit l'autoroute.

— On va où ?

— Dans une boîte dont j'ai entendu parler par les copines ou les femmes de certains de mes coéquipiers. Apparemment, c'est assez à la mode. D'après ce que j'ai compris, ils passent de la bonne musique, et il y a des jeux sympas.

— Ce n'est pas un bar sportif, au moins ?

— Il n'y a pas un seul écran de télé dans tout l'établissement, répondit-il en riant.

— Dans ce cas, je suis sûre que ça va me plaire.

Il ne leur fallut pas longtemps pour arriver. La boîte se situait un peu à l'extérieur du centre-ville. Pas vraiment le genre d'endroit pour un club branché, pourtant le parking était bondé, et ils durent aller se garer plus loin dans la rue. Ty aida Jenna à descendre de voiture, puis lui prit la main pour marcher jusqu'à l'entrée.

— Je connais, ici, déclara-t-elle en approchant. J'ai des copines qui sont déjà venues. Elles ont dit que c'était difficile d'entrer. Je ne les croyais pas trop, vu le quartier, mais maintenant je constate qu'elles n'ont pas menti.

Une longue file s'étirait à l'extérieur.

— C'est sans doute à cause de la législation anti-incendie, commenta Ty avant de se tourner vers elle.

— On aurait peut-être dû venir plus tôt.

— Ne t'en fais pas, on aura des places.

— Oui, vers minuit ! rétorqua-t-elle avec un petit rire.

Mais Ty se dirigea d'un pas décidé vers l'entrée et adressa un sourire chaleureux à l'armoire à glace qui barrait le passage.

— Salut, Tyler.

— Ça va, Greg ?

— Oui, ça roule, répondit Greg en ouvrant la porte en grand. Passez une bonne soirée, tous les deux.

— Merci, dit Ty en lui glissant un pourboire.

Il fit entrer Jenna. Les protestations de ceux qui attendaient dans le froid semblèrent s'éteindre quand le battant se referma.

Jenna se tourna vers lui.

— Tu es célèbre à ce point ou tu es déjà venu ?

— C'est la première fois que je mets les pieds ici, assura-t-il avec un sourire en coin. Greg est agent de sécurité pour les Ice. Je l'ai reconnu quand on est passés en voiture, et je me suis dit qu'il pourrait nous épargner de faire la queue.

— C'était un sacré coup de bol.

— Carrément, commenta-t-il en posant une main dans le bas du dos de Jenna pour la faire entrer dans la salle.

Ce n'était pas une de ces boîtes où la techno résonne à fond. C'était un bar, avec une scène sur laquelle un groupe jouait de la country.

— Oh, j'adore ! déclara Jenna en regardant Ty, alors qu'ils se frayaient un chemin à la recherche d'une table libre.

Ils finirent par en trouver une à l'extrémité de la salle.

— Je ne m'attendais pas du tout à ça, dit-elle en s'asseyant.

— C'est vrai ? Tu t'attendais à quoi ?

— En voyant la foule dehors, j'ai imaginé de la musique à fond, des stroboscopes, du boum-boum… Une boîte branchée, quoi.

— Ah oui, ce n'est pas du tout le style de la maison ! répondit-il en riant.

Une serveuse s'approcha. Ils commandèrent des boissons.

— On m'avait dit que c'était cool, mais je ne savais pas quel genre d'endroit c'était vraiment. Ce groupe est super.

— Oui, c'est vrai.

Ils se laissèrent aller sur leurs chaises et sirotèrent leurs consommations tout en regardant les gens danser.

Tyler attendait que Jenna remarque le livret, les crayons et les cartes posés sur la table. Pour le moment, elle était occupée à écouter les musiciens et à examiner les lieux. La déformation professionnelle la poussait à s'intéresser au bar et aux employés qui s'y activaient. Elle gardait l'œil sur la concurrence, en somme.

Mais lorsque le groupe, à la fin d'un morceau, rangea ses instruments et quitta la scène dans un tonnerre d'applaudissements, Jenna fronça les sourcils.

— Déjà ?

— Euh, ben oui.

— C'était court.

À ce moment-là, une chanteuse monta sur scène. C'était une jeune fille en jean et sweat-shirt. Elle portait des baskets orange fluo et des couettes. Elle était mignonne.

Le meneur de salle demanda à tout le monde d'accueillir Marie. Toute l'assistance se mit à applaudir et à crier.

La musique commença, et Marie se mit à chanter. Elle était très douée.

Jenna avait à nouveau l'air perplexe. Elle remarqua enfin le livret posé sur la table.

— Ah, on dirait qu'ils font du karaoké !

— Vraiment ? Le groupe, c'était du karaoké ? s'enquit Tyler.

— Je ne sais pas, répondit Jenna en attrapant le fascicule pour le feuilleter. Non, aujourd'hui, c'est la nuit des talents. On peut apporter sa propre musique, amener des musiciens ou chanter sur leurs disques de karaoké.

— Ah, c'est chouette !

— Tu n'étais pas au courant ? s'étonna-t-elle, avec un regard en biais.

— Comment aurais-je pu deviner ? Je n'étais jamais venu. Comme je te l'ai expliqué, certaines des filles de la bande ont dit qu'elles adoraient cet endroit, et je me suis dit qu'on devrait y faire un tour.

Elle n'avait pas l'air de le croire, mais, par chance, elle préférait écouter Marie que de discuter.

Pour l'instant, tout allait bien.

Il allait faire monter Jenna sur scène ce soir.

Et le plus beau dans l'histoire, c'est qu'il n'aurait même pas besoin de le lui demander.

Jenna passa deux heures à regarder les jeunes artistes se succéder, comme hypnotisée. Elle était à la fois impressionnée et horrifiée.

Pour des raisons qui lui échappaient, les gens n'avaient pas peur d'étaler leur talent – ou parfois leur absence de talent – devant tout le monde. Certains étaient vraiment nullissimes, ou complètement soûls, mais l'effet était toujours le même. L'assistance ne semblait pas se soucier de la qualité de ce qu'on lui faisait entendre. C'était un public poli, qui se permettait de temps à autre de taquiner ou de huer, mais qui n'était pas avare d'applaudissements. Il faut dire qu'ils étaient souvent bien mérités, car certains chanteurs étaient vraiment doués.

Jenna avait l'impression d'être tombée dans un piège, mais Ty ne l'avait à aucun moment encouragée à monter sur scène. C'était à se demander s'il ne disait pas la vérité lorsqu'il affirmait avoir découvert en même temps qu'elle que les jeunes talents locaux pouvaient venir montrer ici ce qu'ils avaient dans le ventre. Il se contentait de rester assis, à siroter tranquillement une boisson en lui chuchotant qu'il trouvait tel chanteur prodigieux et tel autre complètement nul.

En plus, elle était toujours à cent pour cent d'accord avec lui.

Pourtant, elle se sentait un peu agitée, persuadée qu'il finirait par lui suggérer de chanter.

Ce qu'elle refuserait de faire. Ou plutôt ce qu'elle était incapable de faire. Ce serait trop lui demander, depuis l'expérience horrible qu'elle avait connue en Allemagne, lorsqu'on lui avait assené qu'elle n'était pas à la hauteur.

Jamais elle ne prendrait le risque de vivre la même chose une nouvelle fois.

Mais, depuis deux heures, il n'avait encore rien proposé.

Pourtant, elle était plus douée que la moitié des gens qui sautaient sur la scène, à moitié bourrés, pour entonner d'une voix pâteuse le dernier tube de Katy Perry, de Miranda Lambert ou d'Adele.

Merde!

Je pourrais déclencher des salves d'applaudissements en moins de deux.

— Je suis certain que tu pourrais le faire, si tu en avais vraiment envie.

— Quoi ?

— « Déclencher des salves d'applaudissements en moins de deux. »

Oh non, elle avait vraiment dit ça à voix haute ?

Elle attendit que Ty reprenne la parole, qu'il essaie de l'encourager à monter sur scène, voire qu'il tente de l'intimider pour qu'elle le fasse, même contre son gré.

Rien de tout cela. Au contraire, il appela la serveuse pour qu'elle vienne les resservir.

Il lui laissait le choix. Si elle voulait monter ces quelques marches et se mettre à chanter, ce serait sa décision, et celle de personne d'autre. Il n'avait pas l'intention de l'y pousser, que ce soit par la douceur ou par des méthodes plus musclées.

Elle resta à se mordiller la lèvre pendant qu'un groupe commençait à jouer et qu'une partie des clients dansaient.

— Tu veux danser ? proposa-t-il.

— Avec plaisir.

Tout, plutôt que de rester assise à se prendre la tête.

Le groupe était bon. Il jouait dans un style rock assez léger, avec une chanteuse un peu hippie et un peu grunge à la fois. Jenna appréciait sa voix. Lorsque la musique se fit plus douce, Ty l'attira vers lui et la prit dans ses bras. Elle ne tarda pas à oublier complètement le fond sonore pour ne songer qu'à la façon dont leurs corps se pressaient l'un contre l'autre. Ty glissa une cuisse entre les jambes de Jenna alors qu'ils ondulaient en cadence, au milieu de la foule dense.

Elle posa la tête contre sa poitrine, emplissant ses narines de son parfum viril et musqué, et promenant ses doigts sur les contours fermes de ses épaules. Elle avait passé le début de la soirée tellement engluée dans ses peurs qu'elle n'avait pas profité de la compagnie de cet homme merveilleux. Ce n'était qu'en cet instant, en voyant les regards envieux des autres femmes de l'assistance, qu'elle comprenait quelle chance elle avait d'être dans les bras de Ty, alors qu'il y avait bien une dizaine de nénettes autour d'eux qui auraient tout donné pour être à sa place.

Ce qu'elle pouvait être bête !

Tout ne tournait pas toujours autour de son nombril...

— Qu'est-ce que tu en penses ? demanda-t-il.

— De quoi tu parles ?

— Du groupe.

— Oh, j'adore !

— Moi aussi. J'aime bien la chanteuse. Je préférerais l'entendre sans tout ce bruit de guitare, cela dit. Elle interprète particulièrement bien ce morceau.

— Oui, tu as raison.

C'était vrai. La voix de la fille était noyée dans la musique du groupe. Malgré son caractère cristallin, elle était comme parasitée par l'excès de basse et de guitare.

— Elle rendrait mieux en solo.

— Je pense comme toi. Certaines voix sont faites pour chanter sans trop d'accompagnement.

Le groupe fut salué par quelques applaudissements, mais la chanteuse en aurait sans doute récolté plus si elle avait chanté en solo.

C'est à ce moment que Jenna comprit qu'elle devait monter sur scène et s'emparer du micro. Ce n'était sans doute important que pour elle-même, mais il fallait qu'elle le fasse.

Pour elle. Juste pour voir quel accueil elle recevrait. Pour se prouver qu'elle n'était peut-être pas aussi nulle que ça.

Bien des années s'étaient écoulées depuis l'Allemagne. Pendant tout ce temps, elle avait caché sa voix, ne chantant que dans le secret de son appartement, alors que ce qu'elle désirait vraiment, c'était avoir un public.

Il fallait qu'elle soit jugée, juste une fois de plus.

Et si elle se faisait huer, alors elle saurait.

Quand la chanson prit fin, Ty et elle retournèrent à leur table, et Jenna commanda un alcool fort.

— Tu as envie de te bourrer la gueule ? demanda Ty, un peu surpris.

Elle prit son courage à deux mains et le regarda droit dans les yeux.

— Je vais chanter.

— Vraiment ? Quelle chanson ? s'enquit-il en se laissant aller contre le dossier de sa chaise.

— Aucune idée.

Elle prit le livret et le parcourut, à la recherche d'un titre qu'elle connaîtrait suffisamment bien pour pouvoir l'interpréter en toute confiance devant un public. Il y en avait quelques-uns qu'elle aimait bien, parmi ceux qui correspondaient à sa voix. Elle attrapa une carte et un crayon, et griffonna quelques mots. Avant d'avoir eu le temps de se dégonfler, elle s'approcha du DJ et la lui tendit.

Alors elle sentit la panique monter. Elle retourna vers son siège et s'y laissa tomber. Elle avait le cœur en folie, les mains moites et l'estomac noué.

— Tu crois que tu survivras ?

— Pas sûr, dit-elle en relevant la tête pour le regarder. Pourquoi ?

— Tu es toute pâle. Tu peux encore changer d'avis, tu sais.

— Non, j'ai envie de le faire. Ça sera sympa.

— À te voir, on croirait que tu vas chanter en direct devant des millions de téléspectateurs.

Elle appuya son front sur sa main.

— Ta gueule, Ty...

— Je te suis avec un seau, au cas où tu vomirais sur scène.

— Ce que tu es drôle ! cingla-t-elle en le fusillant du regard.

Elle dut attendre encore pendant trois chansons, et enfin on l'appela. Elle avait tellement peur qu'elle ressentait des vagues de chaud et de froid dans le ventre. Une fois debout, il lui sembla qu'elle ne sentait plus ses pieds.

Ty se leva et lui prit la main, la forçant à reporter son attention vers lui.

— Fais-toi plaisir, Jenna. Tu chantes super bien.

Elle acquiesça et s'approcha de la scène. Elle n'avait pas pris conscience du nombre de personnes dans l'assistance avant de voir un océan de visages curieux se tourner vers elle. Le DJ lui tendit le micro, la présenta, annonça le titre de ce qu'elle allait interpréter, puis descendit, la laissant seule dans la lumière des projecteurs.

Et si elle se plantait ? Et si les gens se moquaient d'elle ou pire, s'ils la huaient ?

Tyler prétendait qu'elle était douée, mais ils étaient amants, alors cela ne comptait pas.

Le vrai test, c'était maintenant. Quand la musique commença, elle sut qu'il était trop tard pour changer d'avis. Elle leva le micro vers ses lèvres et se mit à chanter. C'était une chanson qu'elle connaissait intimement. Elle l'avait déjà interprétée des centaines de fois. Loin d'être récente, elle avait une bonne vingtaine d'années, mais Jenna l'aimait. C'était de la pop douce, qui parlait d'amour et d'homme idéal.

Elle avait les jambes flageolantes – merde, elle tremblait de la tête aux pieds, mais par chance sa voix ne chevrotait pas. Elle se donnait à fond, mettant tout son cœur dans les paroles, chantant pour le public, se forçant à regarder les visages tendus vers elle. Elle repéra Ty dans la foule et vit qu'il lui souriait. Elle se concentra sur lui, les yeux rivés aux siens, et elle sentit son corps se détendre, se fondre dans la musique. Et cela lui permit de tenir jusqu'à la dernière note.

Lorsqu'elle entendit le tonnerre d'applaudissements et de vivats, elle eut du mal à y croire. Elle se demanda si elle n'avait pas rêvé toute cette soirée. Elle était certaine qu'elle n'allait plus tarder à se réveiller dans son lit.

Finalement, elle se força à reculer pour quitter la scène.

— Tu as une voix de folie, commenta le DJ lorsqu'elle lui rendit le micro. J'espère que tu ne comptes pas t'arrêter en si bon chemin.

Elle lui adressa un grand sourire et lui donna une accolade avant de redescendre du podium. Les félicitations pleuvaient alors qu'elle se frayait un passage jusqu'à sa table, où Ty la prit dans ses bras. Elle l'embrassa, tentant d'exprimer par un baiser tout le soulagement et la reconnaissance qu'elle éprouvait.

— Ça alors, dit-il quand ils se séparèrent. J'ignorais que chanter t'excitait à ce point.

Elle parvint à se détendre suffisamment pour sourire.

— Je suis juste contente d'avoir tenu jusqu'au bout.

— Tu as été incroyable. Tu as entendu le public ? Ils étaient avec toi à cent pour cent.

Ils s'assirent, et elle but un grand verre d'eau.

— C'était fabuleux. Je n'aurais jamais imaginé… Tu sais, j'adorais chanter en Europe. Le public avait toujours l'air de m'apprécier. Mais j'étais dans des groupes. Jamais seule. Je ne savais pas qu'on pouvait ressentir ça. Et la fois où ils ne m'ont pas prise et où ils ont dit que je n'étais pas assez douée…

— Eh bien, maintenant, tu sais que tu es assez douée. Tu es éblouissante, comme je te l'avais dit.

Jenna eut une bouffée d'adrénaline, et soudain elle ne tint plus en place. Elle se tortillait sur sa chaise, prête à sauter sur le gars qui se tenait à présent sur la scène pour lui arracher le micro.

— Il se pourrait que j'aie envie de recommencer.

Il se laissa aller contre son dossier.

— Ça ne m'étonnerait pas. Qui peut résister au plaisir d'avoir un public ? Pas moi, en tout cas. Je sais que ça me donne plus de vivacité sur la glace.

Elle éclata de rire.

— C'est pour ça que je tremble de partout et que je voudrais jeter tous les autres en bas de la scène pour y rester moi-même toute la nuit ?

— Exactement, dit-il avec un sourire sagace.

— C'est une émotion puissante.

Elle ne mentait pas. Elle se dépêcha de gribouiller sur une carte le titre de la chanson qu'elle voulait interpréter ensuite et attendit son tour avec impatience, tout juste capable d'entendre les groupes qui se succédaient avant elle. Elle ne pouvait retenir son excitation quand on l'appela à nouveau. Cette fois-ci, elle n'eut aucune appréhension en montant sur scène. Elle avait choisi une chanson pop à la mode et vit avec bonheur les gens se lever pour danser au son de sa voix. Elle se sentait à l'aise derrière le micro. Se produire avec des musiciens aurait été mieux que chanter sur des bandes enregistrées – après tout, elle y était habituée –, mais elle se contentait de ce qu'elle avait. À la fin du morceau, tout le monde applaudit et siffla avec admiration.

Elle n'aurait pas été plus étourdie si elle avait été soûle, et pourtant elle ne l'était pas. Elle retourna à sa place et avala à nouveau un grand verre d'eau.

— Tu es la star de la soirée, commenta Ty.

— Je ne suis pas la seule, les autres aussi ont du succès, répondit-elle avec un large sourire.

— Je crois quand même que tu gagnes à l'applaudimètre.

— Tu sors avec moi. C'est normal que tu dises ça.

Il reprit une gorgée de sa boisson gazeuse et la regarda attentivement.

— Non, ce n'est pas pour ça.

C'était sans doute vrai. Il aurait pu se montrer poli, sans plus. Il ne l'avait pas poussée à franchir le pas, mais il pensait qu'elle avait du talent.

— Merci. Ça me fait plaisir que tu croies en moi.

— Je ne suis pas un magnat de la musique, mais je suis capable de reconnaître une voix qui sort de l'ordinaire. Alors, qu'est-ce que tu comptes en faire ?

— Rien du tout, répondit-elle avec un rire désabusé.

— Rien du tout ?

— Ben oui. Qu'est-ce que je peux faire, au juste ?

— Je ne sais pas. Profiter de ton talent.

— Mais comment ? Tu voudrais que j'aille à la télé, dans une de ces émissions à la noix ? Ce n'est pas mon truc.

— Ce n'est pas ce que j'avais en tête. Mais tu pourrais vraiment faire beaucoup avec une voix comme la tienne. Tu pourrais faire carrière dans la chanson.

— Mais j'ai déjà une carrière.

— Tu as un métier, c'est différent.

Elle haussa les épaules.

— Je m'en sors bien. Aujourd'hui, j'ai chanté en public pour la première fois depuis des années. C'était incroyable. Ça me suffit.

— Tu vis confortablement, d'accord, mais ce n'est pas la même chose que de s'épanouir. Tu n'as jamais voulu vivre de ta passion ?

Si, elle y avait très souvent pensé. C'était son rêve depuis qu'elle était petite. Un rêve qu'elle avait, au fil des ans, sans cesse mis de côté. Elle refusait de se laisser aller à contempler des possibilités qui ne prendraient jamais vie.

Jusqu'à ce soir, quand elle avait enfin ouvert les vannes de ces espérances brisées qu'elle avait tues si longtemps. À présent, elle avait la tête pleine de ces nouvelles perspectives.

Mais il était temps de tourner la page une fois de plus, car rien de tout cela n'allait se réaliser.

— Tu pourrais…

— Non, c'est impossible. Et je n'ai pas envie d'en parler. Il est tard. Je suis fatiguée, je voudrais rentrer.

Elle se leva et se dirigea vers la porte, sans savoir si Ty la suivait.

Lorsqu'elle sortit dans l'air froid, elle le trouva à ses côtés. Il lui prit la main, malgré un premier refus de sa part.

Elle n'était vraiment pas sympa de bouder comme ça après cette merveilleuse soirée. Elle se sentait de mauvaise humeur et ne comprenait pas pourquoi. Elle n'avait aucune raison d'en vouloir à Ty. Rien de tout cela n'était sa faute.

Le froid glacial s'insinuait à travers ses vêtements. Elle avait les oreilles gelées et regrettait de ne pas avoir pensé à prendre son bonnet.

Ils marchèrent jusqu'à la voiture de Ty. Il lui ouvrit la portière avant de prendre place et de mettre le contact. Elle serra son manteau autour d'elle. Quelques minutes plus tard, le chauffage du véhicule commença à faire effet, et elle cessa de grelotter.

Pendant que Ty conduisait, Jenna restait concentrée sur la route, même si elle ne pouvait s'empêcher de lui jeter un coup d'œil de temps en temps.

Il avait toutes les raisons du monde de lui en vouloir. Elle s'était comportée comme une gamine, partant comme une furie parce qu'elle n'avait pas envie d'écouter ce qu'il avait à dire.

— Je suis désolée…

— À quel propos ?

— J'ai été un peu sèche, dans la boîte, et je suis sortie sans même te demander ton avis. Tu aurais peut-être préféré rester encore un moment.

— Non, ça ne me dérangeait pas de partir.

Cela ne la renseignait pas tellement sur ce qu'il pensait de son comportement. Elle se laissa aller contre l'appui-tête.

— Cette histoire de chanson, ça me met les nerfs en pelote.

— Je m'en suis rendu compte. Mais pourquoi ?

— Ça fait si longtemps que ce n'est plus qu'un loisir…, un simple rêve… Personne n'est au courant, à part toi. Et puis ce soir…

— Ce soir, le rêve est devenu réalité.

Elle s'abîma dans la contemplation de l'anneau d'argent qu'elle portait au pouce.

— Oui, c'est à peu près ça.

— Est-ce que tu as passé un bon moment ?

— Oui, répondit-elle en se tournant pour le regarder.

— Alors, ça suffit pour aujourd'hui, non ?

— Oui, c'est déjà bien.

Mais cela ne suffisait pas, en réalité. Elle se sentait troublée, comme si elle s'était approchée du bord d'une falaise, prête à prendre son élan pour sauter. Le problème, c'était que le risque de tomber comme une masse pour s'écraser en bas était bien réel. Elle ne faisait pas confiance à ses ailes. Merde, elle ne savait même pas si elle en avait !

En plus, sa route était barrée par un énorme mur de pierre. Infranchissable. Incontournable aussi.

Elle ne voulait pas y penser, ne voulait pas rêver à ce qu'elle n'aurait jamais.

C'était un rêve idiot, de toute façon. Elle ne serait jamais chanteuse, et elle ne serait jamais célèbre.

Elle tenait le bar familial, et elle ne ferait jamais rien d'autre.

Ty se gara devant chez elle et arrêta le moteur. Elle posa une main sur la sienne.

— Tu n'aurais pas dû couper le contact. La voiture va refroidir.

— C'est une façon polie de me dire que tu ne veux pas que j'entre ?

— Il est tard. Et tu as un match demain.

— Je suis un grand garçon. Je peux me coucher tard. Si tu veux te débarrasser de moi, Jenna, sois claire. Dis-moi que tu ne veux pas que je vienne.

— Je ne veux pas que tu viennes, avoua-t-elle d'une voix étranglée.

Il sortit de la voiture pour lui ouvrir la portière.

— Ça ne m'empêchera pas de t'accompagner jusqu'à la porte.

Elle aurait eu du mal à expliquer comment elle se sentait au juste, mais elle n'était pas de bonne humeur, et elle le faisait payer à Ty. Elle s'en voulait, car il n'y était pour rien.

Elle chercha ses clés dans son sac et se tourna vers lui.

— C'est juste que je suis fatiguée. La journée a été longue.

Il lui sourit et lui prit les clés des mains.

— Tu n'as pas à te justifier.

Il ouvrit la porte et lui rendit le trousseau avant de l'enlacer pour effleurer sa bouche du bout des lèvres.

Jenna sentit son ventre s'embraser. Ty n'avait eu l'intention que de lui donner un bref baiser, mais une certaine volupté était venue s'en mêler. Malgré le froid glacial qui régnait, elle s'agrippait à ses bras, sans vouloir le lâcher.

Demande-lui d'entrer, idiote !

Mais quelque chose la retint.

Il n'avait rien fait pour mériter sa mauvaise humeur. Elle le verrait un autre jour.

Elle s'écarta et se passa la langue sur les lèvres.

— Merci pour la soirée.

Le regard plein de désir qu'il lui adressa la fit chanceler dans ses résolutions.

— De rien, Jenna. Bonne nuit.

Elle s'attarda sur le pas de la porte pendant qu'il retournait vers sa voiture. Tout en elle brûlait de le rappeler.

Mais elle se retint et, lorsqu'il ouvrit sa portière, elle rentra et ferma le battant avant de s'y appuyer.

Eh oui, encore une chose dont elle avait envie et qu'elle ne s'autorisait pas à avoir…

Chapitre 15

Ty attaquait le palet comme pour se venger, poussant le défenseur adverse d'un bon coup d'épaule alors qu'il progressait sur la glace.

C'était un match assez rude contre Vancouver, et il transpirait abondamment. Toute l'équipe se donnait à fond, mais ils étaient menés de deux points. Cependant, Ty ne baissait jamais les bras, et ses coéquipiers non plus. C'était le début de la troisième période, ce qui signifiait qu'ils avaient encore du temps devant eux. Il suffisait qu'ils restent concentrés pour combler l'écart et remporter la partie.

Un but à la fois.

Il ramena le palet vers le centre et, contournant le défenseur, le passa à Victor. Puis il s'élança à toute vitesse vers le filet, épaule contre épaule avec son adversaire, pendant qu'Eddie luttait contre le défenseur pour se mettre en position.

Allez, mec ! Il faut faire équipe avec Victor et Jerry.

Le défenseur envoya le palet derrière le but. Le disque glissa sur la glace comme une boule de flipper et repartit vers la zone de Vancouver.

Merde! À bout de souffle, Ty fit demi-tour, désormais en position défensive, jouant de la crosse pour empêcher le centre adverse de passer à l'attaque.

Mais les adversaires étaient à deux contre un, et ils parvinrent à l'éviter. Jerry et Steve étaient déjà là, le gardien devant son filet.

Ils tirèrent. Raté. Les défenseurs renvoyèrent le palet sur la glace, et Jerry l'envoya à Ty par une longue passe.

Ty le rattrapa, et Victor le rejoignit. Ils remontèrent le terrain en se faisant des passes, leurs opposants à la traîne dans leur sillage. Victor envoya le disque à Eddie, et Ty prit position avec Victor près du but.

Un joueur de Vancouver vint le percuter, mais il garda le contrôle du palet, refusant de le laisser échapper, prêt à se battre alors qu'il patinait de toute sa vitesse vers le filet. Il le fit passer à Victor qui le lança vers le filet. Le gardien parvint à l'arrêter, mais Eddie se tenait prêt. Il le rattrapa et l'envoya au fond du but d'un coup de crosse magistral.

Plus qu'un point de retard! Ouais!!

Maintenant, il ne fallait plus rien lâcher.

Ty et son groupe allèrent s'asseoir sur le banc pendant que leurs remplaçants rentraient. C'était dur à accepter, car il aurait voulu rester dans le jeu.

Ils avaient eu davantage d'occasions de marquer que Vancouver. Ils auraient dû mener, mais ils s'étaient montrés mous pendant la première période, et Vancouver n'avait fait d'eux qu'une bouchée. Quelle connerie! Maintenant, ils payaient les pots cassés.

Ils devaient mettre encore deux buts en… – il consulta l'horloge – huit minutes ou bien ils perdraient ce match qu'ils avaient besoin de gagner.

— Czenzcho est mollasson, ce soir, dit-il à Eddie et à Victor alors qu'ils attendaient leur tour pour retourner sur la glace.

Tyler savait que le défenseur de Vancouver se remettait à peine d'une grippe, il l'avait lu dans le journal. Il remarqua que cela le ralentissait.

— Il faut qu'on s'appuie là-dessus pour remonter, reprit-il. Si on se met à deux contre lui, on peut le contourner et marquer ces deux points.

Eddie acquiesça.

— On va faire ce que tu dis, répondit Victor, comme s'il s'agissait d'une simple formalité.

— Parfait. Faites passer l'info, et à l'attaque !

Vancouver reçut une pénalité, concédant ainsi un avantage aux Ice. C'était le moment où jamais de frapper. Victor s'élança derrière Czenzcho avec l'énergie du désespoir, Eddie sur ses talons. Tyler contourna le terrain pour revenir se placer devant le goal adverse dans un combat serré avec le défenseur, attendant l'opportunité d'expédier le palet dans le filet.

Victor prit le contrôle du disque et l'envoya vers Ty, mais il fut intercepté par le défenseur. Eddie était dans la course, il bouscula Czenzcho et récupéra le palet qu'il envoya vers le but. Il fut dévié par le gardien, mais ne repartit pas bien loin.

Ty se trouvait au bon endroit. Il attrapa le disque et le poussa dans le filet, gagnant un point.

Ils étaient à égalité, et la tension était à son comble.

Deux minutes plus tard, Eddie marqua à son tour. C'était tout ce qui leur fallait.

C'était une remontée spectaculaire. Ils s'étaient donnés à fond pour la victoire, car ils en avaient vraiment besoin. Dans cette session de matchs à l'extérieur, ils venaient de perdre trois rencontres sur quatre, une vraie calamité. Tyler était épuisé et avait hâte de retourner jouer à domicile. Peut-être que cela leur ferait du bien.

Il se dirigea vers les douches et mit la tête sous le jet d'eau brûlante pour faire taire le bruit des cris de joie de ses coéquipiers. Ce n'est pas qu'il ne voulait pas prendre part à la fête, au contraire. Mais plus tard. Pour le moment, il avait besoin de faire le point, de comprendre ce qui n'allait pas depuis les derniers matchs.

Il avait tout fait comme il fallait. Merde, il n'était pas le seul, toute l'équipe avait assuré. Mais il manquait un petit quelque chose. Il ne savait pas quoi. Ils se créaient plus d'occasions de marquer que d'habitude, mais, même ainsi, ils étaient distancés, et cela le rendait dingue. Il ne pouvait accuser leur défense ou leur gardien, car ils restaient toujours soudés, dans la défaite comme dans la victoire.

Il faudrait qu'il étudie les vidéos des matchs pour essayer de comprendre. En attendant, il allait considérer la victoire de ce soir comme un heureux présage et se contenter de se réjouir de leur retour imminent à Saint-Louis pour une série de rencontres à domicile. De plus, ils avaient quelques jours devant eux pour préparer les prochains matchs.

Il attrapa le savon et se frictionna, ses pensées se tournant vers Jenna.

Il ne l'avait pas revue depuis qu'elle l'avait évincé sans prendre de gants devant chez elle, en sortant de la boîte de nuit.

Le fait de chanter en public l'avait perturbée. Il ne savait pas quels démons elle devait combattre exactement, mais il comprenait son désir de s'isoler pour réfléchir ; aussi, il avait choisi de la laisser tranquille.

Mais elle lui manquait, et cela le surprenait. Il aimait être avec elle, mais il avait cru que c'était juste une activité comme une autre – une compagnie agréable lorsqu'il était au bar.

Elle ne ressemblait pas aux autres femmes avec lesquelles il était sorti. Elle était complexe, fascinante, et il s'intéressait à elle, pas seulement pour le sexe. Il avait envie de connaître ses pensées, ses sentiments sur telle ou telle chose.

Il ferma le robinet de la douche et se passa la main dans les cheveux.

Il mourait d'impatience de rentrer à Saint-Louis.

Mais, cette fois-ci, le jeu allait changer de niveau.

— Deux margaritas, dont une bien salée. Un bloody mary, un whisky sec, un Dirty Martini et trois Budweiser, pression.

Jenna acquiesça et se précipita pour préparer la commande que la serveuse venait de lui transmettre, non sans faire préalablement glisser deux bières vers des habitués et encaisser le paiement d'un client sur le point de partir.

Cela ne s'était pas arrêté depuis le début de l'happy hour. Elle bossait comme une dingue.

Il y avait des matchs de hockey tous les soirs, et les Ice se déplaçaient à l'extérieur. Toutes les télés du bar retransmettaient donc les rencontres, et elle devait subir la vision de Ty de tous côtés.

Pire encore : elle avait été profondément peinée lorsqu'ils avaient perdu les trois premiers matchs. Elle avait beau faire de son mieux pour ne pas prêter attention aux écrans pendant qu'elle s'occupait du service, elle entendait les clients soupirer et s'emporter, et ne pouvait s'empêcher de lever les yeux vers la retransmission. Et, comme les médias se repaissent du malheur des gens, elle avait droit à de fréquents gros plans sur le visage défait de Ty, ainsi que de ses coéquipiers.

À la fin du troisième match, il paraissait tellement frustré et furieux qu'elle en avait eu des nœuds à l'estomac. Elle aurait voulu que la rencontre se déroule à domicile : ainsi, les garçons auraient pu venir chercher du réconfort au bar.

Elle ne pouvait s'empêcher de repenser à la façon dont elle l'avait éconduit lorsqu'elle s'était enfuie de la boîte comme une furie, l'autre nuit. Il s'était montré tellement adorable, si rassurant par rapport à son talent de chanteuse, et elle n'avait pensé qu'à elle-même. À présent qu'il avait besoin d'elle, elle n'avait même pas le courage de l'appeler pour lui offrir un peu de soutien.

Heureusement qu'ils venaient enfin de gagner. Ils avaient fait une remontée spectaculaire. La troisième période avait été un véritable tourbillon d'adrénaline pour les spectateurs. Elle espérait que cette victoire annonce un changement de tendance et qu'ils continueraient à marquer lors de leurs rencontres à domicile.

Mais…, et s'ils n'avaient pas remporté ce match ? S'ils avaient perdu la totalité des rencontres extérieures ? Qu'aurait-elle fait ?

Rien du tout.

Ah, on pouvait dire qu'elle était une amie hors pair ! Surtout qu'elle n'était pas juste une amie, n'est-ce pas ? Et c'était ça, son problème. Elle n'arrivait pas à accepter la situation, et c'était ce qui l'avait retenue de prendre son téléphone pour l'appeler ou lui envoyer un texto. Leur relation était complètement floue. Ils ne sortaient pas ensemble, mais ils étaient plus que des amis.

Elle n'avait pas la moindre idée du comportement à adopter.

Bon, Jenna. Tu as tellement peur de t'engager avec lui que tu te mets des bâtons dans les roues, en refusant de montrer à Ty que tu tiens peut-être un peu à lui.

Quelle lâcheté ! Et à plus d'un égard.

Dégoûtée d'elle-même, elle jeta le chiffon dans le panier. Par chance, le bar était bondé, et elle pouvait noyer ses ennuis dans le travail, et éviter de regarder ses erreurs en face, mais, malgré tous ses efforts, des images de Ty ne cessaient d'envahir son esprit.

Elle allait devoir affronter la situation, prendre des décisions. Elle ne pourrait plus se cacher.

Ce soir-là, les Ice ne disputaient pas de match, et elle s'attendait à voir Ty débarquer avec les autres garçons. Ils recevraient des encouragements de tous les clients, et peut-être même qu'elle trouverait une minute pour l'attirer à part et lui parler.

Elle comptait lui dire qu'ils devaient rester amis. Qu'ils avaient passé des bons moments ensemble, mais qu'il était temps pour elle de prendre un peu de distance et de lui rappeler qu'il n'y aurait jamais rien de plus entre eux. Elle s'était déjà bien trop rapprochée de lui, s'était laissée aller à éprouver trop d'émotions, à être triste lorsqu'il perdait un match. Pour l'amour du ciel, elle, Jenna Riley, s'était mise à suivre les rencontres de hockey et à se passionner pour le résultat !

Ce n'était tout simplement pas possible. Sa vie – son avenir – était ici, au bar. Elle n'avait certes pas le choix sur ce point, mais elle pouvait en revanche choisir de qui elle tombait amoureuse, et ce ne serait jamais d'un sportif.

De vives acclamations lui firent porter le regard vers la porte d'entrée, où Eddie, Victor et quelques autres joueurs venaient d'apparaître. C'était une telle bousculade qu'elle ne pouvait voir tout le monde, et elle était tellement débordée qu'elle ne put s'approcher qu'une heure plus tard, lorsqu'elle se fit remplacer par Renee afin de s'accorder une pause.

Elle n'avait pas vu Ty, mais il faut dire que le *Riley's* était littéralement envahi de clients et que les Ice jouaient au billard dans le coin opposé de la salle, hors de son champ de vision. Elle quitta le comptoir pour circuler entre les tables et s'assurer que ses clients passaient une bonne soirée. Elle accordait un peu plus de temps aux habitués, parce qu'elle les connaissait, et, comme beaucoup d'entre eux étaient proches de ses parents, ils lui demandaient des nouvelles de son père, après son opération de l'année précédente.

Cela lui prit donc près d'une heure pour arriver enfin près des tables de billard, où elle dut accepter de se faire draguer par quelques habitués. Ce n'était pas méchant, plutôt une plaisanterie, car tous la considéraient comme une vraie sœur. Mais elle ne pouvait s'empêcher de regarder du côté des Ice, tout au fond de la pièce.

Elle ne voyait toujours pas Ty. Peut-être était-il parti bavarder avec quelqu'un dans une autre partie de l'établissement ?

Elle finit par s'extraire du groupe d'habitués et s'approcha des joueurs de hockey, se glissant entre Eddie et Victor.

— Alors, les gars, vous avez fini par décrocher une victoire ?

— Et c'était un sacré beau match, avec ça, soupira Eddie. Tu l'as regardé, Jenna ?

— Je les regarde tous, voyons, répondit-elle en lui tapotant le dos. Tu as vraiment réussi un coup superbe. Je ne suivais que d'un œil avant ça.

— Oui. On a eu une mauvaise passe, mais on va tout défoncer maintenant qu'on est de retour à domicile.

Les fans saluèrent cette déclaration par une salve d'applaudissements, et les joueurs levèrent leurs bières en réponse.

Jenna resta encore un moment à traîner avec eux, mais Ty ne montrait toujours pas le bout de son nez. Finalement, elle fut bien obligée de poser la question.

— Alors, où se cache l'autre star du hockey, ce soir ?

— Ty ? Il n'a pas voulu venir. Il a dit que quelque chose l'attendait à la maison.

— Ah !

— Quelque chose… ou quelqu'un, suggéra Victor d'un air entendu qui provoqua l'hilarité des garçons.

— Passez une bonne soirée, les mecs. La prochaine tournée est pour moi.

Elle les laissa, accompagnée d'exclamations de joie. Elle secoua la tête et salua les jeunes gens d'un geste de la main dans son dos, mais elle avait l'estomac noué.

Il n'était pas venu. Quelque chose l'attendait à la maison.

Mais quoi ?

Elle libéra Renee et reprit sa place derrière le comptoir. Elle attrapa des bouteilles de bière vides pour les jeter dans le bac du recyclage avec un plaisir féroce.

Chapitre 16

Les pieds sur le canapé, la manette de jeu posée sur le ventre, Ty poursuivait son ennemi.

— Ouais, salopard ! Tu peux bien courir, mais tu ne peux pas te cacher. Je sais exactement où tu es.

Silencieux et menaçant comme un nuage d'orage, il se faufila derrière sa proie et, sans la moindre hésitation, il sortit son couteau pour lui trancher la gorge. Le sang jaillit du cou de sa victime, qui s'écroula au sol.

Ty éclata de rire en voyant le total de ses points exploser. Son adversaire en ligne n'avait aucune chance.

— Je t'ai bien défoncé la gueule, Warlord !

Ty n'avait aucune idée de qui pouvait se cacher derrière ce pseudo. Sans doute un gamin de douze ans qui n'aurait jamais dû être autorisé à s'adonner à un jeu aussi violent, mais bon, ce n'était pas son problème. Il jeta la manette sur le canapé et se leva, se passant la main dans les cheveux.

Ce jeu était à la fois répugnant et, curieusement, assez addictif. Si un jour il avait des enfants, il ne les laisserait pas toucher à un jeu vidéo. Dès qu'ils

Et s'il avait un rendez-vous galant ce soir, qu'e
que ça pouvait faire ? Elle lui avait clairement sig
que leur relation était sans lendemain. Ils ava
couché ensemble quelques fois, c'est tout, et elle l'a
carrément mis à la porte lors de leur dernière soirée
quoi pouvait-elle s'attendre ? À ce qu'il revienne v
elle en courant pour qu'elle puisse recommencer ?

Bien sûr… comme si les mecs aimaient qu'on l
traite comme ça !

Elle devait bien avouer que oui, c'était à cela qu'ell
s'était attendue. Elle était tellement sûre d'elle qu'elle imaginait qu'il reviendrait vers elle, quoi qu'elle fasse.

Sauf que cela n'avait pas marché, et, à présent qu'il n'était pas là, elle s'apercevait qu'il lui manquait. Tout en lui manquait à Jenna : son odeur, son contact, et son sourire sexy.

Alors, que faire ?

En temps normal, elle n'aurait rien fait du tout. Ce n'était pas son genre de courir après un mec.

Mais elle n'en avait pas encore fini avec Ty.

tiendraient debout, il les emmènerait faire du sport, par la force s'il le fallait.

Euh, pas très crédible… En réalité, il était plus probable qu'il reste vautré sur le canapé avec eux, à enchaîner les jeux de guerre.

Ou bien, par un coup du sort affreux, il aurait des filles et il se retrouverait collé devant un jeu avec des poneys à la crinière arc-en-ciel. Ou avec Barbie. Ou avec une princesse Disney. L'horreur!

Pourtant, l'idée d'une petite fille avec une longue queue-de-cheval, qui jouerait au foot ou ferait du patin, comme lui – mais du patinage artistique –, l'horrifiait un peu moins qu'elle ne l'aurait fait quelques années auparavant.

Mais qu'est-ce qui lui arrivait? Il n'avait pas l'intention de se marier, et encore moins d'avoir des descendants.

Pas de sitôt. Jamais, en fait. Gâcher la vie d'un enfant comme ses parents avaient gâché la sienne? Non. Il ne commettrait rien de tel.

Entendant son portable sonner, il fronça les sourcils. Il n'avait aucune idée de l'heure qu'il pouvait être, mais il savait tout de même qu'il était tard. Il attrapa le téléphone et constata avec surprise que c'était Jenna.

— Salut.

— Salut, Ty. Je sais, il est très tard. Je ne te réveille pas?

— Holà, non!

— Tu es avec une fille?

Ça, c'était Jenna… toujours directe !

— Non. Et toi, tu es avec un mec ?

— Bien sûr que non. Je bossais, ce soir.

Ty regarda l'heure sur son téléphone. Il n'était que minuit.

— Tu as déjà fermé ?

— Non. Mais je voulais te voir. Tu es chez toi ?

— Bien sûr, répondit-il avec un sourire. Viens.

— J'arrive.

Intéressant…

Merde, l'appartement ressemblait à un champ de bataille ! Sa tenue de hockey traînait dans le salon, il y avait des canettes partout, et il était certain que ça sentait les pieds. Il ramassa le bazar à toute vitesse, passa un coup d'aspirateur et vaporisa du désodorisant. Il espérait que cela suffirait à couvrir son odeur de mâle.

Quand Jenna sonna à la porte, il avait réussi à prendre une douche et à enfiler un survêtement et un tee-shirt propres.

Elle était magnifique. Cela lui faisait un choc de la voir là, sur le seuil.

— Salut. Entre.

Elle sentait bon, comme si elle venait de se parfumer avec quelque chose de musqué, d'un peu sauvage. Il aurait voulu s'approcher pour plonger son nez dans son cou et explorer cette fragrance, mais, ne sachant pas ce qui l'amenait, il se retint.

Il prit son manteau et lui proposa un verre.

— Non merci, Ty.

— OK, assieds-toi, alors. J'ai essayé d'enlever le plus gros du bazar, mais ça reste pas très présentable…

— Tu sais comment c'est, chez moi. Je n'aurais rien remarqué, répondit-elle en riant.

— Oui, mais ici, c'est un appartement de mec. Je crois quand même que tu aurais été gênée par l'odeur de vieilles chaussettes.

— J'en doute. J'ai deux frères, tu te rappelles ?

— C'est vrai. Tu marques un point, dit-il en s'asseyant à côté d'elle sur le canapé.

Elle ramassa la manette.

— Tu étais en train de jouer ?

— Oui.

— J'aurais cru que tu serais en train de regarder les matchs en vidéo pour tenter de comprendre pourquoi vous avez été si nuls à l'extérieur.

— On n'a pas arrêté de se les repasser, avec les autres. Et on a été nuls parce qu'on voulait trop bien faire. Le hockey, ça se passe autant dans la tête que sur la glace. Quand on se pose trop de questions, ça influe sur le jeu.

— Tu crois vraiment que c'était ça, le problème ?

— Oui, j'en suis certain. Nous avons la meilleure équipe de la ligue, cette année. On peut gagner les éliminatoires et aller plus loin, avec notre niveau. On a perdu du terrain parce qu'on a tous commencé à se prendre la tête sur ces rencontres à l'extérieur, à s'interroger sur l'envergure des joueurs qu'on allait affronter. Au moins, on a réussi à sauver le dernier de ces quatre matchs.

— En effet.

Bien que cette profonde conversation soit absolument fascinante, il était temps d'y mettre un terme et de découvrir les raisons de la visite de Jenna.

— C'est pour ça que tu es venue ? Pour analyser mes dernières performances ?

Elle inspira un grand coup.

— OK, je vois que tu veux déjà aller au fond des choses.

— C'est toi qui m'as appelé. Alors venons-en au fait.

— Tu as raison.

Elle fit un quart de tour sur le canapé pour lui faire face, un genou posé sur l'assise.

Elle était vraiment belle, ce soir. Elle portait une robe en maille qui épousait ses formes, un collant noir et des bottines. Elle avait les cheveux relevés en pointes, et ses boucles d'oreilles se balançaient en scintillant dans la lumière de la lampe qui trônait sur un guéridon près du canapé. Elle semblait à la fois douce et féminine, et il avait envie de se serrer contre elle pour embrasser chaque centimètre de peau nue qu'il apercevait… et ensuite tous les endroits qu'il ne voyait pas encore.

Elle ne disait rien… De toute évidence, elle devait lutter contre elle-même pour lui révéler ce qu'elle avait sur le cœur.

Mais, cette fois-ci, la balle était dans son camp. Il ne prendrait pas les devants, même si ça le démangeait.

Elle posa un coude sur le dossier du canapé et appuya sa joue sur sa main, contemplant le salon, bien qu'il n'y ait pas grand-chose à voir. Quelques photos, des œuvres d'art qui ne lui plaisaient pas spécialement mais que Liz lui avait conseillé d'acquérir, et deux ou trois babioles qu'il avait achetées parce qu'elles avaient attiré son regard. Mais il ne pensait pas vraiment que Jenna soit plongée dans leur contemplation.

Elle avait quelque chose à dire, mais elle n'y arrivait pas.

Elle regarda l'anneau qu'elle portait au pouce, puis l'entoura avec les doigts de l'autre main. Elle faisait peine à voir.

Il se leva, se dirigea vers la porte et attrapa son manteau ainsi que celui de Jenna.

— Viens.

— On va où ?

— On sort.

Jenna pensa d'abord qu'il voulait l'emmener faire une promenade en voiture, lui faire prendre l'air afin qu'elle se débarrasse de la boule qu'elle avait dans la gorge et qui l'empêchait de parler.

Elle ne se doutait pas qu'ils allaient se retrouver sur le terrain de hockey des Ice, à 1 heure du matin ! Qui aurait imaginé que Ty était capable de l'amener à la patinoire ?

Et voilà qu'elle se retrouvait sur la glace, sous les projecteurs, équipée de patins et de protections. Ty glissait vers elle, une crosse dans chaque main.

Seigneur, elle n'aurait jamais cru qu'il était si terriblement sexy en tenue de hockey ! À la télé, elle ne le voyait finalement que de loin, et elle n'assistait jamais aux matchs. Plus depuis qu'elle était adulte, en tout cas.

En le regardant foncer sur elle, courbé vers l'avant comme lors d'un match, le palet rebondissant entre les deux crosses qu'il avait en main, elle fut envahie par un désir qui la secoua jusqu'au bout de ses orteils serrés dans les patins.

— Tu as quelque chose sur le cœur, déclara-t-il en faisant glisser le disque entre les pieds de Jenna avant de la contourner pour aller le récupérer. Je réfléchis beaucoup, sur la glace. Ça m'aide à m'y retrouver. Alors faisons une petite partie, un contre un, et peut-être que tu réussiras à me dire ce que tu as en tête.

Elle savait patiner aussi bien que ses deux frères, car elle s'exerçait tous les hivers depuis qu'elle était enfant. Elle n'avait donc aucun mal à se maintenir à sa hauteur, mais elle n'était pas non plus une pro du hockey.

— On aurait pu rester sur le canapé pour discuter.

— Avoue que ma méthode est plus marrante ! rétorqua-t-il en relevant la visière de son casque pour lui sourire.

Il lui passa le disque et partit à reculons.

— Fais comme si j'étais en défense. Essaie d'envoyer le palet derrière moi.

Il allait l'écraser. Elle le savait déjà, mais elle aimait suffisamment la compétition pour avoir envie d'essayer. Elle accéléra, même si elle se sentait engoncée dans la tenue, avec un casque qui réduisait son champ de vision. Sans se laisser décourager, elle s'avança, tentant de faire glisser le palet devant elle. Elle se rapprochait de Tyler, qui se tenait dans la zone de défense, à la place du gardien.

Soudain, il s'élança vers elle à toute vitesse. Elle dévia vers la droite, mais il ne lui fallut que quelques secondes pour la rattraper, lui dérober le disque et la forcer à faire demi-tour ou à patiner à reculons.

Elle était moins rapide dans ce sens-là, et elle dut donc se retourner, ce qui lui fit perdre du temps. Il était déjà prêt, de l'autre côté, quand elle pivota à nouveau.

Il attrapa le palet et le lui fit passer.

— Tu es lente. Essaie d'accélérer, cette fois.

— Si je te flanque un coup de crosse dans les burnes, ça va te ralentir aussi, rétorqua-t-elle, agacée.

Il éclata de rire et recula.

— Ça te vaudrait une pénalité !

— Et tu jouerais contre qui, si j'étais sur le banc ? demanda-t-elle en le foudroyant du regard.

— Je ne pensais pas à une pénalité de ce genre.

— Ah bon ? Et à quel genre de pénalité tu songeais, on peut savoir ?

Il passa sa crosse dans le dos de Jenna et l'attira vers lui.

— Un temps mort.

— N'importe quoi, Anderson !

Elle le repoussa et se saisit du palet, filant vers un but imaginaire – le filet ayant été retiré. Elle savait bien qu'elle ne pouvait se mesurer à Ty en vitesse sur glace, mais elle y mettait quand même tout son cœur. Elle l'aperçut sur sa droite et accéléra encore, de toutes ses forces, puis se redressa pour donner un coup vigoureux sur le disque, qu'elle envoya au bon endroit. Elle leva sa crosse en signe de triomphe.

Elle s'arrêta dans un grand dérapage, Tyler sur les talons. Les mains posées sur les genoux, elle essayait de reprendre son souffle, la poitrine déchirée par l'air froid qu'elle inspirait, mais souriant comme une folle. C'était une sensation merveilleuse.

Il s'arrêta à côté d'elle. Elle se tourna vers lui.

— J'ai marqué un point !

— J'ai vu. Ça te fait plaisir ?

— Oui, mais j'ai l'impression que tu m'as laissée gagner.

Il releva sa visière pour la foudroyer du regard.

— Mademoiselle, vous savez très bien que j'aime gagner. Est-ce que vous croyez que je vous aurais laissée marquer ?

Elle plissa les yeux, observant le visage de Ty.

— Hum, sans doute pas. Tu aurais préféré me ratatiner.

— Exactement.

Il s'approcha d'elle, si près qu'elle était prise entre la rambarde et lui. Il lui arracha son casque, qui tomba sur la glace dans un grand bruit.

— Tu ferais mieux d'être plus soigneux avec ton équipement. Tu en as besoin pour te protéger la tête.

— C'est un casque d'entraînement. On tient à nos affaires de match comme à la prunelle de nos yeux.

Il enleva ses gants et plaqua une main sur le cou de Jenna. Il avait les doigts froids. C'était agréable sur sa peau échauffée. Qui aurait cru qu'on transpirait autant sur la glace ? Elle savait que les garçons se donnaient à fond lors des rencontres – elle les regardait foncer à toute allure et se demandait comment ils faisaient pour tenir sur la durée. Mais le corps musculeux de Ty ne laissait pas de doute sur l'intensité de l'entraînement auquel ils s'astreignaient.

Il effleura le creux de son cou avec son pouce, et elle eut encore plus chaud, d'autant plus qu'il la maintenait contre la barrière avec la pression de tout son corps. Il se tenait si près d'elle qu'elle sentait son souffle dans ses cheveux. Elle avait les tétons durcis.

— Alors, dit-il, est-ce que tu as réussi à formuler ce que tu voulais me dire ?

Elle enleva ses gants et les laissa tomber avant de poser les mains sur la poitrine de Ty, regrettant qu'il soit toujours vêtu de son équipement, qui l'empêchait de le toucher vraiment.

— Pas vraiment. Je ne sais pas trop quoi penser.

— À quel sujet ?

— À propos de nous.

— Mais, plus précisément, qu'est-ce qui ne va pas ?

Il lui frottait l'arrière de l'oreille du bout du pouce, passant les doigts dans ses cheveux.

Comment voulait-il qu'elle lui parle s'il continuait à la caresser ?

— Ty…

— Oui ?

Il la dévorait des yeux, et elle eut l'impression qu'il n'était pas tellement intéressé par ce qu'elle avait à dire, finalement. Tant mieux, car elle n'avait pas très envie de discuter.

Il tira la tête de Jenna doucement en arrière. Jenna entrouvrit les lèvres alors qu'il se penchait pour poser sa bouche sur la sienne.

Il l'embrassait avec fougue, et elle se sentait vibrer. Ty semblait en vouloir davantage. Ce n'était pas un petit baiser en passant. C'était un moment de passion. Il glissa la langue entre les dents de Jenna pour goûter la sienne. Elle gémit de désir alors qu'il la poussait contre la balustrade, poursuivant ce baiser dévastateur qui lui coupait le souffle. Il l'enlaça, se pressant contre elle.

Clouée contre la barrière, elle pouvait seulement s'accrocher à lui. La glace était très glissante, et elle planta la pointe de l'un de ses patins pour ne pas tomber, s'agrippant à Ty pendant qu'il l'étourdissait par ses baisers.

Elle était en feu, son corps brûlant d'impatience d'être touché par Ty, de sentir sa peau contre la sienne. Elle s'était languie de lui, de ces moments…, de cette connexion intime entre eux. Elle n'avait pas envie de parler, de discuter de tous les problèmes qu'elle pouvait avoir, de ses raisons de ne pas vouloir être avec lui, parce qu'en cet instant rien de tout cela n'avait d'importance.

Au contraire, elle voulait être avec lui. Ici et maintenant, dans ce tourbillon de froid et de chaleur qui l'environnait, la rendait folle de désir.

Il s'écarta, les yeux brûlants de passion.

Ce regard dans les yeux de Ty était exactement ce dont Jenna avait besoin. Le reste n'était que des broutilles auxquelles elle préférait ne pas penser pour le moment.

Pas quand il la regardait comme ça.

Elle déglutit, la gorge sèche. Elle se passa la langue sur les lèvres, et Ty se jeta sur elle pour l'embrasser à nouveau, lui mordillant la lèvre inférieure jusqu'à ce qu'elle se laisse aller contre la paroi de verre en gémissant de plaisir. Il déposa une ligne de baisers sur sa mâchoire et son cou, et lui effleura le cou du bout des dents.

— Oh, Ty…

— J'aime t'entendre murmurer mon prénom… Est-ce que tu sais dans quel état ça me met ?

— Non. Dis-moi.

— Je crois que je vais plutôt te montrer.

En une fraction de seconde, il lui avait arraché ses protections, avait également enlevé les siennes et jeté le tout sur la glace.

Il faisait nettement plus froid sans tout ce rembourrage. La robe et les collants de Jenna ne lui tenaient pas bien chaud.

— J'ai froid. On peut partir ?

— Je vais te réchauffer.

Il lui prit le visage dans ses mains et l'embrassa, effleurant doucement sa bouche du bout des lèvres, puis s'arrêta. Elle retint son souffle, attendant qu'il recommence. Il s'écarta, et elle le vit esquisser un sourire qui lui fit tourner la tête. Elle tendit le bras pour caresser ses lèvres, puis se mit sur la pointe des patins pour l'embrasser.

Il la prit dans ses bras et lui donna un baiser profond qui lui fit oublier le froid. Les mains et le corps de Ty étaient chauds comme un braséro, et il les promenait sur elle, lui apportant de la chaleur. Ses lèvres étaient brutales, exigeantes, et cela la faisait vibrer. Elle était surprise que la glace sous eux ne fonde pas, les laissant s'enfoncer dans une mer d'eau froide.

L'une des mains de Ty vint se poser sur la poitrine de Jenna, épousant le galbe d'un sein, et elle se sentit brûler de désir. Elle se cambra au-devant de lui, et il se mit à titiller son téton avec son pouce, à travers le tissu de ses vêtements. Elle aurait voulu être nue, mais il y avait quelque chose de sauvage dans le fait de se tenir là, sur la glace, tout habillés, à se caresser. Il plaça une de ses cuisses entre les jambes de Jenna et la maintint dans cette position pendant que sa bouche effleurait la sienne et qu'il lui touchait les seins.

Elle était en feu. Et sa chaleur intérieure, couplée au froid glacial qui l'environnait, produisait un contraste qui aiguisait ses sens et augmentait son excitation. Elle voulait davantage que ces caresses à travers les vêtements. Elle glissa une main sous sa chemise, pour sentir du bout des doigts la chaleur de son dos.

Il s'écarta d'elle pour la regarder et lui effleurer la joue. Elle retint son souffle alors qu'il descendait sa main jusqu'à son cou et sur ses seins, puis plus bas. Elle poussa un petit gémissement alors qu'il continuait son chemin, la titillant sans la toucher là où elle le désirait, là où elle brûlait de le recevoir. Il saisit l'ourlet de sa robe pour le soulever, puis remonta la main pour la stimuler à travers le voile de ses collants.

Elle gémit à nouveau alors qu'il allait et venait contre son sexe gonflé de désir. Elle se cambra contre lui, essayant de ne pas perdre l'équilibre sur ses patins. Il la maintint fermement, plus à l'aise qu'elle sur la glace.

— Tu veux vraiment qu'on fasse ça ici ? demanda-t-elle.

— Oui. Juste là où nous sommes.

— Mais comment ?

— Ça va marcher, ne t'inquiète pas. J'ai envie de toi, Jenna.

Ils se regardaient dans les yeux. Jenna lut dans ceux de Ty un désir violent, qu'elle percevait aussi dans sa mâchoire serrée et ses muscles tendus. Elle sentit sa propre excitation devenir presque fébrile. L'idée de faire l'amour avec lui sur la glace lui parut soudain parfaite.

Il glissa une main dans la ceinture de son collant, à la recherche de la source de cette chaleur brûlante qu'il sentait en elle. Jenna se mit à respirer plus vite lorsque les doigts glacés de Ty vinrent caresser le centre de son désir.

Elle s'accrocha à ses épaules tandis qu'il promenait ses doigts sur son sexe, jouait avec l'anneau qu'elle portait au clitoris et la caressait doucement.

— Tu as les doigts froids.

— Désolé…

— Oh non ! C'est délicieux. J'ai envie que tu me les mettes.

Il introduisit deux doigts en elle, allant et venant jusqu'à ce qu'elle défaille presque de volupté. Elle se sentait fondre et se tordait de plaisir alors qu'il frottait le dos de sa main sur ses petites lèvres. Elle se cambra, demandant plus, voulant le toucher elle aussi. Son érection était bien visible à travers son survêtement, et elle y posa une main. Plus elle le caressait, plus il la pénétrait profondément.

— Ty, je n'en peux plus. Arrêtons les préliminaires.

Il lui adressa un sourire coquin, puis lui enleva son collant. Il sortit un préservatif de la poche de son sweat à capuche et baissa son pantalon, lui dévoilant sa queue dressée.

Elle se lécha les lèvres, brûlant d'impatience pendant qu'il enfilait la capote et appuyait Jenna contre la paroi de verre. Il remonta sa robe et agrippa ses fesses, lui écartant les jambes autant qu'il le pouvait malgré le collant et les patins.

Lorsqu'il entra en elle, ce fut le paradis. Dans un tourbillon de froid et de chaleur, elle sentait la glace fondre autour d'eux. Elle criait de plaisir alors que Ty s'enfonçait en elle, effleurant son clitoris à chacun de ses coups de reins. Avec ses cuisses serrées, elle percevait chaque millimètre carré de sa queue en elle, chaque partie de lui qui la touchait, la labourait, la rendant complètement folle.

— Oh oui, c'est bon ! Oh oui, Ty !

De ses mains, il pétrissait ses fesses, allant et venant lentement tout d'abord, jusqu'à ce qu'elle lui en demande davantage.

— Plus fort ! Plus fort, fais-moi jouir…

Il accentua ses mouvements, démultipliant le plaisir qu'elle éprouvait. Elle se mordit la lèvre en le voyant entrer encore plus profondément en elle, en le sentant intensément. Elle percevait chaque vibration de sa queue et se savait au bord de l'orgasme. Elle enfonça ses ongles dans les épaules de Ty et se serra brutalement contre lui. Il gémit et accéléra la cadence.

— Jenna, je n'en peux plus…

Ces mots lui firent perdre la tête. Elle tremblait sous la pression de l'orgasme qui arrivait.

— Oh oui, Ty, plus fort ! Je vais jouir…

Il la plaqua contre la balustrade comme pour la punir. Elle lutta pour planter les lames de ses patins dans la glace, mais Ty la tenait fermement, la maintenant droite pendant qu'il allait et venait en elle de toutes ses forces.

Le plaisir explosa en elle avec une violence inouïe qui la fit crier et trembler.

Elle haletait contre lui, en nage, les jambes flageolantes. Si Tyler l'avait lâchée, elle serait tombée sur la glace. Mais il la tenait entre ses bras puissants. Il finit par se retirer, puis il remit son pantalon et lui remonta son collant.

Il se redressa, passa un bras autour de sa taille et lui donna un baiser dont la douceur la fit vibrer.

Elle appuya sa tête contre la vitre pour le regarder, incapable de parler.

Puis elle lui sourit.

— Tu as l'habitude d'amener tes copines sur la glace pour un peu de sexe à la fraîche ?

— Je n'avais jamais fait de galipettes dans la patinoire, Jenna. Avant toi.

Il s'éloigna et commença à ramasser l'équipement qu'ils avaient laissé tomber.

Ça alors… Merde ! Elle se sentait spéciale.

Et maintenant elle était exactement au même point qu'avant : elle ne savait vraiment pas quoi lui dire !

Chapitre 17

Liz se prit la tête dans les mains.

— Je m'ennuie, soupira-t-elle.

Avec un grand sourire, Jenna lui resservit un verre de vin.

— Mais non, tu ne t'ennuies pas. Tu as un super boulot, où tu cours tout le temps. La vérité, c'est que Gavin te manque.

— Tu as raison, mais je ne l'avouerais à personne d'autre que toi, répondit Elizabeth en prenant une gorgée. Je hais l'entraînement de printemps. Je hais le base-ball.

Jenna eut du mal à garder son sérieux.

— Tu as accepté de l'épouser. Tu connais sa profession. Merde, quoi ! C'était ton client avant que vous décidiez de vous fiancer et que tu doives renoncer à être son agent pour ne pas créer de conflit d'intérêts.

— Oui. Ça, c'était chiant, mais je n'y pouvais rien. Je ne peux pas négocier pour le compte de quelqu'un dont je suis amoureuse. Je n'arrive pas à être objective à son égard. Mais je lui ai trouvé un bon agent pour me remplacer. Pas aussi bon que moi, bien sûr.

— Naturellement.

Liz l'avait appelée ce matin pour lui proposer d'aller déjeuner, et, comme Jenna avait un jour de congé, c'était parfait. Après son dernier tête-à-tête avec Ty, elle avait besoin de prendre un peu de recul, de discuter avec une copine, et Liz était très directe. Jenna ne se confiait pas à n'importe qui, mais Liz faisait partie des rares personnes en qui elle avait confiance.

— Tu pourrais sauter dans l'avion et aller lui rendre visite en Floride.

— Ça le distrairait, et il doit se concentrer sur le base-ball.

Jenna déchira un morceau de pain et l'agita en direction de Liz pour souligner son propos.

— Je suis certaine qu'il est aussi malheureux sans toi que toi sans lui. Il serait sans doute plus performant si tu étais à ses côtés.

— Peut-être. Ou peut-être pas, répondit Liz en haussant les épaules.

— Et tes amies Haley et Shawnelle, elles sont descendues ?

— Shawnelle, oui. Mais Haley a dû rester ici, parce qu'elle suit des cours, ce semestre.

— Alors Shawnelle serait certainement contente d'avoir de la compagnie. Tu devrais y aller.

Liz s'appuya sur son dossier et prit également un morceau de pain.

— C'est vrai.

Elle leva les yeux pour croiser le regard de Jenna et soupira.

— Oh, je suis dans un état, Jen ! Qui aurait cru que je pourrais tomber si horriblement amoureuse d'un mec ? Il m'a transformée en romantique gnangnan. Je ne fais que penser à lui. Quand il est en déplacement, on s'envoie des textos…, des sextos…

Jenna leva une main.

— Je ne veux pas le savoir. Gavin est mon frère, tu te rappelles ?

— C'est terrible, commenta Liz avec un sourire. Tu es ma copine, donc tu dois écouter aussi les passages coquins. Fais comme si c'était quelqu'un d'autre. Bref, je ne suis jamais rassasiée de lui. Je pensais être assez grande pour guérir de cet état passionnel, que ça se calmerait quand on aurait été ensemble un certain temps, mais ce n'est pas le cas. Et même c'est de plus en plus fort. Je ne veux pas dire seulement que je pensais que ça se calmerait sous la couette – alors qu'au contraire ça reste absolument incroyable – mais aussi que je pensais que je serais moins amoureuse. J'ai toujours le cœur qui bat quand il me prend la main. Bordel, c'est un vrai conte de fées !

— C'est l'amour, ma grande, répondit Jenna, la gorge nouée. Ça fait toujours ça.

— Tu dois avoir raison. C'est juste que je n'étais pas au courant, expliqua Liz en tendant le bras pour presser la main de Jenna. Mais laisse-moi devenir un peu cucul et te dire que, quand ce sera ton tour, tu auras l'impression d'être foudroyée en plein cœur et que rien ne sera plus pareil. Tu verras, ça te changera.

— Je ne crois pas que tout le monde ressente la même chose, répondit Jenna en riant.

Liz sirota une gorgée de vin, puis se mit à beurrer sa tartine.

— Ah bon ? Regarde Tara et Mick. À leur mariage, j'avais l'impression d'être devant un Disney. Je n'ai jamais vu deux personnes plus amoureuses l'une de l'autre. Gavin et moi, c'est pareil. Ne me dis pas que la foudre ne tombe jamais deux fois au même endroit… Et il y a encore un membre de la famille Riley qui n'a pas été touché, rappela Liz en la regardant droit dans les yeux.

— Je ne suis pas amoureuse, protesta Jenna avec un haussement d'épaules.

— Peut-être pas pour le moment, mais ça finira par venir, et, ce jour-là, tu le sentiras jusqu'au bout des orteils. Et alors tu comprendras que personne d'autre ne peut te faire éprouver la même chose…

— Ça paraît tellement facile, quand on t'écoute…

— Ah non, c'est tout sauf facile ! répondit Liz en riant. Parce qu'en même temps personne n'aura autant que lui le pouvoir de te faire souffrir. Et dans ces cas-là, crois-moi, ça peut faire très mal. Mais tu n'aimeras aucun autre homme comme celui-là.

— Seigneur, Liz, tu es complètement accro !

— Je sais. Je t'ai dit que j'étais horriblement amoureuse.

Jenna éclata de rire. Pendant le déjeuner, en écoutant d'une oreille distraite Liz lui expliquer ses projets pour le mariage, elle songeait à tout ce qu'avait dit sa future belle-sœur sur l'amour.

C'était vraiment comme un conte de fées, et Liz avait des étoiles dans les yeux lorsqu'elle parlait du frère de Jenna. Celle-ci en était ravie, mais elle n'était pas certaine de croire à toutes ces histoires de trouver sa moitié, d'être faits l'un pour l'autre ou qu'après avoir rencontré cette personne on ne regarderait plus jamais quelqu'un d'autre.

C'était bien beau en théorie, mais la réalité lui semblait différente.

Cela ne pouvait pas se passer comme ça pour tout le monde. C'était vrai pour Liz et Gavin, ainsi que pour Tara et Mick, et Jenna en était très heureuse, mais personne ne lui avait jamais fait tourner la tête ni empli le cœur de chansons d'amour.

Pourtant, elle avait chanté devant Tyler. Alors qu'elle n'avait jamais entonné la moindre chansonnette devant sa famille, les gens en qui elle avait le plus confiance. Elle avait chanté – deux fois – pour Tyler.

Ce qui ne voulait absolument pas dire qu'elle était folle de lui. Non, ça s'était juste produit, voilà tout.

Certes, elle avait des frissons partout quand elle le voyait, mais c'était purement sexuel, et ça ne tarderait pas à s'estomper après quelques autres plans cul de folie avec lui. D'ailleurs, elle n'était jamais restée plus de quelques semaines avec un gars, et, justement, Ty et elle approchaient de la date de péremption habituelle. Bordel, ça faisait des mois qu'elle le connaissait, même si leur relation n'avait pas commencé tout de suite ! Elle allait bientôt se lasser, c'était sûr et certain.

— Peut-être qu'il faudrait qu'on te dégotte un mec génial.

Jenna leva les yeux de son assiette.

— Quoi ? Non ! On a déjà tenté le coup. Non merci.

— Mais je ne peux pas m'empêcher : j'ai envie que tu sois aussi heureuse que moi. Tu n'as pas encore trouvé celui qui te fera voir des étoiles, n'est-ce pas ?

Elle refusait de répondre à cette question.

— Est-ce que tu sors avec quelqu'un, en ce moment ? s'enquit Liz d'un air suspicieux.

— Pas vraiment. Enfin, un peu.

— C'est-à-dire ?

— Je sors plus ou moins avec Tyler Anderson.

— C'est vrai ?! demanda Liz, les yeux ronds. Je croyais que votre escapade sexuelle, la nuit du mariage de Tara et Mick, avait été sans lendemain.

— C'est ce que je pensais aussi, répondit-elle en repoussant son assiette, son appétit soudain envolé.

— Qu'est-ce qui s'est passé ? J'ai remarqué que tu le reluquais, l'autre soir, au bar. Est-ce qu'il te met la tête à l'envers ?

— Je ne sais pas. C'est juste qu'il n'arrête pas de se pointer, et, chaque fois, je couche avec lui.

— Tiens, tiens…, commenta Liz en sirotant son vin. Il doit vraiment assurer au pieu.

— Ah ça, oui !

— Mais ça a l'air de t'embêter. Il doit y avoir autre chose.

— Non, il n'y a rien d'autre, c'est purement sexuel. Tu sais bien que je n'aime pas les stars du sport. Il n'y aura jamais rien d'autre entre lui et moi qu'une histoire de cul.

— Hum hum, dit Liz en lançant un regard en biais à Jenna, avant d'attaquer sa salade.

— Qu'est-ce que tu entends par « hum hum » ?

— Que tu accumules les dénégations. Si tu ne tenais pas à lui, tu te contenterais de rigoler et de profiter de ta relation tant que le plaisir dure, et ensuite tu le larguerais. Je crois que tu l'as dans la peau.

— Je l'ai dans mon lit, et c'est précisément l'endroit où j'ai envie de l'avoir.

— Hou, j'ai de drôles d'images qui se bousculent dans la tête, maintenant ! pouffa Liz en se tortillant sur sa chaise.

— Arrête. Je ne veux pas que tu m'imagines en train de coucher avec Ty.

— Pourquoi ? Je peux comprendre que tu ne veuilles pas penser à ton frère et moi en train de faire des cochonneries, mais ça ne veut pas dire que je ne dois pas rêver un peu de Ty à poil.

— Tu es son agent, Elizabeth.

— Et alors ?

— Tu ne devrais pas. Tu es une vilaine fille.

— Merci pour le compliment, rétorqua Liz en levant son verre, hilare. Tant qu'on parle de Ty, je dois le voir ce soir après le match pour discuter d'une nouvelle campagne de promo. Tu n'as qu'à venir avec moi.

— Assister à la rencontre ? Euh…

— Quoi ? Tu as peur d'aller à un événement sportif ? demanda Liz. On ne sait jamais, tu pourrais aimer ça, chuchota-t-elle en se penchant vers elle. Ce serait affreux, non ?

— T'es con ! rétorqua Jenna avec un regard furieux.

— Arrête les compliments…

Liz avait l'air très contente d'elle. Elle savait que Jenna se sentirait obligée de relever le défi.

— Très bien. Je viens.

— Évidemment. Je passe te prendre à 18 h 30.

Jenna imaginait que Liz leur aurait pris des places dans une loge, ce qui lui permettrait de se cacher dans l'obscurité, sans que Ty ait le moindre moyen de savoir qu'elle était là. Ensuite, quand Liz irait parler affaires avec lui à la fin du match, elle n'aurait qu'à l'attendre dans la loge.

Mais quand elles descendirent les gradins au lieu de les gravir, et que Liz l'amena jusqu'au premier rang, derrière la paroi de verre, Jenna marmonna un juron. Et un autre en comprenant qu'elles seraient assises juste à côté de la loge des joueurs. Ce qui signifiait qu'elle verrait Ty passer lorsqu'il sortirait des vestiaires, et pire, que lui aussi la remarquerait.

Il était probablement pris par le jeu et ne devait prêter aucune attention au public, dont il entendait seulement les acclamations lorsque les Ice marquaient. Elle avait tort de s'en faire.

— Pourquoi tu as choisi ces places ? demanda-t-elle en s'asseyant.

Elle était contente d'avoir un collant sous son jean. Il faisait vraiment froid, si près de la glace.

— Il n'y a rien de mieux que d'être au plus près de l'action. Je me disais que tu aurais envie de voir Ty écraser quelqu'un contre la paroi.

— Bah non, tu le sais très bien !

— Essaie de manifester un peu d'enthousiasme…

Elle s'emmitoufla de son mieux dans son manteau et se dit qu'il lui faudrait un bon café avant le début du match.

— Tu sais comme j'aime regarder le sport…

— Tu es cynique.

— Je dis juste les choses comme elles sont. Je ne suis venue que pour toi.

Liz se pencha et donna un coup de coude à Jenna pour attirer son attention vers la droite.

— Je me permets d'en douter. Tu vas assister à un putain de spectacle.

Jenna préparait une réponse cinglante lorsque les joueurs surgirent par la double porte des vestiaires. Elle retint son souffle. Elle ne savait pas trop si elle avait ou non envie que Tyler l'aperçoive, mais, alors qu'ils marchaient en file indienne sur le tapis de caoutchouc en direction du banc, elle n'aurait pu nier qu'elle ne s'intéressait qu'à lui.

Quand il arriva, il avait la tête tournée de l'autre côté et parlait à Eddie. Il passa juste à côté d'elle sans la voir.

Elle éprouva une bouffée de soulagement lorsqu'il alla s'asseoir sur le banc pour enfiler ses patins avant de descendre sur la glace.

Il ne saurait pas qu'elle était là. Elle se laissa aller contre son dossier et regarda les joueurs patiner en rond pour s'échauffer. Les huées déclenchées par l'arrivée de l'équipe de San Jose la firent sourire. Elle était tellement absorbée par le spectacle qu'elle ne le vit pas avant qu'il donne un coup de crosse sur la paroi de verre devant sa figure. Elle faillit tomber de sa chaise.

Elle reporta son attention sur la vitre. Ty lui adressa un clin d'œil et un grand sourire avant de s'éloigner.

Tout espoir de lui cacher sa présence s'était envolé…

Elle ne se souvenait même pas de la dernière fois qu'elle avait assisté à un match en direct. Son père et ses frères y allaient souvent quand elle était enfant, et ils l'avaient parfois emmenée lorsque sa mère avait envie de venir aussi, mais, depuis qu'elle était adulte, elle n'y avait plus mis les pieds. Bien sûr, toutes les rencontres passaient à la télé, et elle en avait vu des dizaines. Quand on était une Riley, on connaissait forcément les équipes sportives. On ne pouvait pas y échapper.

Mais elle ne s'était jamais trouvée au premier rang, les orteils gelés par la proximité avec la glace, si proche de la paroi de verre qu'elle aurait pu la toucher. Quand les joueurs se mirent en position pour le début du match, elle se surprit à se pencher en avant, les mains jointes, tous les muscles tendus, alors que l'arbitre faisait durer l'attente, le palet à la main.

Enfin, le disque noir tomba, et la rencontre débuta. La tension ne faiblit pas alors qu'ils fonçaient vers la zone de défense de San Jose. Jenna et Liz bondirent sur leurs pieds, acclamant les Ice alors qu'ils luttaient pour envoyer le palet dans le filet, puis hurlèrent quand le défenseur adverse le renvoya, son équipe menaçant de marquer le premier point. Les Ice ne se laissèrent pas faire et expédièrent le disque du côté de San Jose. Tyler s'en empara et fila en compagnie d'Eddie vers le but.

Toute la première période se passa ainsi, aucune équipe ne se démarquant. Lorsque l'arbitre siffla le premier temps mort, le score était toujours vierge.

Jenna se laissa aller dans son siège et regarda les joueurs sortir. Tyler semblait aussi frustré qu'elle et ne chercha pas à croiser son regard. Elle comprit qu'il avait besoin de rester concentré, et pas de flirter avec sa…

Elle se tourna vers Liz.

— C'était intense !

— Tu ne vas jamais aux matchs ?!

— Euh… non.

— Vraiment jamais ?

— Plus depuis que j'ai grandi.

Liz leva les yeux au ciel.

— Tu ne sais pas ce que tu rates. Il n'y a rien de plus captivant qu'une rencontre de hockey. La preuve : ce premier tiers-temps, dit-elle en tendant les mains vers la glace. Je crois que je n'ai pas respiré une seule fois !

— C'était intéressant.

— Intéressant, mon cul ! Tu étais complètement accro. Je te parie 20 dollars que tu sauteras hystériquement en hurlant quand les Ice marqueront un but.

Jenna se tourna vers elle, certaine de ne jamais faire une chose pareille.

— Pari tenu.

Lorsque la deuxième période commença, San Jose défendait de leur côté de la patinoire, ce qui signifiait que lorsque les Ice venaient en attaque, Jenna voyait Ty de près. Et, quand il lutta avec un défenseur adverse contre la balustrade pour le contrôle du palet, ils vinrent se cogner contre la paroi de verre juste devant Liz et elle. Elle ressentit l'impulsion de tendre la main vers lui, pour qu'il sache qu'elle était là, mais elle réussit à se retenir.

Mais merde, c'était un beau match ! Et lorsque San Jose marqua le premier but, elle eut le cœur serré.

— Fait chier !

Pourtant, ils se battaient bien et s'étaient créé davantage d'occasions que leurs opposants. Mais ils ne parvenaient pas à mettre le palet au fond du filet.

Liz lui tapota la main.

— Ne désespère pas. Ce sont des battants !

Elle n'allait pas désespérer pour si peu. Certes, elle ne venait jamais aux matchs, mais elle en voyait beaucoup au bar. Elle connaissait bien l'équipe.

C'était justement quand ils étaient menés qu'ils donnaient le meilleur.

Fidèles à leur réputation, ils égalisèrent avec un but magnifique à la fin du deuxième tiers-temps, grâce à une action de Lincoln, l'autre centre des Ice, sur une passe de l'ailier gauche Meyers. Le score resta à égalité jusqu'à la troisième période, et Jenna avait l'impression de mourir à petit feu. Il y avait beaucoup d'action, et le jeu était brutal. Ty saignait après avoir été plaqué contre la balustrade. Il s'en était résulté une bagarre avec le joueur adverse. Les deux hommes en étaient venus aux poings. Jenna s'appuyait des deux mains sur la vitre ; elle aurait voulu pouvoir lui venir en aide. Elle avait le cœur au bord des lèvres alors qu'ils se cognaient sans pitié et que les arbitres laissaient faire. Elle savait que cela faisait partie du jeu – et que les spectateurs en redemandaient –, mais c'était son mec, et cela se passait sous ses yeux.

Les arbitres finirent par intervenir pour les séparer. Jenna retrouva son souffle quand Ty se leva, apparemment indemne à l'excepté d'un peu de sang sur sa tenue. Il tenta de se jeter à nouveau sur son adversaire. Cette fois, l'arbitre principal envoya les deux joueurs purger une pénalité sur le banc de touche.

Jenna était folle de rage. Ty n'avait fait que se défendre. Pourquoi le punir ? Elle croisa les bras et regarda passer les deux plus longues minutes de la soirée en tapotant du pied par terre. Enfin, Ty put retourner sur la glace. Il ne restait que trois minutes.

Ils devaient gagner. Ils allaient gagner. L'action était féroce. Le palet ne cessait d'aller et de venir entre les deux équipes. Des deux côtés, on voulait la victoire…

Ty s'empara du disque sur une passe de Victor et fonça vers le but, la défense adverse sur les talons. Il l'envoya à Eddie, qui le transmit à Victor.

Jenna se leva lorsque Ty se mit en position devant le filet, se débarrassa du défenseur et, après une passe de Victor, doubla le défenseur et expédia le palet au fond du filet.

— Ouais ! Ouais, ouais, putain, ouais ! hurla Jenna en trépignant, sautillant et agitant les poings, de concert avec la foule en délire.

Elle regarda les dernières secondes de la rencontre filer alors que San Jose tentait d'égaliser. Les Ice ne se laissèrent pas faire et remportèrent le match. Jenna n'avait plus de voix à force de hurler et de chanter.

Quand elle se tourna vers Liz, celle-ci lui tendit la main.

— Je veux bien mes 20 dollars…

— Grognasse, répondit Jenna en farfouillant dans son sac à main avec un soupir.

— Moi aussi, je t'aime. Et maintenant allons attendre ton petit copain.

— Ce n'est pas mon petit copain, objecta Jenna en suivant Liz dans les escaliers.

— Tu sais ce que Shakespeare a dit des femmes qui protestaient trop…

Tirer la langue dans le dos de Liz aurait été assez puéril, mais Jenna en avait quand même bien envie.

Liz la conduisit devant les vestiaires. Elles patientèrent dans le hall pendant que les joueurs commençaient à apparaître et que les journalistes se jetaient sur eux pour les interviewer. Lorsque Ty sortit, il adressa un sourire radieux à Jenna en venant vers elle, la prit dans ses bras et la souleva de terre pour lui donner un baiser langoureux qui la laissa pantelante. Puis il la reposa et sourit à Liz.

— Merci d'être venues.

— C'était un beau match, commenta Liz alors qu'ils remontaient vers la sortie. Mais ça vous a pris un temps fou de commencer à marquer.

Ty lui posa une main sur l'épaule.

— Liz, tu sais bien que les spectateurs aiment avoir un peu de suspense…

— Ils aiment surtout la victoire !

— Ils aiment passer un bon moment. Une rencontre serrée, ça les maintient en haleine.

— N'importe quoi ! Vous feriez mieux de mener dès la première période par trois ou quatre points, comme ça vous n'auriez plus qu'à défendre pendant le reste du match. Ne me prenez pas pour une conne, monsieur Anderson.

Jenna ne put s'empêcher de sourire en les entendant se disputer pendant tout le trajet jusqu'à l'un des salons privés. Ensuite, Liz sortit une liasse de papiers de son sac. Jenna se servit une boisson gazeuse pendant qu'ils discutaient relations publiques.

Ty avait encore les cheveux humides de la douche, et leurs pointes rebiquaient sur sa nuque. Elle sirotait sa boisson en le regardant se pencher sur la table, son tee-shirt s'étirant sur son dos musclé.

Le voir sur la glace était la meilleure façon de prendre conscience de son étonnante puissance, de l'énergie et de la force incroyables qu'exigeait ce sport. Elle en avait un témoignage dans les nombreuses cicatrices qui marquaient son corps affûté. C'était un sport brutal, et non sans danger. Elle était contente de le voir en forme, car le match avait été tendu, et il avait pris des coups violents à de nombreuses reprises. C'était une chose de le voir à la télé, autre chose d'y assister en chair et en os.

Elle mourait d'envie d'aller lui caresser les épaules, de sentir à nouveau sa force et de savoir qu'il n'était pas blessé. Elle voulait éprouver cette chaleur qui semblait émaner de lui en vagues puissantes. Même sur la glace, l'autre soir, sa peau était brûlante. Après la douche, son odeur fraîche évoquait celle de la nature en hiver. Elle aurait voulu plonger le visage dans son cou pour respirer son parfum.

Elle avait les tétons qui durcissaient, le sexe qui frémissait.

Elle soupira et reprit une gorgée de sa boisson. De toute évidence, elle n'avait pas encore eu son content. Il allait falloir qu'elle mette les bouchées doubles pour réussir à se lasser de lui.

Enfin, Liz se leva.

— OK, on a fini. Jenna, je te ramène ?

Jenna se tourna vers Ty.

—Non, c'est moi qui la ramène.

Liz leur lança un regard entendu.

—Super. J'y vais, alors. Passez une bonne nuit…

Avec un petit signe de la main, elle se dirigea vers la porte.

Seule, à nouveau. Avec Ty.

Chapitre 18

Le silence s'établit alors que Ty s'approchait d'elle. Il vint se coller devant le tabouret de bar où elle était perchée, lui coupant toute retraite.

— Qu'est-ce que tu as pensé du match ?

— Ça allait. Je me suis un peu ennuyée, prétendit-elle avec un haussement d'épaules.

Il se pencha pour poser les lèvres sur le côté de son cou.

— C'est vrai ?

— Oui. Liz a dû me réveiller plusieurs fois.

— Alors, tu ne m'as pas vu marquer ?

Il se mit à lui lécher l'oreille. Elle haletait.

— Non, j'ai raté ce passage. Désolée.

— Pas grave. Comme tu l'as dit toi-même, ce n'était pas un match très palpitant.

Elle s'écarta et lui prit le visage entre les mains.

— C'était une rencontre magnifique. J'ai passé un super moment.

— Pour quelqu'un qui n'aime pas le sport…

— Ouais, concéda-t-elle avec un petit sourire. Mais c'était plutôt brutal. Tu ne t'es pas trop fait cogner ?

— Je me fais toujours cogner. Je ne crains rien. Ça ne me fait pas peur.

Elle écarta les cheveux qu'il avait sur le front et remarqua une coupure au-dessus de son sourcil droit. On lui avait appliqué une suture adhésive, mais la plaie était gonflée. Ty et son adversaire avaient perdu leur casque dans la bagarre.

— Un coup de poing, c'est ça ?

— J'ai connu pire, et même pas sur la glace.

— Vraiment ? J'aimerais que tu me racontes.

Il l'attrapa par les hanches et la fit glisser vers le bord de son siège, l'attirant entre ses jambes.

— Peut-être qu'un jour je te parlerai de mon enfance.

— Tu as grandi dans la rue ? Tu étais obligé de te battre pour survivre ?

— Oh non ! rétorqua-t-il avec un rire surpris. Mais je me bagarrais souvent.

— Ça doit être dans ta nature, commenta-t-elle en s'appuyant sur la chaise.

— Peut-être. Mes parents m'ont inscrit au sport dans l'espoir que je me calme un peu. Le hockey m'a plu parce que c'est un sport agressif. J'y ai joué depuis le jour où j'ai réussi à tenir debout sur des patins. Et parfois la crosse ne nous servait pas seulement à déplacer le palet…

Elle le regarda, se demandant quel genre d'enfant il avait été, à quoi exactement il avait pu jouer avec cette crosse…

— Vous jouiez à l'épée ?

— Quelque chose dans ce goût-là, répondit-il avec un petit sourire. On peut mettre en scène tout un tas de batailles, avec une arme comme ça.

— Je te crois sur parole !

— Vraiment ? Et toi, à quel point tu es une dure à cuire ?

— Autant que toi, répliqua-t-elle en lui parcourant les bras du bout des ongles. Je jouais au foot américain, au base-ball, au basket et au hockey avec mes frères et leurs copains, et je me donnais vraiment à fond.

Il lui pressa les jambes. Elle eut soudain chaud.

— Alors, tu es capable d'être un peu brute, au lit ?

— Ça, tu peux en être sûr.

— Tu n'es pas une de ces petites demoiselles à qui on ne peut rien faire ?

— Carrément pas !

— On peut te faire vraiment tout ce qu'on veut ?

Elle avait tellement envie de lui qu'elle en avait les tétons douloureux et le sexe qui frémissait.

— Et qu'est-ce que tu veux me faire, exactement ?

Il la fit descendre du tabouret pour la prendre dans ses bras. Il lui donna un baiser si fougueux qu'elle en eut le souffle coupé. Elle plongea les doigts dans sa chevelure, tirant un peu dessus, tandis qu'il lui empoignait les fesses. Elle enroula ses jambes autour de ses hanches, le serrant comme un étau pendant qu'il couvrait la courte distance qui les séparait d'une table sur laquelle il la déposa.

Lorsqu'il la lâcha, elle haletait.

— Personne ne va se pointer ?

Il courut fermer la porte, puis, à l'aide d'une télécommande, il fit descendre le volet de la baie vitrée qui donnait sur la patinoire, leur assurant une intimité totale. Puis il se tourna vers elle.

— Enlève ton fute.

Elle se débarrassa de ses bottes, puis de son jean et de ses collants. Elle n'avait plus que sa chemise et sa culotte. Il s'approcha d'elle, puis se pencha pour lui embrasser un genou. Elle passa les doigts dans ses cheveux, dont elle adorait la douceur.

Il fit courir son baiser tout le long de sa cuisse. Quand il l'attira vers le rebord de la table, elle se laissa aller en arrière, impatiente de le sentir la toucher, la goûter, et la faire jouir. Elle frémissait de plaisir anticipé. C'était une telle transgression… : il courut fermer la porte. L'idée que quelqu'un puisse les surprendre l'excitait complètement.

— Quand tu n'es pas là, je pense à toi, soupira-t-il en l'embrassant à l'intérieur de la cuisse. Je pense à ton sourire, à ta façon de rire, je me dis que tu es belle.

Il passa une main sur sa culotte, lui arrachant un petit gémissement.

— Je pense à ta chatte, à son goût délicieux, à l'expression que tu as quand tu jouis.

Il passa une main sous ses fesses pour la soulever, tira le tissu du sous-vêtement de côté et vint coller sa bouche contre son sexe.

— Oh oui, lèche-moi ! gémit-elle.

Elle posa une main sur sa tête alors qu'il lui effleurait le clitoris avec sa langue. Elle sentit une vague de chaleur la submerger quand il se mit à la caresser avec sa bouche, lui léchant les lèvres avant d'introduire sa langue ; elle eut alors l'impression qu'elle allait mourir de volupté.

Elle se cambra au-devant de lui. Elle aurait voulu que cela dure toujours, mais, en même temps, elle savait qu'elle ne tiendrait pas longtemps. Il tiraillait son piercing avec ses dents, le titillait avec sa langue, et les vibrations lui faisaient perdre la tête. Il se mit à lui téter le clitoris, et alors elle jouit, essayant de retenir ses cris de plaisir de peur d'être entendue. Il s'agrippa à elle, la langue appuyée contre son petit bouton de chair, tout au long de l'orgasme qui la secouait en vagues successives et la faisait frissonner.

Il la fit descendre de la table et l'embrassa, lui permettant ainsi de goûter sa propre saveur salée. Elle avait les jambes qui flageolaient et devait s'accrocher à lui pour ne pas tomber, son ventre frottant son sexe dur, faisant remonter sa libido.

Elle tendit la main pour le caresser à travers son pantalon. Il poussa un gémissement sourd.

Il s'écarta et, après lui avoir arraché sa culotte, la fit se pencher sur la table, à plat ventre. Puis il ouvrit sa braguette pour libérer sa queue.

— Voyons un peu si tu es vraiment capable d'être brute…, lança-t-elle.

Elle frémissait de désir en attendant qu'il enfile sa capote. Il vint se placer derrière elle.

Il lui écarta les jambes, lui caressa les fesses puis les sépara. Il passa ses doigts entre ses cuisses pour venir lui effleurer le sexe. Elle n'en pouvait plus.

Elle tourna la tête pour le regarder.

— Ty…, baise-moi.

Elle sentit sa queue contre elle. Il la rendait folle, frottant doucement son gland contre ses replis les plus sensibles. Elle lui répondit en ondulant du bassin jusqu'à ce qu'il la pénètre enfin.

Ty resta immobile un moment, le temps de sentir son membre emplir le sexe chaud de Jenna.

Mais elle ne voulait plus attendre, et elle entreprit de le rendre fou pour le forcer à lui donner ce qu'elle voulait. Elle se cambra contre lui, le torturant par des gémissements et des soupirs si sexy qu'il en avait des frissons jusque dans les testicules.

Quand enfin il commença à aller et à venir en elle, les cris étouffés qu'elle poussa lui firent perdre ce qui lui restait de maîtrise de soi. Il s'agrippa de toutes ses forces à ses fesses et accentua ses mouvements, récompensé par la vision de Jenna qui tournait la tête vers lui en gémissant :

— Oui ! Oh oui !

— J'aime ton cul, Jenna.

Il lui donna une petite tape et sentit Jenna se contracter légèrement autour de sa queue. Elle lui répondit par un soupir d'extase. Elle s'agrippait à la table, la tête appuyée sur les mains.

Il lui administra une claque de l'autre côté, sans cesser son va-et-vient de plus en plus sauvage. Elle se cambrait pour en recevoir davantage.

Elle allait le faire jouir comme jamais, ce soir. Il bandait comme un taureau et se sentait prêt à exploser.

Il lui donna une tape plus sévère, et elle gémit plus fort. Manifestement, elle adorait ça. D'une main, il vint frotter son clitoris, tandis que, de l'autre, il la fessait.

— Oh, Ty, je vais jouir ! Plus fort, Ty !

Sans cesser de s'activer avec ses deux mains, il entra encore plus profondément en elle et sentit son sexe se contracter autour de lui.

Elle se cambra davantage et rejeta la tête en arrière avec un cri de plaisir. Sentir les spasmes de son orgasme, la regarder se tordre de volupté, c'était l'expérience la plus excitante qu'il ait vécue. Il ne lui en fallait pas plus. Il s'agrippa de toutes ses forces à son cul et jouit à son tour avec un cri rauque.

Il l'enlaça et vint poser la tête contre son dos pour reprendre son souffle, puis la tourna face à lui. Il l'embrassa et lui caressa tendrement les fesses.

— Je t'ai fait mal ?

— Bien sûr que non. Je t'ai dit que j'étais une dure à cuire.

— Tu ne m'as pas menti, commenta-t-il avec un grand rire.

— C'était bon, Tyler.

— Pour moi aussi, soupira-t-il en frissonnant.

Ils s'habillèrent puis quittèrent les lieux. Il la ramena chez elle, et elle le fit entrer. Ils avaient tous les deux faim, alors elle prépara des œufs au bacon. Ensuite, elle chanta pour lui alors qu'ils sirotaient un jus de fruits au salon. Il était surpris qu'elle ne se fasse pas prier. Peut-être qu'elle s'habituait à l'idée d'avoir un public.

Quand la chanson fut finie, il lui sourit.

— C'était magnifique.

Elle baissa les yeux, rougissante. Manifestement, entendre des compliments sur sa voix était encore nouveau pour elle.

— Merci.

— Pourquoi tu ne chantes jamais pour ta famille ?

— Je ne sais pas, répondit-elle avec un haussement d'épaules.

— Tu joues de la guitare. Ta famille est forcément au courant.

Elle appuya l'instrument contre le canapé.

— En fait, non. J'ai pris des cours une fois que je n'habitais plus chez eux. J'ai appris à jouer à l'étranger.

— Et ils ne t'ont jamais entendue chanter ? Même pas quand tu étais gosse ?

— Si, bien sûr. J'étais dans le chœur de l'église. Mais jamais toute seule.

Il y avait autre chose, il le sentait.

— Et tes parents n'ont pas remarqué que ta voix sortait de l'ordinaire ?

— Dans un chœur, on se fond dans la masse, expliqua-t-elle avec un semblant de sourire.

Il l'observa un instant.

— Tu ne me dis pas tout. Qu'est-ce que tu me caches ?

— Rien. Rien d'important.

— Tout ce qui te concerne est important pour moi. Je t'ai déjà dit que tu pouvais te confier à moi.

— Disons que c'est mesquin…

— Mais raconte !

— Quand j'étais gamine, je voulais prendre des cours de chant. J'ai demandé à mes parents, mais ma mère était prof de danse, et comme j'étais la seule fille, forcément, j'ai dû faire de la danse. Classique, claquette, jazz, tout le bazar.

— Je vois. Mais on parlait de chant, là.

— Il faut que tu comprennes. Il y avait Mick et Gavin qui faisaient du sport. Tous les soirs de la semaine. Plus mes cours de danse. Et mes parents travaillaient tous les deux. On n'avait tout simplement pas le temps. Et puis il y avait aussi la question du prix. Toutes ces activités, c'était cher. Les leçons de chant, ça coûte aussi beaucoup d'argent. Alors que la danse, c'était gratuit, puisque c'était ma mère la prof.

À présent, il saisissait.

— Ah, je vois ! Les désirs des autres étaient prioritaires, et ce que tu souhaitais, toi, a été mis de côté.

— Ça ne s'est pas passé comme ça…

— Ne leur cherche pas d'excuses, Jenna. Tes frères ont pu réaliser leur rêve, et toi non.

— Ils pratiquaient à l'école, c'était beaucoup moins cher.

— C'est des conneries ! Tu voulais chanter. Est-ce que tu le leur as dit ?

Elle regarda ses mains.

— J'ai demandé. Une fois.

— Et ?

— Ma mère m'a expliqué qu'entre le sport des garçons et mes leçons de danse on n'avait pas le temps. Ni l'argent. Je n'ai jamais redemandé.

— Et ton rêve est parti en fumée…

Elle ne répondit pas, mais Ty imaginait facilement ce qu'elle avait vécu. Si on ne l'avait pas laissé jouer au hockey, il aurait été anéanti. Il écarta une mèche du visage de Jenna.

— Je suis désolé pour toi…

— Ce n'est pas grave.

— Si, c'est grave. C'est ce que tu aimais faire.

— J'aimais la danse aussi.

— Ouais, bon, j'aime bien le basket, mais ce n'est pas ce que j'aime vraiment. Et j'ai eu ce que j'aimais vraiment.

Elle leva les yeux vers lui.

— Moi aussi, quand je suis allée en Europe.

C'est alors que son rêve avait été anéanti pour la deuxième fois… Il en avait mal pour elle.

— Maintenant, tu as une seconde chance.

— Oh, je ne crois pas ! J'ai une carrière, à présent.

— Tu as un boulot : c'est différent. Tu as un immense talent, Jenna. Qu'est-ce que tu attends pour le montrer ?

— Chanter pour moi seule me suffit. Je n'ai pas besoin qu'on m'écoute.

— Tu es vraiment heureuse comme ça ? Tu écris toutes ces chansons et tu te caches dans ton appart pour les chanter. Et tu te satisfais d'être la seule à les connaître…

Elle ne répondit pas, mais il surprit le regard furtif qu'elle lança à sa guitare.

— Tu as peur…

— Non ! rétorqua-t-elle en tournant vivement la tête vers lui.

— Si. Tu as peur de ne pas être à la hauteur. Tu laisses ce rejet vécu en Allemagne te bouffer.

— Tu dis des conneries. Et qu'est-ce que ça peut te faire, de toute façon ? demanda-t-elle d'un air suspicieux.

— J'ai connu ça aussi, Jenna.

— Qu'est-ce que tu veux dire ? s'enquit-elle en se penchant vers lui.

— Être joueur professionnel, ce n'est pas la même chose que d'être amateur ni même que de jouer dans l'équipe d'une université. Ça devient une question d'argent, de carrière… Et si je me plantais ? L'échec, ce n'est pas ma tasse de thé…

— Alors, tu as hésité à le faire ?

— Oui. J'étais bon, et je le savais. J'étais convaincu que je pouvais y arriver, mais je n'étais pas considéré comme étant une possible future star des patinoires, avec une garantie de succès. Et, si j'échouais, je n'étais pas certain de pouvoir le supporter.

Jenna lui prit la main entre les siennes.

— C'est difficile de courir ce risque. La possibilité de rater est effrayante pour bien des gens. Je n'irais pas te reprocher d'être prudent.

— Je n'ai pas juste été prudent, ma puce, objecta-t-il en riant. J'ai failli refuser un énorme contrat par crainte de ne pas réussir. Ça aurait été la pire connerie de toute ma vie…

— Qu'est-ce qui t'a fait changer d'avis ?

— C'est ma mère. Elle m'a dit que j'avais toujours tout obtenu facilement et que j'avais un vrai don. Que j'avais toujours tout réussi et que c'était super, mais que, tant que je n'aurais pas connu l'échec une fois, je ne saisirais pas la vraie valeur du succès.

— Ta mère a l'air pleine de sagesse…, commenta Jenna.

— Je ne sais pas. Elle a également ses défauts. Mais le fait d'apprendre qu'elle avait eu des échecs et qu'elle les avait surmontés, ça m'a permis de comprendre que j'en étais capable, moi aussi.

— On dirait bien qu'elle savait de quoi elle parlait. C'était son expérience.

— Oui, j'ai écouté ses conseils, et sauté le pas.

— Et ça t'a fait peur ?

— Oh oui ! Et des échecs, j'en ai eu. J'ai été rétrogradé jusqu'aux plus petites équipes, et j'ai dû remonter vers l'élite à la force du poignet. Ça m'a appris que dans ce sport on ne peut pas réussir sans travail, qu'une mauvaise attitude est une façon très simple de se faire virer et que les meilleurs arrivent toujours au sommet.

— Tu as une carrière brillante, donc tu as dû faire les bons choix.

— Parfois, oui. Mais la possibilité de l'échec est toujours présente. Il ne faut pas trop réfléchir. Par exemple, les défaites qu'on a subies récemment. Si on passe trop de temps à essayer de comprendre, c'est pire. On ne peut pas se concentrer à la fois sur l'échec et sur le succès. Je pense que tous les athlètes – et les artistes – gardent cette idée à l'esprit. S'ils l'oublient, c'est là qu'ils échouent.

— Alors, je ne suis pas la seule à avoir peur ?

— Non, ma puce, tout le monde a peur, répondit-il en lui caressant la main du bout du pouce.

— Voilà qui me fait réfléchir.

— Peut-être que tu pourrais commencer par chanter devant ta famille.

— Oh non ! Je ne peux pas, rétorqua-t-elle, les yeux écarquillés.

— Je crois que tu ne leur rends pas justice, dit-il d'un air excédé. Ce n'est pas le genre à te descendre.

— Justement. C'est ça, le problème.

— Quoi ? Je ne comprends pas, s'étonna Ty, les sourcils froncés.

— Tu ne peux pas comprendre…, soupira-t-elle en se massant les tempes.

— Explique-moi… J'ai l'impression que tes parents vous aiment, tous les trois. Je ne crois pas qu'ils vous reprochent vos choix. De toute façon, il faut bien commencer d'une façon ou d'une autre. Comment vas-tu réaliser tes rêves, autrement ? Qu'est-ce qui compte le plus pour toi ?

— Je te l'ai dit. Je fais déjà ce que…

— Non, pas vraiment, l'interrompit-il en lui posant un doigt sur les lèvres. De quoi tu rêves ? Sois honnête. Qu'est-ce que tu aimerais vraiment faire de ta vie ?

Jenna cherchait une nouvelle excuse bidon, mais ils étaient plongés dans une conversation profonde, et lui n'avait pas caché ses propres peurs. C'était la moindre des choses de se montrer aussi ouverte envers lui.

— En vérité, l'une des idées qui revient souvent serait de monter un deuxième bar, mais pour la chanson. Comme la boîte où on est allés l'autre jour. Mais ce ne serait pas pareil. Au lieu d'avoir une soirée des talents de temps en temps comme eux, ce serait tous les soirs. Et on aurait des musiciens au lieu de passer de la musique sur bandes. Ce serait un bar dédié uniquement à la musique. Sans télé.

— On dirait que tu y as déjà pas mal réfléchi, commenta-t-il avec un petit rire.

— J'y pense parfois.

— Je trouve ce projet génial. Il y aurait le *Riley's Sport* et le *Riley's Music*.

— Oui. Mais c'est juste une idée en l'air, cela dit.

— Pourquoi ?

— Qui s'en occuperait ? Je tiens le bar sportif. Mes parents se sont presque entièrement retirés des affaires. Ils ne viennent que rarement au *Riley's*, et jamais pour travailler. C'est moi la patronne. Je ne peux pas raccrocher mon tablier comme ça.

— C'est obligé que ce soit un membre de ta famille qui gère le *Riley's* ? Tu as des assistants, non ?

— Disons que c'est une tradition. Ça a toujours été comme ça. C'est vrai que j'ai des assistants, mais ils ne font pas partie de la famille. Je n'imaginerais pas une seconde de demander à mes parents de leur confier l'établissement.

— Je crois que tu te prends trop la tête. La question, ce n'est pas de savoir qui s'en occupe, mais si le boulot est bien fait. Si les gens sont efficaces, on s'en fout qu'ils s'appellent ou non Riley. Et tes assistants gèrent déjà la maison pendant tes jours de repos.

— C'est différent, objecta-t-elle d'un air de défi. Ce n'est pas comme ça tout le temps, et les habitués savent bien que l'établissement est tenu par une Riley. C'est ce à quoi ils s'attendent. Ainsi que mes parents. Mon père. Après sa crise cardiaque de l'année dernière, je ne voudrais surtout pas qu'il s'imagine qu'il doit revenir derrière le comptoir juste pour que je puisse ouvrir un autre bar.

Ah, c'était donc ça !

— Du coup, une fois de plus, tes aspirations passent après tout le reste.

— Non, pas vraiment. J'ai trouvé ma voie, et je la suis.

— Tu te mets beaucoup trop la pression pour faire ce que les autres attendent de toi au lieu de vivre la vie que tu souhaites. Pourquoi tu ne pourrais pas avoir ce que tu désires ?

— Parce que je ne peux pas, et c'est comme ça.

Il avait plutôt l'impression qu'elle avait peur de demander, peur de tendre le bras pour attraper son rêve.

Et il n'y pouvait pas grand-chose. C'était à Jenna de sauter le pas.

Elle en voulait à Ty de lui avoir remis cette idée de deuxième bar en tête. À présent, elle n'arrivait plus à penser à autre chose.

C'était un rêve complètement fou, qui ne se réaliserait bien sûr jamais, mais à présent qu'elle l'avait exprimé au grand jour elle n'arrivait pas à le renvoyer dans les tréfonds de son esprit.

Une semaine auparavant, elle s'était mise à dessiner les plans du nouvel établissement. Ty était à nouveau en déplacement, et, quand elle ne travaillait pas, elle se retrouvait donc sans occupation particulière. Et son cerveau désœuvré ne voulait pas lâcher l'idée.

Le fait de lui parler, de lui raconter son enfance et ce qui s'était passé, de chanter pour lui, avait un effet bizarre sur elle. Jamais auparavant, elle ne s'était confiée sur ses premières années ou sur ce qu'elle avait vécu en Europe.

Pourquoi s'était-elle ainsi confessée à Ty ? Parce qu'il savait poser les bonnes questions ou parce qu'il savait l'écouter ? Elle n'en avait pas la moindre idée. Elle devait pourtant reconnaître que c'était plutôt agréable. Mais elle n'allait pas pour autant se projeter dans l'avenir avec lui. C'était sympa tant que ça durait.

C'était curieux de voir à quel point les choses avaient changé depuis quelque temps. Sans aller jusqu'à dire que Ty était son petit ami, il n'était plus simplement un plan cul.

Quand il était en déplacement, il lui envoyait des textos et lui téléphonait tous les jours. Elle avait pris l'habitude d'avoir de ses nouvelles, et, lorsqu'il n'était pas là, il lui manquait. Un jour, au bout du fil, il lui avait dit que lors de la prochaine rencontre des Ice à Chicago elle allait devoir l'accompagner afin de rencontrer ses parents.

Elle avait répondu qu'elle trouvait horrible l'idée qu'ils en soient déjà aux présentations à la famille et que c'était hors de question.

En vérité, elle éprouvait de la curiosité vis-à-vis d'eux, et elle attendait ce match contre Chicago avec impatience, histoire de voir s'il était sérieux ou pas.

Ce jour-là, elle devait retrouver Tara et Liz pour déjeuner. Elles essayaient de le faire au moins une fois par semaine. Elles mangeraient dans un restaurant à l'extérieur du centre-ville, car Liz avait rendez-vous avec un client dans le coin un peu plus tard. Tara ne pourrait pas rester longtemps, car elle avait un événement le soir même, qu'elle devait préparer. Jenna pour sa part avait plusieurs heures devant elle avant de prendre son poste au bar, et elle pourrait donc profiter du déjeuner, parfaitement détendue.

— Maintenant qu'il t'a passé la bague au doigt, ça m'étonne que Mick te laisse sortir seule, dit Liz à Tara une fois leurs plats commandés.

— Je ne le verrai plus du tout quand l'entraînement commencera, cet été. Je serai aussi esseulée que toi.

— Je sais. C'est affreux. Mais j'ai eu une semaine merveilleuse en Floride, je dois le reconnaître.

— Tu es toute belle et bronzée, fit remarquer Jenna. Je suis jalouse.

— C'est vite dit ! Avec ma peau, je suis obligée de me tartiner d'indice 50 !

— Et mon grand frère, qu'est-ce qu'il devient ?

— Il tient une forme phénoménale, répondit Liz d'un air suggestif.

Tara éclata de rire.

— Euh… ce n'est pas du tout ce que je voulais savoir, rétorqua Jenna avec une grimace. Je voulais savoir comment se passe l'entraînement.

— Oh, il fait de très belles performances ! Sur le terrain, comme sous la couette, expliqua Liz, ce qui ne fit rien pour calmer l'hilarité de Tara.

— Tu es complètement obsédée ! protesta Jenna.

— Quand je suis en manque, oui, je l'admets. Je ne pense qu'à ça. Si je n'étais pas tellement prise par le boulot, je m'installerais dans la maison de vacances en Floride, nue, les jambes écartées, et je serai prête pour lui après chaque match.

Jenna prit sa tête entre ses mains.

— J'abandonne. Je ne devrais pas continuer à venir déjeuner avec vous deux.

— À propos d'être en manque, comment ça va, avec Ty ?

Levant les yeux, elle surprit l'air étonné de Tara, bientôt remplacé par un sourire.

— Ah, tu sors toujours avec lui ? On peut avoir des détails ?

— Absolument, commenta Liz. Ce n'est pas vraiment un secret, pas vrai ?

— Plus maintenant, vu que tu es incapable de fermer ta grande bouche.

Liz haussa les épaules. Elle n'avait pas vraiment l'air désolée. Jenna préféra se tourner vers Tara.

— Oui, on est toujours ensemble.

— Et… ?

— Et… c'est chouette, répondit Jenna avec un soupir. Très agréable. On passe de bons moments. C'est tout.

— Hum hum, commenta Tara après avoir bu une gorgée d'eau.

Liz agita sa fourchette vers Tara.

— C'est exactement comme ça que j'ai réagi, moi aussi. Mais laissez-moi vous dire quelque chose. Il y avait tellement d'électricité entre vous deux, quand je vous ai quittés après ce match où je t'avais emmenée, que j'ai bien cru que j'allais prendre feu. Ça m'étonnerait que ce soit juste « agréable ».

Jenna mangea une bouchée puis posa sa fourchette.

— Il voudrait que j'aille à Chicago pour rencontrer ses parents.

— Sans blague ? Alors là, les choses sérieuses commencent ! Ce n'est pas rien, déclara Tara en dévisageant ses deux belles-sœurs.

— Je ne sais pas trop, protesta Jenna avec un geste de dénégation. Il n'y a rien de vraiment profond. C'est juste une passade.

— Oh, j'ai cru ça aussi, au début, avec Gavin ! fit remarquer Liz.

— Pareil avec Mick. Et regarde où ça nous a menés, renchérit Tara en montrant son alliance.

— On ne va pas se marier ! déclara Jenna en riant. On n'est pas amoureux. C'est seulement une histoire de cul.

— Ma puce, intervint Liz. Si tu n'étais qu'un plan cul, il n'irait pas te présenter à ses parents. Il prend votre relation au sérieux.

— Tu crois ?

— Moi, j'en suis certaine, dit Tara. La question c'est : est-ce que pour toi c'est du sérieux aussi ?

— Je ne sais pas. Non, en fait. Il n'est pas mon genre.

— Oui, il a tellement de défauts..., gloussa Liz.

— Cent pour cent d'accord, commenta Tara en commençant à compter sur ses doigts. Il est laid. Pauvre. A un métier miteux. Et pas de caractère.

— Des cheveux hideux, enchaîna Liz. Et un corps, beurk... Son sourire est affreux. Il n'a pas d'humour.

Il est tellement déplaisant que les enfants et les chiens s'enfuient en courant à son approche...

— Oh, la ferme, vous deux ! Vous savez très bien ce que je veux dire. Ce n'est pas le genre de mec que j'aurais choisi.

— Mais on ne choisit pas, pouffa Tara. Ils nous prennent par surprise et avant qu'on ait pu dire ouf, on est folles d'eux, et on ne peut rien y changer.

Est-ce qu'elle était en train de tomber amoureuse de Ty ?

Elle espérait bien que non ! Ce n'était vraiment pas dans ses plans.

Chapitre 19

Et voilà que Jenna se retrouvait dans un avion à destination de Chicago !

Comment une telle chose avait-elle pu se produire ?

C'était la faute de Liz et de Tara. Elles avaient réussi, pendant ce déjeuner, à la convaincre qu'il était possible qu'elle soit en train de tomber amoureuse de Ty. Et si ce n'était pas de l'amour, c'était tout de même quelque chose qui valait qu'on fasse durer la relation encore un peu. Aussi, lorsque Ty avait tenu parole et lui avait proposé de venir rencontrer ses parents, elle n'était pas partie en courant.

Il s'était occupé de tout, à commencer par l'achat du billet en première classe. Elle était bien décidée à considérer ce voyage comme des mini-vacances, rien de plus.

L'avion atterrit, et elle fut accueillie près du carrousel des bagages par un monsieur bien vêtu qui brandissait un panneau avec son nom. Il l'amena en voiture privée jusqu'à un hôtel de folie, cinq étoiles. Elle avait une place réservée dans la loge d'honneur pour le match de ce soir, avec les épouses et les compagnes des joueurs.

Elle avait juste le temps de prendre une douche et de se faire belle avant de redescendre pour partir en voiture avec les autres dames afin d'assister à la rencontre.

Elle devait reconnaître qu'elle était un peu surexcitée. Elle avait bavardé avec Crista et Leslie dans l'avion, et elle choisit donc de s'asseoir à côté d'elles dans la loge. Leslie était l'épouse de Jeff Lincoln, l'autre centre des Ice, et Crista était fiancée à Ruddy Meyers, l'un des ailiers.

Leslie était une boule d'énergie, aussi pleine de vie que Jeff était calme et réservé. Elle était grande, très belle, avec un corps magnifique et des cheveux raides d'un noir de jais qu'elle portait détachés dans le dos. On aurait pu la prendre pour une mannequin lingerie, alors qu'en réalité elle était prof de maths et de sciences. Jenna n'avait aucun mal à imaginer ses élèves fous amoureux d'elle.

Crista était une jolie blonde aux yeux bleus, et, mieux encore, elle était bibliothécaire, et tellement cultivée que Jenna se sentait idiote. Elle avait tant de connaissances que Jenna ne pouvait s'empêcher de lui poser question sur question. Jenna avait grandi bien loin des rayonnages, mais elle adorait les livres, aussi bavardèrent-elles non-stop pendant tout le voyage en avion.

— Ça me fait bizarre de penser que vous êtes toutes les deux amoureuses d'un sportif, confia-t-elle à ses nouvelles amies.

— Pourquoi ? s'étonna Crista.

— Je ne sais pas. J'imagine que je suis victime de ce préjugé stupide selon lequel les sportifs attirent… euh…

— Les bimbos ? suggéra Leslie.

— Je n'osais pas le dire. Ce n'est flatteur pour aucune d'entre nous.

Crista éclata de rire.

— J'ai rencontré Ruddy à la fac. On allait au même séminaire d'histoire de l'art. Il est tellement intelligent… Je suis d'abord tombée amoureuse de son esprit, mais j'adore le sport aussi.

— Moi, c'est pareil, compléta Leslie. Je ne supporterai pas de ne jamais sortir des maths et de la science. Quand les cours sont finis, le sport est mon issue de secours. Je faisais du basket lorsque j'étais au lycée, et j'aime également le tennis, mais le hockey, ça a quelque chose de… primitif, disons. Et ça me plaît.

— Ça m'excite de voir mon chéri sur la glace, avoua Crista. Le regarder essayer de marquer ou se battre pour récupérer le palet. C'est sexy. Euh… peut-être que je suis une bimbo, en fait.

— Si tu en es une, alors nous le sommes toutes ! répondit Jenna dans un éclat de rire.

Écouter ces deux femmes incroyablement intelligentes parler de hockey et de leurs mecs était une révélation pour elle. D'un autre côté, ni l'une ni l'autre ne menaient la même vie qu'elle, avec le même passé ou le même boulot.

Les choses étaient différentes pour elle.

Mais, quand le match commença, elle fut gagnée par leur enthousiasme. Elle ne soutenait pas seulement Ty, mais aussi les jules de ses copines. Les voir réagir aux actions de leurs hommes était riche d'enseignements sur les relations amoureuses. Ces deux femmes bien élevées et professionnelles se transformaient en supportrices hystériques, qui huaient les joueurs adverses et saluaient les buts de leur équipe en battant l'air de leurs poings.

Incapable de résister, Jenna ne tarda pas à les imiter. C'était contagieux. À l'issue de la première période, les Ice menaient de deux points. Jenna voulait être certaine que Ty l'entendait lorsqu'il était en possession du palet, qu'il ressentait son soutien quand il affrontait un défenseur ou se faisait plaquer sur la balustrade, ou quand Eddie et lui faisaient une échappée à deux contre un. Elle voulait qu'il sache qu'elle était avec lui, et si pour ça elle devait se casser la voix à force de hurler, eh bien, tant pis !

Chicago remonta au score et revint à égalité, mais les Ice finirent par l'emporter d'un point. C'était un triomphe. Jenna, Leslie et Crista étaient en extase.

Après la rencontre, on les ramena à l'hôtel.

— Qui a besoin d'un verre pour se remettre ? C'est mon cas ! déclara Leslie. Je suis complètement lessivée, après un match pareil.

Jenna la suivit, et elles trouvèrent une table. Leslie commanda une bouteille de vin, et elles ne tardèrent pas à rire et à boire ensemble comme si elles s'étaient toujours connues. Quelques-unes des autres femmes de joueurs se joignirent à elles, et on demanda une deuxième bouteille.

Jenna fit le service. Tout le monde trinqua. En bonne barmaid, elle savait éviter de boire trop, tout en s'assurant que les autres passent un super moment. Et pourquoi pas ? Personne ne conduisait, et elle avait envie que les dames s'amusent. Les messieurs les rejoindraient bien assez vite.

— Tu ne bois pas, fit remarquer Leslie d'un air suspicieux.

— Mais si, protesta Jenna en levant son verre.

— Du moins, pas autant que nous, rétorqua Crista en empoignant la bouteille pour la resservir.

— Le vin n'est pas ma boisson préférée, en fait.

— Ah bon ? C'est quoi, alors ?

— Le whisky.

Leslie claqua des doigts et la serveuse, anticipant un pourboire généreux, accourut.

— Tu le veux comment ?

— On the rocks, ça ira très bien, répondit Jenna en secouant la tête, amusée.

— Apportez à cette dame ce qu'elle désire. Et le meilleur !

Trois verres plus tard, Jenna se tourna vers Crista et Leslie.

— Je crois que vous essayez de me soûler.

— Évidemment. Tu ne peux pas rester sobre alors que nous serons toutes bourrées, expliqua Crista.

— Je tiens très bien l'alcool. Je suis gérante de bar, vous savez.

Leslie pointa l'index vers elle et se balança d'avant en arrière sur sa chaise.

— Ça n'influe en rien sur ta capacité à supporter les effets de l'alcool.

— C'est vrai. Mais je tiens quand même très bien l'alcool, alors que vous deux, vous êtes complètement rondes.

Crista regarda Leslie.

— Merde, elle a raison ! On est déchirées. La honte !

Leslie éclata de rire. Le niveau sonore ne cessait de monter, et Jenna avait l'impression que cela faisait longtemps qu'elle ne s'était pas autant amusée.

Et cette impression fut encore renforcée lorsque les joueurs arrivèrent.

En la voyant, Tyler eut un grand sourire. Il s'approcha d'elle et prit un siège.

— Tu t'éclates ?

— Elles essaient de me soûler : elles n'arrêtent pas de me commander du whisky.

Il attrapa le verre posé devant elle et l'avala cul sec.

— Et ça marche ?

— Pas vraiment.

— Tu es une dure à cuire, dit-il avec un sourire en coin.

— Je ne te l'ai pas caché…

Ils restèrent un moment avec les autres joueurs et leurs moitiés, à discuter du match. Quelques-uns d'entre eux décidèrent de sortir dîner.

— Tu veux y aller ? demanda Ty.

— Non, je préférerais être seule avec toi. On pourrait se faire monter le dîner dans la chambre.

— Ça me va.

Il se leva et lui tendit la main.

Ils se dirigèrent vers l'ascenseur. Quand les portes se furent refermées, Jenna colla Ty contre l'une des parois et se mit sur la pointe des pieds.

— Tu es sûre que tu n'es pas bourrée ?

— Peut-être un peu.

Elle posa les doigts sur son torse, puis les fit glisser sur son ventre.

— Humm, tu es bien dur ici…

— Et je crois que ça ne va pas tarder à durcir aussi un peu plus bas…

— Ah bon ?

Elle posa la main sur la bosse de son pantalon, puis se mit à le caresser.

— À cause de toi, je vais devoir marcher jusqu'à la chambre en bandant comme un âne !

— C'est vrai, dit-elle en levant la tête pour lui adresser son plus grand sourire.

— Vous êtes cruelle, Jenna Riley.

Les portes de l'ascenseur s'ouvrirent, et Ty fit passer Jenna devant lui, au cas où quelqu'un attendrait pour monter. Elle sentait sa queue lui frotter le cul, et cela la fit rire.

— Je vais me venger, Jenna, dit-il en la poussant doucement vers le couloir.

Ils n'avaient pas loin à aller pour regagner leur chambre.

Une fois qu'ils furent arrivés, il ferma le verrou et plaqua Jenna contre un mur, avant d'appuyer sur l'interrupteur pour baigner la pièce d'une lumière tamisée.

—À mon tour…

Il lui enleva sa veste, qu'il laissa tomber sur le sol, puis lui leva les bras au-dessus de la tête, tenant ses deux poignets d'une seule main. Il lui caressa les bras et la poitrine, ne s'arrêtant qu'un instant sur ses tétons, justement parce qu'il savait qu'elle adorait qu'on les touche. Elle se cambra vers lui, mais il continua à descendre, effleurant son ventre, puis glissant ses doigts quelques secondes dans la ceinture de son pantalon, juste pour la titiller, avant de les retirer.

—Ty…

La chambre vacilla autour d'elle. Elle se lécha les lèvres, impatiente qu'il la stimule à nouveau.

Il la regarda, le visage tendu par la détermination, les yeux agrandis par le désir. La sauvagerie qu'elle y lut ne manqua pas de l'exciter, comme chaque fois.

Elle se débattit dans l'espoir de retrouver l'usage de ses mains pour le toucher, mais il ne la lâcha pas. Au contraire, il se pencha et vint presser ses lèvres sur son cou, lui léchant la gorge jusqu'à trouver le point sensible sous l'oreille. Il lui donna de petits coups de langue.

Il lui écarta les jambes et vint frotter son érection contre sa hanche. Elle se pressa contre sa cuisse, le clitoris tellement en émoi qu'elle se laissa entièrement aller contre lui.

Il lui prit le menton entre ses doigts.

— Regarde-moi.

Elle soupira, et il lui enserra le cou avant de prendre possession de ses lèvres dans un baiser ardent et dominateur. De la langue, il prit le contrôle de celle de Jenna, la laissant faible et sans défense, lui faisant tout oublier en dehors du désir dévorant qui la brûlait. Il lui lâcha les mains. Elle en profita pour l'enlacer, plantant les ongles sur ses épaules. Dans une frénésie de passion, elle tira sur sa chemise, et il leva les bras pour qu'elle puisse la lui enlever par en haut.

Elle fit courir ses ongles sur le dos de Ty et lui mordit la lèvre inférieure. Avec un grondement sourd, il se mit à tirer sur le chemisier de Jenna, s'acharnant sur les boutons jusqu'au moment où il s'énerva et préféra les arracher. Chacun d'entre eux tomba avec un petit bruit sur le sol de marbre, et ils s'éparpillèrent dans la vaste pièce.

Ensuite ce fut au tour du soutien-gorge, qu'il déchira aussi parce qu'il refusait de s'ouvrir du premier coup.

Chacun finit de se déshabiller à la hâte. Il la prit dans ses bras, et ils n'allèrent que jusqu'au tapis de la partie salon. Il allongea Jenna par terre et ouvrit l'emballage du préservatif en une fraction de seconde.

L'instant suivant, il était en elle. Elle cria quand il vint la combler ; elle avait tellement besoin de ça – besoin de lui – que les larmes lui montèrent aux yeux. Elle battit des cils lorsqu'il se redressa pour la regarder avant de s'enfoncer à nouveau en elle. Il lui remonta les genoux afin de pouvoir la pénétrer encore plus profondément et de si bien appuyer sur son clitoris qu'elle crut mourir de plaisir.

Elle planta ses ongles dans le torse de Ty, lui faisant serrer les dents. Il se pencha pour prendre un de ses tétons dans sa bouche. Il le titilla et le mordit sans relâche, provoquant orgasme sur orgasme. Jenna était perdue dans un océan de volupté sans fin.

Mais il ne s'arrêta pas là. Il attendit simplement que les secousses s'estompent. Puis il se mit à bouger en elle, lentement et doucement, jusqu'à ce qu'elle se mette à son rythme, faisant remonter l'excitation après cette première explosion de plaisir. Alors il lui prit les jambes pour les placer sur ses propres épaules afin d'entrer le plus loin possible en elle, et elle se cambra vers lui, lui donnant tout ce qu'il demandait et même davantage.

— Oh oui ! soupira-t-il.

Ils jouirent en même temps. Il laissa retomber les jambes de Jenna afin de pouvoir l'embrasser, mêlant à ses cris son grognement viril.

Cela avait été intense. Incroyable. Et, chaque fois, cela renforçait le lien entre eux, un lien que Jenna avait peur d'accepter, mais dont elle savait très bien qu'il devenait plus solide de jour en jour.

Ty ne comprenait pas ce qui lui avait pris d'inviter Jenna à Chicago.

Il n'avait jamais amené de fille à la maison. Sa famille était… cassée. Dysfonctionnelle. C'étaient les dernières personnes qu'il avait envie de présenter à une femme qui comptait pour lui.

Une femme qui comptait pour lui…

Oui, c'est bien le chemin que cela prenait avec Jenna. Elle était devenue importante pour lui. À part ça, il aurait été bien en peine de définir leur relation. Pourtant, il lui avait demandé de venir rendre visite à ses parents.

Quelle blague ! Il devait avoir perdu la tête, mais, à présent qu'elle était ici, il n'était plus temps de reculer.

Il fallait qu'il lui explique, qu'il la prévienne. Il n'aurait jamais dû l'amener ici…

D'un autre côté, ses parents et leur personnalité, les raisons qui les avaient conduits à être comme ils étaient, tout permettait de mieux le comprendre, lui.

Et si cette relation devait se poursuivre, il jugeait important qu'elle sache d'où il venait.

Ils avaient visité la ville et vu ses principaux monuments. C'était agréable de lui faire découvrir Chicago. Dommage que l'été soit loin, sinon il l'aurait emmenée marcher autour du lac. Mais il y avait tout de même des choses à faire. Ils étaient allés au musée, avaient visité quelques lieux historiques. Jenna était ravie. Et, bien entendu, il l'avait invitée dans ce qu'il considérait comme les meilleurs restaurants et bars de la ville.

Chicago sans une bonne pizza ne serait pas Chicago, et ils étaient donc allés en manger. Forcément, elle avait tenu à défendre la cuisine italienne de Saint-Louis, et il s'était ensuivi une conversation échauffée.

L'une des choses qu'il préférait en elle, c'était ce côté rebelle. Elle n'était pas béni-oui-oui, ce n'était pas le genre de fille qui croit qu'il faut être toujours d'accord avec un mec pour le garder. Elle adorait la discussion. Elle aimait avoir raison. Et il adorait trouver des arguments à lui opposer. Ces joutes verbales étaient absolument dépourvues de méchanceté. Aucun des deux ne cherchait à blesser l'autre, mais ils prenaient plaisir à discuter, et chacun était prêt à défendre ses idées.

Sa relation avec elle offrait un contraste saisissant avec celle qu'il entretenait avec ses parents.

En parlant de ceux-ci, à présent que Jenna et lui avaient tout visité, mangé dans les meilleurs restaurants et fréquenté toutes les boîtes de nuit, il ne pouvait plus reculer. Ils devaient dîner chez sa mère. La moindre des choses était de préparer Jenna à ce qu'elle allait découvrir.

Elle était en train de s'habiller. Il la rejoignit dans la salle de bains.

Il entra et s'appuya contre le chambranle, observant Jenna qui se contemplait dans le miroir. Elle avait mis une robe – ça ne lui ressemblait pas. C'était une très jolie robe noire, qu'elle portait avec d'élégantes bottes et des collants foncés assortis, qui la rendaient si sexy qu'il aurait voulu la déshabiller sur-le-champ.

Elle se battait contre le fermoir d'une longue chaîne en argent.

Enfin, elle le vit et se retourna.

— Est-ce que je suis présentable ?

Il s'approcha.

— Tu es bien mieux que présentable. Tu es magnifique, susurra-t-il en l'embrassant dans le cou.

— Merci.

— Viens par ici. Il faut que je te parle.

Il la prit par la main, l'entraîna vers la chambre et la fit asseoir sur le lit.

— Je sens que tu as des mauvaises nouvelles à m'annoncer.

Il prit place dans un fauteuil et commença par regarder la ville en contrebas à travers la fenêtre, pour retarder ce moment. Il y avait des nuages. Il allait peut-être neiger.

Sentant une main se poser sur son genou, il se tourna vers Jenna.

— Ty. Qu'est-ce qui ne va pas ?

— Tes parents sont tellement bien ensemble… Tu viens d'une famille vraiment heureuse.

Elle resta silencieuse, et il lui en fut reconnaissant.

— Je croyais aussi faire partie d'une famille heureuse. Mon père, ma mère et moi. C'était merveilleux. Jusqu'à mes dix ans. À ce moment-là, les disputes ont commencé. Ils essayaient de ne pas élever la voix ou d'attendre que j'aille me coucher, mais on entend tout dans une maison, et on ne peut rien cacher aux enfants. Un gosse, c'est malin. Ça sait quand l'équilibre de son univers est perturbé. Bref… Je les entendais se disputer. Au début, j'ai cru à une dispute ordinaire, mais ça a recommencé le lendemain, et le soir suivant. Petit à petit, ça a débordé sur la journée. Ils ne se prenaient pas le bec devant moi, mais ils ne s'adressaient plus la parole. La tension devenait tellement palpable que j'étouffais. Je marchais constamment sur des œufs : je pensais que, si je me conduisais vraiment bien, ils arrêteraient de se quereller et que tout redeviendrait comme avant.

» Ça affectait tous les domaines de ma vie. Mes amis ne venaient plus à la maison. Mes notes ont commencé à chuter. Je ne voulais plus être avec eux. Ils se détestaient trop.

Il vit les yeux de Jenna s'emplir de larmes, et il s'en voulut aussitôt de lui faire de la peine.

— Je n'arrive pas à imaginer ce que tu as vécu – si jeune… J'espère que tu es conscient que rien de tout ça n'est ta faute.

— Je le sais, maintenant. À l'époque, ce n'était pas le cas. J'étais persuadé que si je parlais plus gentiment, si je me conduisais mieux, je pourrais les influencer. Puis, au bout d'un moment, ça m'est devenu égal. Parce qu'eux ne semblaient plus y attacher d'importance. C'est à ce moment-là que j'ai commencé à faire des bêtises.

— Tu n'avais pas des oncles ou des tantes avec qui en discuter ?

— Si, mais ils n'y pouvaient rien. Ils n'avaient pas plus de pouvoir que moi. En plus, ils prenaient parti, et ça ne m'aidait pas.

— Et quand est-ce qu'ils ont enfin divorcé ?

— Quand j'avais quatorze ans.

— Ça fait beaucoup d'années de détresse.

— Oui. Bref, ce soir, nous dînons avec ma mère. Elle vit toujours dans la maison où j'ai grandi. Mon père s'est remarié et vit dans un appartement près du lac. On le verra plus tard dans la soirée, avec ma belle-mère, pour prendre un verre.

— D'accord.

— Le truc, c'est que j'aime mes parents, mais ma mère est encore dans le déni par rapport à cette histoire, donc je préfère te prévenir. Elle est très amère à ce sujet, mais elle s'écrase complètement, si tu vois ce que je veux dire.

Jenna se demanda si la mère de Ty était la seule à être amère. Elle aurait voulu lui demander ce qui avait mis fin à l'harmonie dans la relation de ses parents, mais c'était une question indiscrète, et peut-être qu'il ne le savait pas. Il avait un visage douloureux, les mâchoires crispées. Ce n'était pas facile pour lui.

Elle ne pouvait pas imaginer ses propres parents séparés. L'idée suffisait à la rendre malheureuse, ce qui redoublait sa compassion à l'égard de Ty. Mais on ne pouvait nier que bien des parents divorcent et que les conséquences se font encore sentir bien des années après pour leurs enfants.

Elle se leva et vint le prendre dans ses bras.

— Je suis désolée.

— Pourquoi ?

— Pour ce qui t'est arrivé. Pour le divorce de tes parents.

— C'était il y a longtemps, répondit-il en appuyant sa tête contre celle de Jenna.

— Je suis sûre que ça te fait encore de la peine.

Il haussa les épaules et se passa la main dans les cheveux.

— Le truc, c'est qu'ils n'étaient pas faits l'un pour l'autre. Ma mère est très discrète et réservée : elle aime rester à la maison et être en famille. Mon père est exubérant : il adore recevoir, et il est toujours beaucoup sorti. Ils avaient des caractères mal assortis depuis le début. Je m'en rends compte maintenant. Je me demande comment ils ont pu tomber amoureux l'un de l'autre.

Elle glissa une main dans celle de Ty.

— Il arrive que les contraires s'attirent, du moins au début. Ce n'est que plus tard que les gens s'aperçoivent que ça ne marche pas, que ces qualités opposées qui leur semblaient si attirantes dans les premiers temps de la relation commencent à les irriter.

— Je crois que c'est ce qui s'est passé pour eux. Leur séparation n'a pas été causée par une infidélité ou un scandale quelconque. Ils se sont juste rendu compte qu'ils ne se convenaient plus.

Jenna était affligée par l'échec de ce mariage, par la fin de cette stabilité que Ty avait connue pendant dix ans. Un divorce n'est jamais une chose facile pour un enfant. Plusieurs de ses amies l'avaient vécu, et elle se rappelait combien elles avaient été bouleversées.

— Malheureusement, il n'existe aucun test de compatibilité pour prédire si un couple va tenir ou non, malgré ce que racontent les sites de rencontre. On prend toujours un risque en acceptant de passer le restant de ses jours avec quelqu'un. Ce qui est triste, c'est que ce soient parfois les enfants qui en souffrent le plus.

Elle vint s'appuyer contre lui. Du bout des doigts, il lui attrapa le menton pour lui donner un baiser.

— Tout va bien, chérie. C'était il y a longtemps. Mais merci pour ta compréhension. Tu es sûre que tu es prête à les rencontrer ?

Elle réussit à lui adresser un sourire radieux.

— Bien sûr. Je suis très impatiente de faire leur connaissance.

Le rire désabusé de Ty la poussa à se demander ce qui l'attendait…

Ils prirent la voiture que Ty avait louée, et il les conduisit dans un adorable quartier constitué de petites maisons mitoyennes qui semblaient blotties les unes contre les autres. Il se gara devant l'une d'entre elles. Étroite, elle avait un étage, des murs bleu ciel et des volets blancs qui encadraient chaque fenêtre. Jenna fut aussitôt sous le charme.

Elle aurait voulu la photographier. Et encore plus y habiter. La rue dégageait une atmosphère tellement chaleureuse et familiale qu'elle se représenta les trottoirs peuplés d'enfants. Ce n'était pas surprenant que la mère de Ty ait tenu à rester dans cette maison, dans ce quartier.

— Qu'est-ce que tu fais ? s'étonna-t-il, alors qu'ils étaient plantés devant la maison.

— J'essaie de t'imaginer petit.

— Ah bon ?

— Oui. Ça colle parfaitement.

Tyler lui prit la main. Un encorbellement donnait sur le côté droit de la galerie extérieure. Elle se demanda de quelle pièce il s'agissait. Si c'était le salon, elle voyait bien un sapin de Noël orné de guirlandes électriques, étincelant comme pour saluer les passants. Les habitations étaient tellement proches les unes des autres que les liens entre voisins devaient être étroits.

À moins que tout cela ne soit qu'une idée sans fondement.

Ils s'approchèrent des quelques marches, peintes en bleu également, qui permettaient d'accéder à la galerie.

— J'adore cette maison…, murmura-t-elle.

Il lui pressa la main.

Elle n'avait aucun mal à l'imaginer sautant de la galerie dans la petite cour… ou dans les buissons. Tout à fait le genre de choses que font les garçons.

Il ouvrit la porte et entra. Les pièces étaient chaleureuses et confortables, les plafonds hauts. Malgré le gigantesque écran plat qui trônait dans le salon, l'ensemble avait une allure rétro. Et l'encorbellement faisait bien partie du salon.

Un petit bout de femme s'approcha en courant presque, s'essuyant les mains sur son tablier.

— Ty, chuchota-t-elle d'une voix surexcitée.

Jenna resta en arrière pendant que Ty soulevait sa mère, lui déposait un baiser sur la joue et la reposait.

Sa mère était tout simplement éblouissante. Elle avait des traits de poupée de porcelaine, des cheveux sombres ramassés en queue-de-cheval. Elle portait une coûteuse robe beige et des mocassins. Jenna était contente d'avoir fait un effort vestimentaire.

— Je suis si heureuse que tu sois là ! déclara sa mère en le contemplant avec une évidente fierté. Maintenant, présente-moi ton amie.

Jenna remarqua qu'elle n'avait pas employé l'expression « petite amie ». Elle ne devait pas être favorable à un rapprochement. Très bien.

— Maman, voici Jenna Riley. Jenna, je te présente ma mère, Louise Davis.

Elle ne s'appelait pas Anderson ? Tyler n'avait jamais dit que sa mère s'était remariée, mais d'accord.

— Enchantée de faire votre connaissance, madame…

— Appelle-moi Louise. Je suis ravie de te rencontrer, Jenna.

— Moi de même, Louise. Tu as une très jolie maison.

— Merci. Entre, je t'en prie. Enlève ton manteau, mets-toi à l'aise. Est-ce que tu aimerais un cocktail ?

— Non merci. Je préférerais visiter la maison.

— Bien sûr. Tyler, montre-lui donc. Je vais m'occuper du dîner. J'espère que tu aimes le bœuf Wellington, Jenna.

Elle avait vraiment mis les petits plats dans les grands !

— Oh oui, j'adore ça ! Merci.

Tyler la prit par la main.

— C'est parti, alors. Commençons par l'étage.

Elle le suivit dans l'escalier.

Il s'arrêta sur le palier.

— Il n'y a vraiment rien à regarder, ici.

Elle le poussa gentiment.

— Ce n'est pas un peu fini, ces conneries ? Je veux voir ta maison.

Il l'entraîna dans le couloir avec un gros soupir.

— Ça, c'est la chambre de ma mère.

Elle était parfaite, à la fois chaleureuse et féminine, avec un dessus-de-lit mauve, des oreillers d'un brun doux, une commode ancienne et une baignoire dans le coin. Les murs étaient peints en beige clair, avec des lambris blanc cassé.

— Je me verrais bien vivre ici. C'est ta maman qui a fait la déco ?

— Oui, c'est sa passion. J'ai l'impression que cette pièce est d'une couleur différente à chacun de mes passages.

— Souvent femme varie, répondit Jenna en riant.

— C'est parfaitement exact en ce qui concerne ma mère…

Ils continuèrent la visite.

— Ici, c'est son atelier de couture. Elle s'amuse avec ses tissus et sa machine.

Il y avait du tissu partout. Des beiges sobres et des tons éclatants. Il y avait un coin atelier et un petit coin salon, avec des livres sur le stylisme et sur le tissu.

Même si ce n'était pas du tout le truc de Jenna, ça faisait vibrer sa part féminine.

— Oh, c'est trop joli !

— Oui, enfin, pour une fille…

Elle lui donna un coup de coude, et ils ressortirent de la pièce.

— Attention, on va entrer dans ma chambre. Prépare-toi.

Il ouvrit la porte brusquement. Le temps semblait s'être arrêté. C'était attendrissant. Sous la double fenêtre se trouvait un lit à une place, et les murs étaient bleu vif. Les étagères étaient remplies de trophées divers. Un petit bureau était installé dans un coin. De nombreux portraits de Ty à différents âges, dans des cadres, trônaient un peu partout. Elle entra et examina une photo de Ty qui avait perdu une dent, une autre où ses cheveux lui tombaient dans les yeux comme ils le faisaient encore à présent, et une de lui quand il était bébé.

— C'est trop mignon…, soupira-t-elle avec ravissement.

— Je n'arrête pas de lui demander de m'autoriser à monter tout ça au grenier, mais elle ne veut pas. C'est flippant.

— Pas du tout. Elle t'adore.

— Elle pourrait en faire une chambre d'amis.

— Mais pourquoi ?

— Parce que les choses changent. Je ne suis plus un enfant.

— Elle a le droit d'aimer les souvenirs. Regarde toutes ces coupes, ces diplômes…

Elle s'approcha des cadres sur le mur : tableau d'honneur, bourse au mérite, mentions diverses…

— Tu étais un sacré intello, dis donc !

— Tu me prenais pour un play-boy sans cervelle ?

Elle apprenait chaque jour à le connaître davantage, et ce qu'elle découvrait lui plaisait.

— Ta mère est très fière de toi.

— Elle pourrait se contenter de faire un album !

— Mes parents ont une salle des trophées, à la maison, confia-t-elle en riant. Des souvenirs de nos années d'école jusqu'à la fac. Il faudra que je te fasse visiter, à l'occasion.

— C'est vrai ?

— Ouais. Une pièce entière dédiée à nos triomphes. Crois-moi, ta mère n'est pas la seule. Et on a aussi honte que toi ! Il y a des parents qui aiment bien se vanter de leurs gamins, c'est comme ça. Ta mère ne me fait pas flipper du tout.

— Bon, d'accord. Mais je préférerais qu'elle mette un futon ici, peut-être un vélo elliptique, mais que ce soit une pièce juste pour elle. On dirait que je suis mort et qu'elle ne veut toucher à rien. C'est un mausolée.

— C'est un truc de parents. Remets-toi, dit Jenna d'un ton moqueur.

Ils redescendirent et traversèrent la salle à manger, meublée d'un vaisselier et d'un buffet, ainsi que d'une table rectangulaire recouverte d'une nappe. Tous ces meubles en bois de cerisier semblaient venir d'un magasin d'antiquités. Ils franchirent une porte qui menait à la cuisine. La pièce avait été refaite. Les plans de travail étaient en granit, les placards en cerisier, et l'électroménager était en acier brossé. Les grandes fenêtres laissaient entrer la lumière en abondance.

— Quelle jolie cuisine, Louise !

— Merci, répondit l'intéressée en se retournant avec un sourire. Quand je ne couds pas, je teste de nouvelles recettes, alors je passe beaucoup de temps ici. J'ai refait la déco il y a deux ans, je me suis débarrassée des vieilleries. Il faut savoir faire table rase !

— Sauf dans ma chambre…, grommela Ty.

— Mais moi, j'aime ta chambre, rappela Jenna en prenant le verre de vin que lui tendait Louise.

— Moi aussi. Il y a là certains de mes meilleurs souvenirs de l'enfance de Ty. Et je veux qu'il se sente chez lui quand il vient ici. Ce qui est trop rare à mon goût.

— Parce que je suis trop grand pour dormir dans ce lit, soupira-t-il en lançant dans le dos de sa mère un regard éloquent à Jenna qui lui sourit.

Louise les fit passer au salon, où ils prirent l'apéritif en bavardant.

— C'est faux, Ty. Ce lit a une bonne longueur, protesta Louise en sirotant son cocktail.

— Tu te souviendrais aussi bien de moi sans avoir besoin de garder ma chambre comme quand j'avais six ans.

— C'est une pomme de discorde entre nous, expliqua Louise en se tournant vers Jenna. Il n'est pas content que je refuse de mettre ses affaires au grenier, mais j'aime contempler ces souvenirs. La vie était plus simple, à ce moment-là…, conclut-elle en sirotant son cocktail d'un air pensif.

Jenna regarda discrètement Ty, qui haussa les épaules.

— J'ai vu ton atelier. Et ta chambre est magnifique. Est-ce que tu as cousu le couvre-lit et les rideaux toi-même ?

— Oui, c'est moi, répondit-elle, rayonnante. Ma mère m'a appris à coudre. Mais je n'avais jamais le temps avant de prendre ma retraite.

— Tu dois être heureuse de pouvoir en profiter, maintenant. Qu'est-ce que tu faisais, autrefois ?

— J'étais l'assistante du président d'une des grandes banques de la ville. J'ai commencé il y a des années comme secrétaire et j'ai monté les échelons jusqu'au sommet. Je n'avais pas de loisirs, et je suis contente que ce soit terminé.

— Ça devait être passionnant.

— Oh oui ! soupira-t-elle. Mais ma vraie passion, c'est la couture. Maintenant que j'en ai l'occasion, j'aime confectionner des choses pour la maison. J'ai même des amis qui me demandent de redécorer certaines de leurs pièces.

Jenna vit le visage de Louise s'animer lorsqu'elle évoqua son travail chez des amis.

— Tu as une entreprise ?

— Oh non ! répondit-elle, amusée. C'est juste pour le plaisir.

— Mais tu es très douée. Tu pourrais t'installer.

Louise sembla considérer la question.

— Oui, sans doute. Je n'y avais jamais pensé. Je voyais ça comme un passe-temps. Mais il est trop tard pour ce genre de projet, dit-elle en faisant un geste de la main comme pour chasser l'idée.

— Mais non. Il n'est jamais trop tard. Tu es encore jeune et tu as de toute évidence le talent et l'ambition nécessaires.

— Tu crois, Jenna ? demanda-t-elle, les yeux brillants. Je n'y connais rien, en création d'entreprise !

— Ma famille a une entreprise. Je pourrais te donner quelques tuyaux.

Les deux femmes passèrent les deux heures suivantes à parler petites entreprises, y compris pendant le dîner. Ty s'était attendu au pire. Sa mère n'avait jamais apprécié les demoiselles qu'il lui présentait. Elle s'était toujours montrée grossière et désagréable, et avait toujours trouvé des choses à leur reprocher. En même temps, la dernière fois qu'il l'avait fait, il avait un peu plus de vingt ans et allait encore à la fac. À l'époque, sa mère voulait qu'il se concentre sur ses études au lieu de courir les filles. Et elle était encore aigrie après son divorce.

Il avait simplement cru que sa mère resterait toujours amère.

Elle avait changé, pourtant. Elle était plus douce. À moins que ce ne soit Jenna qui fasse ressortir un autre aspect de sa personnalité. Jenna ne s'accrochait pas à lui, ne se montrait pas possessive. Elle semblait s'intéresser sincèrement à sa mère, sans essayer à tout prix de se faire aimer d'elle, ni de lui montrer qu'elle était en couple avec son fils.

Mais elle était comme ça, Jenna. Elle était douée pour les relations humaines, elle savait mettre les gens à l'aise. C'est pour ça que le *Riley's* marchait si bien. Elle savait faire passer un bon moment aux clients, et ça allait plus loin que simplement leur servir un verre.

Après le dîner, ils prirent le dessert, et Jenna parla de sa famille à la mère de Ty.

— Donc tes frères sont eux aussi des sportifs ?

— Oui. Mick est footballeur, et Gavin joue au base-ball.

— Et toi, tu as pratiqué certains sports ?

— J'ai fait du basket et du volley au lycée. Mais maintenant je ne joue que si ma famille me force à participer à une partie de basket dans le jardin.

— Ça n'a pas dû être facile de grandir entourée de garçons ! commenta Louise en riant.

— C'était un défi permanent. Mais je ne me laissais pas marcher sur les pieds.

— Je le crois sans mal. Et je suis certaine que tu seras capable de tenir tête à mon fils également.

Jenna se tourna vers Ty et sourit.

— Ça ne sera pas la peine. Tu as parfaitement réussi son éducation, Louise.

— Merci. Je suis très fière de lui, répondit celle-ci d'une voix étranglée.

Oh, oh ! Il fallait qu'il fasse sortir Jenna d'ici avant que l'atmosphère devienne franchement lacrymale.

— Bon, il faut qu'on y aille.

— Déjà ?

— Oui, désolé.

Ils se levèrent, et Tyler alla chercher leurs manteaux. Jenna dit au revoir à sa mère.

— C'était un vrai plaisir de te rencontrer, Louise. J'espère avoir l'occasion de te revoir. Mais tu as mon numéro. Si tu décides de monter ton entreprise, appelle-moi.

Louise donna une accolade à Jenna.

— Je n'hésiterai pas à te téléphoner. Je ne dis pas souvent ça – en fait, c'est la première fois –, mais je suis ravie d'avoir fait ta connaissance, Jenna. Et j'espère te revoir.

— Moi aussi, répondit Jenna avec un sourire avant de se diriger vers la porte.

Louise prit Ty dans ses bras et le serra fort. Il se pencha pour recevoir un baiser sur la joue.

— Je ne sais pas où tu as déniché cette fille, mon grand, mais ne la lâche surtout pas.

Chapitre 20

Une visite de faite, plus qu'une maintenant. Ils prirent la direction du centre-ville, où se trouvait l'appartement de son père.

— Je me demande bien pourquoi tu étais si anxieux à l'idée de me présenter ta mère.

— Je n'ai jamais dit que j'étais anxieux.

— Tu as sous-entendu que c'était une version maternelle d'une des Gorgones.

— C'est faux !

— Disons que c'est presque vrai.

— Elle a changé, dit-il avec un haussement d'épaules. Elle était plus collet monté, autrefois.

— Elle est merveilleuse, agréable et chaleureuse. J'ai passé un excellent moment.

— Manifestement, elle a réussi à dépasser son amertume à propos du divorce, mais je t'assure que ce n'est pas à ça que je m'attendais.

— Tu t'inquiètes trop, protesta Jenna en riant.

Elle lui tapota la main.

— Tu as sans doute raison.

— Et maintenant, parle-moi de ton père.

— C'est un grand bonhomme carré, et il se sert de sa nature… je ne sais pas trop comment dire… ultrasociable, pour dissiper l'embarras ou la tension. Il est comme ça. Dans les moments de stress, on peut toujours compter sur Sean Anderson pour sortir une blague. Il se sort de n'importe quelle situation comme ça. De la même manière, il est capable d'insulter quelqu'un, mais avec le sourire, en rigolant. Il pense que ça passe, puisque c'est dit gentiment.

» Évidemment, ça a moyennement marché dans son mariage avec ma mère. Elle n'était pas convaincue que sa façon de résoudre les problèmes en se contentant d'en rire et de parler d'autre chose soit tellement efficace.

— Ça peut se comprendre, commenta Jenna.

— Mais je crois qu'il a fait des progrès, depuis. Avec Gloria, ma belle-mère, ils sont mariés depuis dix ans.

— Tu l'apprécies ?

— Oui, beaucoup. Elle n'a jamais essayé d'être une mère pour moi, seulement une amie. Elle connaissait les limites, mais inversement, si j'avais besoin d'elle, elle était là. En plus elle ne se laisse pas embobiner par mon père, et c'est quelque chose que j'admire.

— C'est un couple bien assorti, donc.

— Oui. Mais je dois te prévenir. Tu ne peux pas vraiment te préparer à rencontrer mon père, parce qu'on ne sait jamais ce qu'il va sortir.

— Euh… d'accord, répondit-elle, décontenancée.

Ils prirent l'ascenseur jusqu'au seizième étage. Tyler posa une main en bas du dos de Jenna et pressa la sonnette.

Jenna eut un choc en découvrant Sean. Elle aurait cru voir Ty lui-même, en plus âgé. Autant sa maman était petite, autant son père était imposant, avec des cheveux foncés, ondulés, qui grisonnaient un peu aux tempes.

— Salut, fiston. Entre.

Il donna l'accolade à Tyler, et Jenna remarqua qu'ils étaient à peu près de la même taille, quoique Tyler soit un tout petit peu plus grand et Sean un peu plus trapu, et pas aussi svelte et musclé que son fils. Jenna était vraiment saisie par leur ressemblance. Sean Anderson était extrêmement beau et bien conservé. Son épouse, Gloria, était une magnifique rousse aux courbes voluptueuses et au sourire contagieux.

Elle se précipita vers Tyler pour l'embrasser avant de serrer la main de Jenna avec chaleur.

— Nous sommes très heureux de te rencontrer, Jenna. Entre vite.

C'était un appartement moderne, aux meubles noirs et blancs. Un piano trônait au-dessus du salon qui se situait en contrebas. La baie vitrée offrait une vue incroyable sur la ville et le lac.

Ils s'assirent à une table devant les vitres.

— J'ai pensé que, comme tu ne connaissais pas tellement la ville, tu aimerais profiter de la vue, dit Gloria. Surtout que nous avons la chance que le ciel soit dégagé, ce soir.

— C'est magnifique. Vous devez vraiment adorer votre appartement.

— Oh oui ! L'été, nous nous promenons autour du lac. Et l'hiver, il y a une salle de gym au sous-sol. Il faut s'entretenir, n'est-ce pas, fiston ? dit Sean.

— C'est sûr, approuva Ty.

— Bien sûr, celui-ci s'entretient à merveille sur la glace, reprit Sean en lui donnant une tape dans le dos. Je suis vraiment fier de toi, même si tu as battu mes favoris, l'autre soir.

— Sean ! protesta Gloria avant de se tourner vers Jenna. Je ne comprends pas comment il peut soutenir les adversaires de son fils !

— Eh, j'ai toujours été pour Chicago ! En plus, Tyler change souvent de camp. Je ne peux pas suivre ! Je suis fidèle à mon équipe. Et Tyler saisit très bien, n'est-ce pas, fiston ?

— Bien sûr, papa. Mais à ta place je ne parierais pas contre moi !

Jenna éclata de rire.

— C'est ce que je lui répète sans cesse, dit Gloria. Je mise toujours sur toi, mon grand.

Tyler se pencha pour lui faire une bise.

— Merci, Gloria.

— Mon fils n'est pas une mauviette. Il n'a rien contre un peu de compétition. Et il sait très bien que je suis à fond pour lui. Alors, Jenna, ajouta-t-il en se tournant vers elle, parle-moi un peu de toi.

Ça alors, on peut dire qu'il passait du coq à l'âne. Elle avait du mal à le suivre, mais elle se débrouilla pour répondre quand même. Elle évoqua le *Riley's* et le rôle qu'elle y jouait. Ils burent quelques cocktails. Sean les régalait de blagues et de souvenirs rigolos de l'enfance de Ty, mais Jenna se rendait compte que l'intéressé semblait mal à l'aise, un peu anxieux.

— Qu'est-ce que tu fais dans la vie, Sean ? demanda-t-elle.

— J'ai plusieurs concessions automobiles dans la ville. Je suis toujours dans les affaires, après quarante ans !

Jenna n'avait pas de mal à l'imaginer dans le commerce, en effet.

— Ça doit être très intéressant, commenta-t-elle.

— Il fait même de la pub à la télé, révéla Gloria, rayonnante de fierté.

— Oh, c'est génial !

— Oui, nous achetons pas mal de secondes d'antenne, confia Sean avec un large sourire. Il faut que les gens aient notre nom sous le nez, sinon ils iront voir ailleurs. Pas vrai, fiston ?

Il lui donna une grande bourrade.

— Tu as raison, papa.

— C'est pour ça que tu as cet agent de choc qui te décroche des rôles dans des pubs de shampooing ou de déodorant, pas vrai ? Pour que les supporteurs s'intéressent à toi. Qu'ils continuent à venir aux matchs. Comme ça, les mecs veulent te ressembler, et les nénettes rêvent de te mettre dans leur lit ! philosopha-t-il avant de se tourner vers Jenna.

Il faut ce qu'il faut pour rester sous la lumière des projecteurs ! N'est-ce pas, ma belle ?

— Euh… oui, bredouilla Jenna.

Le père de Ty était épuisant. Elle n'était pas certaine que la carrière de son fils le passionne vraiment. Tout ce qu'il voulait, c'est que son fils reste « le meilleur ». Pas étonnant que Ty soit mal à l'aise.

Ils tinrent le coup environ deux heures, puis Ty se leva.

— On doit prendre l'avion tôt demain matin. On ferait mieux de rentrer.

Ils prirent congé.

— C'était un plaisir de te rencontrer, Jenna, dit Gloria. J'espère que nous te reverrons.

— Je l'espère aussi.

Sean lui serra la main.

— Tu es très sympa. Tyler a bon goût. Depuis toujours. Comme son père ! déclara-t-il en mettant un bras sur les épaules de Gloria.

Tyler entraîna Jenna vers la porte.

— À bientôt, papa.

Ils n'échangèrent pas un mot dans l'ascenseur, et guère plus dans la voiture. Lorsqu'ils furent rentrés dans leur chambre, Jenna s'approcha de Tyler et le prit dans ses bras.

— Qu'est-ce qui me vaut ce petit câlin ?

— Rien.

Peut-être qu'elle en avait davantage besoin que lui… Cependant, elle était certaine que cela lui faisait du bien, à lui aussi.

— Mon père est un vrai con, parfois.

— Mais non, protesta-t-elle en s'écartant.

— Mais si.

— Ton père et ta mère, c'est le jour et la nuit. Comme tu le disais, ta mère est calme et réservée, et ton père est très exubérant. Je comprends pourquoi ça n'a pas marché entre eux.

— Tu es gentille, répliqua-t-il avec un sourire.

— Gloria m'a plu.

— Je l'aime beaucoup. Mon père adore susciter le respect, mais il ne sait pas s'y prendre, et du coup il paraît imbu de lui-même. Les relations humaines ne sont pas vraiment son point fort. Quant à ma mère, elle a travaillé presque toute sa vie et, quand elle rentrait, elle faisait la cuisine pour mon père et moi. Après le divorce, elle ne savait pas quoi faire d'elle-même. C'est pour ça qu'elle a gardé la maison et tous ces souvenirs de moi comme s'il s'agissait d'un putain de mausolée. Elle coud, elle cuisine et elle voit ses amis de longue date, mais elle ne s'est jamais remariée. Elle a repris son nom de jeune fille par pure haine envers mon père. Elle n'a jamais trouvé le moyen d'avancer et de se construire une nouvelle vie. Elle est comme enterrée dans cette maison. Je crois que tu l'as aidée, ce soir. Merci.

— De rien. Mais je pense au contraire que ta mère avait déjà beaucoup avancé. Elle ne l'a sans doute pas fait tout de suite, mais chacun va à son propre rythme.

— Tu as certainement raison.

Jenna lui écarta une mèche du front.

— Tu n'as pas besoin de t'excuser à leur sujet. Ils sont comme ils sont, et ça ne change rien à ta personnalité.

— Mais si, ça change tout dans ma personnalité.

— Tu crois ? Je ne suis pas d'accord. Je crois que nous nous forgeons notre propre identité. Nous ne sommes pas liés à nos parents, à leur passé ou à leurs erreurs. Nous n'avons pas besoin de leur ressembler – ni en bien ni en mal.

— Peut-être, acquiesça-t-il pensivement en lui caressant la lèvre inférieure du plat du pouce.

— Non, ce n'est pas « peut-être ». On est ce que l'on veut être, pas ce que nos parents sont ou ont été. C'est notre propre choix.

Il pencha son visage vers elle. Elle se plongea dans la contemplation de son visage magnifique, admirant l'intensité de son regard alors qu'il l'observait.

— Tu me fais du bien, confia-t-il.

— C'est vrai ? Moi qui croyais que c'était toi qui me faisais du bien !

Jenna poussa Ty sur le canapé de la partie salon. Elle retourna près de la porte pour diminuer l'intensité des lampes. Revenant se planter devant lui, elle enleva ses bottes, ses collants et sa culotte. Puis elle passa les mains à l'intérieur de sa robe et se défit de son soutien-gorge. Elle ne portait plus à présent que sa robe noire ultrasexy. Elle s'agenouilla sur le tapis devant lui et s'avança entre ses genoux. Elle remonta doucement les doigts le long des cuisses de Ty.

Il retint son souffle alors qu'elle lui écartait les jambes d'un petit coup d'épaule.

C'était plutôt à lui de lui donner du plaisir, mais il était incapable de trouver une objection. Il sentait sa queue tendue appuyer sur la fermeture Éclair de son pantalon alors que Jenna approchait lentement les mains de la Terre promise. L'arrêter en si bon chemin aurait été au-dessus de ses forces.

Ses cheveux semblaient d'un noir brillant dans la pénombre ambiante, ses yeux sombres et ténébreux quand elle les leva vers lui juste pour lui adresser un regard aguicheur avant de lui mordre le genou.

Il eut un petit rire.

— Tu as envie de mordre ? Je connais un endroit où je veux bien que tu mettes les dents.

— Je connais suffisamment ton anatomie pour trouver le chemin. Un peu de patience.

Elle lui effleura les cuisses du bout des ongles, puis posa les mains sur sa ceinture. Elle prit un malin plaisir à ouvrir la boucle le plus lentement possible avant d'attraper la glissière. Elle la descendit millimètre par millimètre, lui causant une véritable torture. Elle le faisait attendre alors que tout ce qu'il voulait, c'était tirer ce foutu machin une bonne fois pour toutes afin de sortir sa queue turgescente.

Une fois la braguette défaite, elle se pencha et lui enleva ses chaussures et ses chaussettes. Elle remonta les mains dans les jambes du pantalon d'un air taquin.

— Tu as de beaux mollets, pour un mec.

Il ne parvenait même plus à parler. Il avait la gorge complètement sèche. Il voulait qu'elle pose les mains et la bouche sur sa bite, pas qu'elle se montre poète à propos de n'importe quelle autre partie de son corps! Mais c'était elle qui était aux commandes, et il n'avait pas d'autre choix que de la laisser faire.

Elle tira le pantalon et le caleçon de Ty, puis les jeta sur une chaise.

Sa queue se dressait comme une incitation à s'en saisir, mais elle fit mine de ne pas la voir et préféra se lever un peu pour ouvrir le bouton du bas de sa chemise – lentement.

Ah non, pas ça!

— Laisse, je vais le faire, dit-il en attrapant les boutons.

Mais elle lui prit les mains et le força à les poser sur le canapé.

— Non. C'est mon boulot.

Merde!

Elle défit le deuxième bouton, puis le troisième. Au quatrième, il se mit à transpirer. Qui aurait cru que voir une fille déboutonner une chemise aurait pu être aussi excitant?

Quand enfin le vêtement fut ouvert, elle écarta les pans et plaça les mains sur son torse.

— J'aime ton corps, Tyler, la douceur de ta peau.

Elle lui caressait les côtes et le ventre.

— J'aime sentir tes muscles bouger sous mes doigts…

Il vibra d'excitation quand elle descendit, l'impatience montant d'un cran lorsqu'elle passa les mains en dessous de son nombril. Elle se pencha pour l'embrasser à cet endroit, et il sentit ses seins lui frôler la bite. Voilà qui embrasait son imagination. Il mourait d'envie de venir frotter ses tétons si sensibles avec son gland. Comment réagirait-elle ? Il mit cette idée de côté pour plus tard.

À présent, il ne voulait penser à rien d'autre qu'aux mains de Jenna, qu'elle venait de poser sur ses cuisses. C'était une caresse légère, du bout des ongles. Il en avait des frissons jusque dans les couilles. Il dut serrer les dents pour se retenir de la supplier de le toucher.

Elle se leva pour l'embrasser. Tout son corps reposait doucement sur celui de Ty. Il voulut l'enlacer, mais elle lui prit à nouveau les mains pour les remettre sur le canapé.

— Je ne veux pas que tu me touches. C'est moi qui fais tout.

— Je vais avoir du mal, Jenna.

— C'est le but, répondit-elle avec un sourire.

Elle lui lécha la lèvre inférieure avant de venir poser sa bouche sur la sienne. Il avait un goût de vin, avec une nuance sucrée, de la cannelle peut-être. Elle poursuivit le baiser de façon plus profonde, prenant la tête de Ty entre ses mains et ondulant de tout son corps contre le sien de manière tentatrice.

Il avait envie de la toucher, de soulever sa robe pour caresser son cul qu'il savait nu. Mais elle menait le jeu, et il acceptait d'obéir – pour le moment –, aussi garda-t-il les mains sur le canapé pendant qu'elle se frottait contre lui, le rendant fou. Il avait l'impression que tout son sang – et toutes ses pensées – s'était concentré dans sa queue.

Elle lui frôla la mâchoire du bout des lèvres avant de le mordiller doucement. Il poussa un grognement de désir auquel elle répondit par un petit rire rauque qui le fit frissonner.

— Jenna, dit-il comme pour la prévenir.

Elle n'en tint aucun compte, préférant passer la langue sur sa gorge et son épaule. Elle le mordit à nouveau, plus fort cette fois. Il soupira et enfonça les doigts dans le tissu du canapé. Si seulement elle le laissait faire, il la soulèverait pour venir la poser sur sa bite, et il la baiserait jusqu'à ce qu'ils jouissent tous les deux. Il savait qu'elle en avait autant envie que lui. Elle n'était pas insensible elle-même au petit jeu qu'elle lui jouait. Il aurait pu combler leur désir commun…, mais elle ne voulait pas le laisser faire.

Elle l'embrassa sur le torse et lui donna un coup de langue sur les tétons. Il les sentit durcir. Elle en prit un entre ses dents et tira doucement, tout en le titillant avec la langue.

Il respira avec difficulté et enfonça les pieds dans le tapis.

Elle le mordilla plus fort, puis relâcha le petit bouton de chair pour lui adresser un sourire coquin.

— Viens là, dit-il.

Elle fit « non » de la tête et descendit encore, lui donnant des coups de langue jusqu'au milieu du ventre. Le tissu soyeux de sa robe vint lui effleurer la queue alors qu'elle le frôlait de tout son corps.

— Tu veux me tuer, c'est ça ?

— Pas du tout. J'essaie de te procurer du plaisir.

— Ce qui me ferait plaisir, ce serait que tu montes sur mes genoux pour que je puisse te baiser.

— Il va falloir attendre, répondit-elle en riant.

Elle s'agenouilla sur le tapis et l'embrassa sur chaque cuisse, l'une après l'autre, remontant vers sa bite de quelques centimètres chaque fois. Il retint son souffle quand elle se rapprocha, puis soupira, déçu, lorsqu'elle s'éloigna à nouveau.

C'était une vraie tortionnaire.

Pourtant, il ne tarda pas à se croire au paradis quand elle se mit à lui lécher les couilles. Elle passa ensuite la pointe de la langue du bas de ses testicules jusqu'au sommet de son gland. Il allait falloir qu'il se mette à penser très fort à ses impôts s'il ne voulait pas tout lâcher maintenant…

Après avoir tourné quelques fois autour de son gland avec sa langue, elle se pencha soudain pour prendre toute sa bite dans sa bouche. Il poussa un grognement et regarda sa queue s'enfoncer entre les lèvres de Jenna. L'effet, combiné à la sensation de chaleur humide tout autour de sa queue, était intense.

Elle lui prit les couilles dans une main et les pressa doucement. De la langue, elle serra la bite de Ty contre son palais quelques instants, avant de la relâcher pour tourner autour. Puis elle la ressortit de sa bouche pour la lécher comme une sucette.

Voir son gland émerger tout humide de la bouche de Jenna lui fit un effet monstre. Aussi quand elle le reprit dans sa bouche, il sut qu'il ne tiendrait pas tellement plus longtemps.

— Jenna, je vais jouir…

Elle saisit la base de sa queue dans une main et se mit à aller et à venir, sa bouche et sa main travaillant de concert. Il sentit l'orgasme arriver avec la puissance d'un train hors de contrôle. Il enfonça les pieds dans le tapis une nouvelle fois et plongea plus profondément dans la bouche de Jenna.

Quand le plaisir déferla sur lui, il vit carrément des étoiles.

— Oh oui ! cria-t-il, tout son corps secoué de frissons.

Il était épuisé. Presque trop fatigué pour respirer. Il resta plusieurs minutes sur le canapé, la tête rejetée en arrière, incapable de bouger. Il sentait le cœur de Jenna battre contre sa cuisse. Quand enfin il retrouva l'usage de ses membres, il lui passa une main dans les cheveux. Elle semblait heureuse de rester appuyée comme ça, à l'attendre, mais il savait qu'elle avait envie d'autre chose – et il en avait envie aussi.

Il finit par l'attirer sur ses genoux. Il enfouit les doigts dans ses cheveux soyeux. Il l'embrassa, lui volant le baiser qu'elle lui avait refusé plus tôt. Elle le lui rendit avec un doux gémissement, et il glissa la langue contre la sienne, se frottant doucement contre leur surface un peu rugueuse. Il souleva la robe de Jenna et vint poser les mains sur son joli petit cul, faisant courir ses doigts sur sa peau de pêche, et la plaquant contre sa queue qui reprenait déjà de la vigueur.

— Touche-moi, supplia-t-elle en se cambrant.

Il se mit à lui caresser les seins. Il avait envie de la déshabiller, histoire de pouvoir lui lécher les tétons, mais, d'un autre côté, il adorait le côté sexy de sa robe. Il avait envie de la prendre tout habillée. La soie venait masquer ses jambes, et le fait de ne pas la voir tout entière l'excitait au plus haut point. Il lui titilla les tétons à travers le tissu, puis vint y poser la bouche.

Elle gémit et lui attrapa la tête, le maintenant fermement contre sa poitrine afin de prolonger le plaisir intense qu'il lui procurait.

— J'aime quand tu me touches comme ça…, murmura-t-elle.

Il lui pressa l'autre téton entre ses doigts.

Elle serrait les jambes autour de lui, éperdue de volupté. Il la pencha en arrière pour attraper son pantalon, à la recherche d'un préservatif.

— Laisse-moi faire, dit-elle en ouvrant l'emballage.

Elle recula sur les genoux de Ty pour lui enfiler la capote. Ses mains étaient douces et tièdes alors qu'elle le déroulait, un millimètre à la fois, pour le torturer à nouveau.

Il passa les mains sous sa robe pour lui caresser le sexe. C'était un contact qui le rendait fou. Il s'attarda sur le clitoris jusqu'à ce qu'elle rejette la tête en arrière et cambre les reins pour se coller contre sa main.

Il introduisit un doigt en elle, la sentit vibrer et se resserrer autour de lui. Avec son pouce, il lui frotta le clitoris, lui arrachant un gémissement.

Il aimait voir comment son corps réagissait à son toucher, comment son visage se contractait à l'approche de l'orgasme.

— Je vais jouir, Tyler.

Il accéléra sa caresse et appuya sur le clitoris avec la base de la main.

Emportée par un tourbillon de plaisir, elle appuya la tête sur l'épaule de Ty. Il laissa son doigt en elle jusqu'à ce que les dernières vagues de volupté s'éteignent, puis il la tira sur ses genoux pour venir la poser sur sa queue.

Les spasmes de l'orgasme étaient encore perceptibles quand il entra en elle.

— Humm ! dit-elle en prenant place sur lui. C'est tellement bon…

Sa robe retombait autour d'eux, et il ne voyait pas leurs corps se mêler. Il devait se contenter de ses autres sens. Il ferma les yeux et laissa à Jenna le temps de se remettre.

Quand elle se mit à onduler sur lui, il souleva les paupières. Il ramassa les pans de la robe dans une main et, de l'autre, vint guider Jenna en la tenant par la hanche.

Il sentait sa queue terriblement tendue en elle et percevait chaque mouvement du corps de la jeune femme autour de lui.

Les joues rouges et les lèvres entrouvertes, elle baissait les yeux vers lui. Les mains posées sur les épaules de Ty, elle enfonçait ses ongles dans sa peau chaque fois qu'elle remontait. Elle avait commencé lentement, mais elle prenait peu à peu de la vitesse à mesure que son plaisir s'intensifiait.

Leurs deux corps glissaient l'un contre l'autre dans une harmonie parfaite. Ty connaissait le corps de Jenna comme le sien, il sentait arriver ses orgasmes. Il l'attrapa par les fesses pour accentuer ses mouvements, et cela suffit à la faire jouir.

Elle le regarda dans les yeux alors que l'orgasme déferlait sur eux deux en même temps. Sans cesser un instant de la contempler, il cria son prénom dans un paroxysme de plaisir et pénétra plus profondément encore en elle. C'était si intense qu'il en resta tremblant.

Elle se laissa aller contre lui, et ils restèrent ainsi. Il lui caressait le dos et les cheveux.

— J'aimerais bien prendre une douche, finit-elle par déclarer.

Ils entrèrent ensemble dans la cabine, et il la savonna. Il trouvait cela touchant. À présent qu'elle était débarrassée de sa robe, il pouvait jouer avec ses tétons. Après les avoir savonnés et rincés, il se mit à les sucer.

Jenna s'appuya contre la paroi de la douche, persuadée d'être trop fatiguée pour faire autre chose que de se rincer et de s'écrouler dans son lit. Mais, en sentant la bouche de Tyler sur ses seins, elle fut à nouveau envahie par le désir, le sexe vibrant comme si elle ne venait pas d'avoir deux orgasmes fabuleux.

Il glissa une main entre ses jambes pour la caresser sans cesser de s'occuper de ses seins. Elle l'attrapa par les cheveux, traversée par un plaisir qui partait de sa poitrine pour descendre vers son entrejambe.

Elle avait l'impression de n'être plus qu'un tourbillon de sensations, l'eau chaude ruisselant sur sa peau pendant que des pulsations violentes se répercutaient en elle.

Ty s'agenouilla devant elle pour remplacer sa main par sa langue. Elle était comme noyée dans une mer de volupté. Elle le contemplait, son plaisir redoublé par la vision de ce qu'il lui faisait. Si elle n'avait pas été appuyée contre le mur, elle serait tombée. Ses jambes, tremblantes, ne la portaient plus. Elle ne tarda pas à jouir.

— Ty ! cria-t-elle en se pressant contre son visage.

Il la tint par les hanches pendant qu'elle se tordait de plaisir, l'eau coulant toujours sur ses cheveux et sur tout son corps.

Il se leva, l'embrassa et la pénétra.

Elle reprit son souffle, et leurs regards se rencontrèrent.

— Merde ! Faut que j'aille chercher une capote.

Elle s'accrocha à lui.

— Non. Reste.

— Ça ne risque rien. Je fais des prises de sang tout le temps. Pour le hockey. Je n'ai jamais…

Elle lui posa un doigt sur la bouche.

— Je prends la pilule. Tout va bien.

— Jenna…

— Fais-moi l'amour, Tyler.

Il entra plus profondément et vint étouffer ses cris de plaisir par des baisers. En quelques instants, elle se sentit au bord de l'orgasme. Elle n'aurait jamais cru que cela puisse arriver aussi vite. Mais elle voulait le sentir encore en elle, sentir ce contact si direct et intime pour la première fois, quelques instants de plus.

Il souleva une de ses jambes pour l'enrouler autour de sa taille, sans cesser d'aller et de venir en elle avec des mouvements lents et doux, qui la faisaient fondre de volupté. Il écarta les cheveux mouillés collés sur son visage et la regarda avec une expression si intense, si pleine d'émotion, qu'elle en eut le souffle coupé.

Il serra les mâchoires et accentua ses mouvements.

Il l'embrassa à nouveau, et ils jouirent ensemble. Elle ressentait entièrement le plaisir de Ty, la chaleur qui émanait de lui. Elle s'accrocha à lui alors qu'il frissonnait contre elle, la figure enfouie dans son cou.

Quel bonheur parfait de le sentir ainsi en elle, sans aucune barrière! Elle avait l'impression que ce moment les avait encore rapprochés.

Mais à présent elle n'en pouvait plus. Elle était comblée.

Ty la poussa doucement pour la placer directement sous le jet de la douche afin de la laver, puis il la fit tendrement sortir de la cabine. Elle lui adressa un sourire endormi alors qu'il lui essuyait les cheveux avec une serviette.

— Je me peignerai demain, dit-elle.

Il la souleva et la porta jusqu'à leur immense lit, où il vint se coucher à ses côtés. Le temps qu'il éteigne la lumière, elle était au pays des songes.

Chapitre 21

Jenna s'était mise dans le pétrin.

Elle était assise dans le salon de ses parents, le dimanche, et prenait peu à peu conscience qu'elle avait commis la pire erreur de sa vie. Elle avait invité Ty à dîner.

Cela s'était produit dans un moment de faiblesse. Comblée par l'intensité de ses galipettes avec Ty, elle lui avait fait cette proposition lors du vol retour de Chicago. Elle ne s'attendait d'ailleurs pas à ce qu'il accepte : elle pensait qu'il aurait un match ou qu'il reprendrait la route. Après tout, elle ne connaissait pas son emploi du temps par cœur.

Or il ne jouait pas ce soir-là, parce qu'il partait en déplacement le lendemain. Il avait donc dit oui.

Aux yeux de sa famille, le fait de présenter quelqu'un équivalait à clamer qu'on l'aimait d'amour-toujours.

Ce qui dans son cas n'était absolument pas vrai.

À moins que…

Qu'éprouvait-elle au juste pour Ty ?

Elle n'était pas prête à se poser la question maintenant, alors qu'il allait débarquer dans dix minutes. Elle était nerveuse comme une future mariée.

Oh… euh… non, non, ce n'est pas une bonne comparaison !

— Qu'est-ce que tu as à t'agiter comme ça ? demanda sa mère.

— Moi ? Je ne m'agite pas !

— Tu te mords la lèvre. Je sais très bien que c'est un signe d'anxiété chez toi.

Jenna se hâta d'arrêter et sourit à Kathleen.

— Je ne suis pas du tout anxieuse, maman.

— Elle ment, déclara Mick. Elle amène un gars à la maison, alors elle panique. Elle croit qu'on va lui faire passer un examen, à ce malheureux.

Il lui embrassa les cheveux et se faufila à côté d'elle pour chiper une carotte sur l'îlot central de la cuisine.

— Refais ça et tu seras de corvée de vaisselle ! protesta sa mère en agitant son couteau d'office.

— Cette menace me laisse de marbre. Je sais que tu me forceras à faire la plonge, quoi que je fasse.

Il attrapa une branche de céleri et s'enfuit au salon, adressant un clin d'œil à Jenna au passage.

— Triste jour que celui où les casseroles sales ne suffisent plus à effrayer mes enfants…

Avec un éclat de rire, Jenna s'installa sur un tabouret devant l'îlot et commença à préparer la sauce pour les crudités.

— Maintenant qu'il est marié, je suis sûre que Tara lui fait mettre la main à la pâte régulièrement.

— Tout à fait, commenta l'intéressée en entrant dans la cuisine. Rien de tel que de grandes mains d'homme pour venir à bout de la graisse brûlée.

Elle s'assit à côté de Jenna et saisit un couteau pour débiter en bâtonnets les carottes et le céleri.

— Jenna est un peu nerveuse parce que son petit ami vient manger, aujourd'hui, dit sa mère.

Jenna la foudroya du regard.

— Ty va venir ? demanda Tara avec un sourire. C'est super ! Ça veut dire que les choses deviennent sérieuses entre vous.

Elle le savait, qu'elle aurait dû annuler, lui raconter qu'elle avait un rhume ou la grippe. Ou la lèpre.

— Non, ce n'est pas sérieux. On sort ensemble, point. Et c'est juste une invitation à dîner.

— À dîner avec toute ta famille. Ce n'est pas rien, objecta Tara.

— Et c'est la première fois que tu invites un garçon, ajouta Kathleen.

En effet, et justement à cause de ce genre de comportement !

— Écoutez, je vous dis que ce n'est rien d'important. On est seulement amis. Et Ty est déjà venu ici, donc ce n'est pas comme si je vous le présentais en grande pompe.

Liz fit entendre un petit rire en entrant dans la pièce.

— Ty et toi, vous êtes bien plus que des amis. Je t'assure, Kathleen, il faut voir les étincelles entre eux ! Il va falloir prendre Jenna avec des maniques, parce qu'elle sera en feu lorsqu'il sera prêt d'elle !

— Ce n'est vraiment pas drôle.

Et la solidarité féminine, alors ?

Liz donna une accolade à Jenna, puis à Tara.

— Je peux me rendre utile ?

— Oui, tu pourrais nous préparer du thé, suggéra Kathleen.

On se mit à parler de Gavin et de son entraînement en Floride. Jenna était soulagée de ne plus être le centre d'attention.

Quand soudain la sonnette retentit.

— J'y vais, cria-t-elle en quittant son tabouret précipitamment.

Elle s'essuya les mains sur un torchon. Mais le temps qu'elle franchisse le couloir, Nathan avait déjà fait entrer Ty et l'avait conduit au salon. Son père venait d'engager avec lui une conversation sur le hockey.

— Salut, dit-elle, en enfonçant les mains dans ses poches arrière.

Il était magnifique, avec son jean délavé et son sweat. Il tenait un bouquet.

— Salut.

— C'est pour moi ?

— Non, c'est pour ta mère.

Du coin de l'œil, elle vit son père lui adresser un grand sourire. Elle avait le cœur qui battait à deux cents à l'heure.

— Ah ! Ben, alors, viens dans la cuisine.

— Ne le garde pas trop longtemps enfermé là-dedans avec vous autres ! cria son père.

— Ne t'en fais pas.

Ils empruntèrent le couloir, et Ty s'arrêta à mi-chemin, la prit dans ses bras et l'embrassa avec tant de passion qu'elle en eut le souffle coupé.

— Je me suis dit que je n'aurais peut-être pas d'autre occasion de le faire aujourd'hui…

— Merci. Ça me fait du bien, répondit-elle, vibrante de désir.

Il lui prit la main, et ils entrèrent dans la cuisine. Jenna lui lâcha la main en voyant trois paires d'yeux brillants de curiosité se tourner vers eux.

— Tyler, quel plaisir de te revoir !

— Je vous ai apporté des fleurs, madame Riley.

— Fayot, chuchota Liz.

Tyler lui répondit par un clin d'œil.

— Oh, qu'elles sont belles ! Merci. Et tu peux m'appeler Kathleen, dit celle-ci en s'avançant vers Ty pour lui faire la bise. Est-ce que tu pourrais m'attraper ce vase, là-haut ?

Il lui tendit le récipient, qu'elle remplit d'eau.

— Je vais m'en occuper, proposa Tara en prenant le bouquet.

— Tyler, va donc rejoindre les hommes au salon. Nous n'allons pas tarder à manger.

Il échangea un signe de tête avec Jenna. Puis, à sa grande surprise, il se pencha vers elle pour lui donner un rapide baiser.

— À tout de suite, murmura-t-il.

— Alors, dit Kathleen. On sort juste ensemble, hein ? Rien de très sérieux, n'est-ce pas ?

— Je ne sais pas ce que vous en pensez, mais je trouve qu'il fait soudain très chaud ! commenta Tara.

— Je vous l'avais dit…, énonça Liz d'un air sentencieux.

Jenna les regarda tour à tour et finit par hausser les épaules.

— Bon, d'accord, c'est peut-être un peu plus que ça.

— Voilà qui ne fait aucun doute, décréta sa mère.

— Je vais te dire, j'ai bien cru que tu allais tomber par terre, quand il t'a embrassée. Et on était toutes prêtes à tomber aussi ! plaisanta Tara en s'éventant avec une serviette de table.

— Tu es amoureuse, affirma Liz d'un air sagace.

— Pas du tout.

— Jenna, pourquoi tu nies l'évidence ? De quoi tu as peur ? demanda sa mère en contournant l'îlot pour obliger Jenna à la regarder. Il y a quelque chose qui ne va pas entre vous ? C'est Ty, il a un problème ?

Elle n'avait pas envie d'en parler. Pas maintenant, et pas avec sa mère

— Non, il n'y a pas de problème. On n'est pas amoureux, c'est tout.

— Tu mens, reprit Liz. Ty se comporte comme un amoureux transi.

— C'est vrai ? À quoi tu vois ça ?

— Un gars n'embrasse pas sa copine devant la mère de celle-ci sans avoir des projets très sérieux avec elle, expliqua Tara.

— Exactement ! renchérit Liz.

Jenna se tourna vers sa mère, qui acquiesçait vigoureusement.

— Je ne peux qu'être d'accord. Ce garçon est fou de toi.

Elle ne put réprimer un petit frisson. Ty, amoureux d'elle ?

Non. Sa mère, Tara et Liz tiraient trop de conclusions d'un simple baiser. Ce n'était pas vrai. Il ne lui avait jamais parlé d'amour.

D'ailleurs, elle non plus, puisqu'elle avait décidé de ne pas tomber amoureuse d'un joueur de hockey.

Quand elles eurent terminé de préparer l'apéritif, Jenna l'apporta dans le salon. Les hommes regardaient une course. Tyler était assis sur le canapé, penché en avant vers la télé, aussi passionné par ce qu'il voyait que Mick, Nathan et le père de Jenna.

— Le trente-six commence bien la saison, commenta Jimmy.

— Pas du tout, protesta Tyler. D'après la rumeur, il ne s'entend pas avec le chef de son équipe technique. Apparemment, le propriétaire de l'écurie voudrait des nouvelles têtes. Il aura bien de la chance s'il finit la saison.

Jimmy lui lança un regard assassin.

— Ce n'est pas parce que tu te pâmes devant le numéro quarante-sept, comme tout le monde, que tu peux tout savoir, mon garçon !

— Peuh ! rétorqua Ty. Retiens bien ce que je te dis : il ne dépassera pas la moitié de la saison.

— Vous avez tort tous les deux, intervint Mick. Cette année, ce sera le numéro quinze qui triomphera.

Jenna leva les yeux au ciel.

— Ne vous disputez pas, les garçons. J'ai apporté l'apéro.

Elle posa le plateau sur la table basse.

Ty l'attrapa par la main et la fit asseoir à côté de lui sur le canapé.

Aucun des hommes présents dans la pièce ne fit de commentaire quand elle se blottit contre lui. D'ailleurs, personne ne les regarda. Tous les yeux étaient tournés vers l'écran. Des voitures filant à trois cents kilomètres-heure étaient apparemment plus intéressantes que le bras de Ty autour des épaules de Jenna. Et puis c'étaient des mecs. Ils s'en foutaient.

Elle se prenait trop la tête. Elle ferait mieux de se détendre.

Sa mère avait prévu des spaghettis aux boulettes de viande, un plat dont Jenna raffolait. Mme Riley avait également fait du pain maison, et l'odeur flottait dans toutes les pièces. Quand l'heure du dîner arriva enfin, Jenna avait l'estomac qui gargouillait.

Ils passèrent à table et attaquèrent le repas en silence, chacun se concentrant avec plaisir sur son assiette.

— Alors, Ty, attaqua Jimmy, la dernière fois qu'on t'a vu, c'était Gavin qui t'avait amené. Et Liz est ton agent. Aujourd'hui, tu es ici en tant que petit ami de Jenna.

Ah, merde ! Jenna s'arrêta, la fourchette à mi-chemin de la bouche, et tourna les yeux vers Ty.

Sympa de le mettre à l'aise, papa. Où est-ce que la conversation allait les mener, maintenant ?

Nulle part, apparemment. Jimmy se tut. Ty n'avait plus qu'à se débrouiller pour répondre, alors qu'il n'y avait pas de question.

— Oui. Et je suis bien content d'être revenu. La merveilleuse cuisine de Kathleen me manquait.

— Un vrai cordon-bleu, ma femme, pas vrai ? renchérit Jimmy, rayonnant. C'est un véritable génie. Et certains des plats qui figurent sur la carte du *Riley's* sont des recettes qu'elle a créées elle-même.

— Oh, Jimmy…, tu vas me faire rougir !

— Non, c'est la vérité.

— J'adore le bœuf braisé du *Riley's*, commenta Ty. J'en mange chaque fois que j'y vais.

Jenna poussa un soupir de soulagement. Ty n'avait absolument pas l'air gêné qu'on le qualifie de « petit ami ».

À moins qu'il n'ait pas vraiment entendu ou qu'il n'ait pris cela que comme une remarque sans importance.

— Tu es trop gentil, Ty. Merci.

— Non, c'est moi qui te remercie. Je n'ai pas souvent l'occasion de déguster de la cuisine maison, alors ça me fait vraiment plaisir.

— Jenna ne te fait pas à manger ?

— Elle travaille à l'heure des repas, et les matchs me mènent tard. Mais elle m'a déjà préparé des petits plats.

— Je ne suis pas une grande fan des casseroles. Je préfère m'inviter ici, objecta Jenna.

— Eh bien, si tu veux te marier un jour, il va falloir que tu apprennes !

Le propos de son père ne lui plut pas tellement.

— Papa, personne n'a parlé de mariage. On sort ensemble, c'est tout.

Ty lui prit la main et la pressa doucement.

— Mais je sais me servir d'un barbecue. Nous ne mourrons pas de faim.

— C'est une bonne chose, acquiesça son père. Cette jeune fille travaille trop. Autrement, elle saurait déjà se débrouiller devant un fourneau.

Jenna serra les dents. Il y avait des milliers de choses qu'elle aurait voulu dire, mais elle préféra tenir sa langue. Son père était très vieux jeu sur certains points, mais cela ne le dérangeait pas pour autant qu'elle travaille sept jours sur sept au *Riley's*. S'il s'était donné la peine de revenir prendre sa place de gérant, elle aurait sans doute trouvé le temps d'apprendre à cuisiner, entre autres. Elle n'avait jamais le temps de rien…

Même pas celui de vivre sa vie.

Elle baissa la tête, soudain envahie par la culpabilité. L'année précédente, son père avait frôlé la mort à la suite d'une crise cardiaque. Elle n'avait pas le droit de lui reprocher son absence au bar, même en pensée. Il pouvait faire tous les choix qu'il voulait. Elle était déjà heureuse qu'il soit toujours là.

Ty lui tapota la cuisse.

— Ça va ?

— Oui.

— Comment ça se passe au bar, ces jours-ci ? demanda sa mère.

Elle releva la tête et s'efforça de sourire.

— Très bien. Beaucoup d'affluence presque tous les soirs.

— Même en semaine ? voulut savoir son père.

— Oui. Entre le basket et le hockey, les clients sont comme fous. Et ça ne gâche rien que certains joueurs des Ice soient des habitués.

Kathleen adressa un sourire chaleureux à Tyler.

— Nous sommes très heureux que tu fréquentes notre bar. Nos clients adorent avoir des stars parmi eux.

— Jenna fait un travail formidable. L'ambiance est sympa, on mange vraiment bien, et le personnel est agréable. Pour mes coéquipiers et moi, c'est presque chez nous.

— Parfait, dit Jimmy. J'espère que tu continueras à t'y sentir bien. Kathleen et moi aussi, on s'y sentait comme à la maison.

— Tu devrais venir de temps en temps, papa. Les habitués te réclament.

— Ce n'est plus comme avant..., répondit-il avec un haussement d'épaules.

— Parce que tu n'as plus le droit de boire de bière, le taquina son épouse. Mais tu pourrais quand même passer une excellente soirée avec tes amis.

— Et tu peux te rabattre sur une bière sans alcool. Elles sont aussi délicieuses que les vraies. Ça me ferait plaisir que tu viennes, et je ne suis pas la seule.

— Je pointerai peut-être le bout de mon nez un de ces soirs, pour vérifier que mon bébé fait un aussi bon boulot que son papa.

Si la conversation continuait sur cette lancée, elle allait devoir demander un rendez-vous en urgence chez le dentiste, tant elle avait mal aux mâchoires à force de grincer des dents…

Après le dîner et la vaisselle, tout le monde retourna au salon. Kathleen prit son tricot, Tara et Liz s'installèrent dans un coin pour se pencher sur les préparatifs du mariage de Liz et de Gavin, et les hommes s'affalèrent devant la télé pour la fin de la course.

Ty et Jenna étaient restés dans la cuisine pour ranger les casseroles.

— Ce serait le moment de mentionner ton projet, dit Ty.

Elle lui tendit une sauteuse. Il était accroupi devant le placard, occupé à remettre chaque ustensile en place.

— De quoi tu parles ?

— Du nouveau bar.

— Non. Franchement pas.

Cela ne serait jamais le bon moment.

Il rangea la dernière casserole, puis se leva et s'appuya contre le comptoir.

— Pourquoi tu dis ça ?

— Tu as entendu mon père… Je ne suis même pas sûre que ma gestion du *Riley's* lui plaise.

— J'ai eu l'impression qu'il te taquinait, moi…, dit Ty en riant.

Elle posa les fesses sur le bord d'un tabouret.

— Tu ne le connais pas. On pourrait croire qu'il rigole, mais le bar, c'est sacré pour lui. Et il n'aime pas le changement. Il n'accepterait pas l'idée d'un deuxième établissement.

— Tu ne peux pas en être certaine tant que tu n'en auras pas discuté avec lui. Financièrement, vous en êtes où ?

— Tout va bien.

— Alors, prépare un projet solide et présente-le-lui. C'est une bonne idée, Jenna, dans laquelle tu pourrais mettre ton talent à profit.

— Je ne comprends pas pourquoi tu insistes.

— D'abord, parce que j'estime que tu te gâches en étant barmaid. Ensuite, parce que je crois qu'en ouvrant ce bar tu pourrais chanter et que ça te rendrait heureuse, car tu ferais enfin ce que tu aimes. Et puis parce que ce serait une excellente opération financière. Tu as déjà toutes les compétences. Je pense que tu réussirais.

Tout ce qu'il disait était raisonnable, logique même.

Mais elle n'en ferait rien. Elle secoua la tête et descendit du tabouret.

— C'est trop risqué. Papa ne voudra jamais.

Et surtout elle-même ne voudrait jamais.

Elle s'apprêtait à sortir de la pièce, mais il lui prit les mains.

— Dans ce cas, convaincs-le. Je ne connais personne qui sache argumenter mieux que toi. Tu voudrais me faire croire que tu es incapable de tenir tête à ton père ? Si tu as des chiffres à lui présenter, il sera obligé de t'écouter. Chante devant tes parents. Invite-les dans la boîte où on est allés ensemble et montre-leur comment ça fonctionne.

— Non, je ne veux pas, dit-elle en agitant les mains. Il ne suffit pas que ça te semble une bonne idée pour que j'aie envie de le faire.

— Tu as peur de franchir ce pas, de même que tu as peur de chanter devant ta famille.

Elle regarda dans le couloir pour s'assurer que personne ne l'avait entendu.

— J'en ai assez d'avoir cette conversation en boucle. Je ne veux plus en parler.

Mais Ty n'était pas décidé à lâcher prise.

— Au début, je croyais que tu avais peur de l'échec. Maintenant, je pense que tu as peur de la réussite.

— C'est grotesque. Je ne pense pas qu'ouvrir un deuxième bar soit une bonne idée, c'est tout.

— Et ça n'a rien à voir avec le fait de chanter devant ta famille… Tu as peur d'être si douée qu'ils aient envie de t'écouter à nouveau. Ou qu'ils estiment que tu pourrais faire quelque chose de cette voix incroyable que tu as. Ce qui t'obligerait à t'extraire de ton petit confort – de ce cocon dans lequel tu t'es si soigneusement enveloppée – et à ne plus accepter d'être aussi malheureuse.

— Quoi ? Qu'est-ce que tu racontes ? Je ne suis pas malheureuse !

— Mais si, affirma-t-il en s'approchant.

— Non, protesta-t-elle en reculant. Tu es qui, pour savoir mieux que moi ce que je ressens ? Je suis parfaitement satisfaite de ma vie. Je l'étais avant que tu y entres et je le serai quand tu en seras sorti.

— Tu es en train de me larguer, Jenna ?

— Non. Je ne sais pas. Arrête d'insister avec cette histoire. Ça ne me plaît pas.

— J'essaie seulement de t'aider…

— Eh bien, c'est raté. Ce n'est pas ce que je veux. Et si tu crois que tu le sais mieux que moi, c'est que tu ne m'as pas écoutée, toutes les fois où je te l'ai répété.

Il s'éloigna d'un pas et leva les mains en signe d'apaisement.

— Si c'est vraiment ce que tu ressens, je peux te laisser tranquille.

Elle acquiesça. Pourtant, elle était accablée, comme si un mur invisible venait de se dresser entre eux.

— Je retourne au salon avant que tout le monde se demande de quoi on parle, enfermés dans la cuisine.

— Très bien.

Elle sortit, abandonnant Ty dans la pièce.

Pour une réussite…

Tyler prit une canette de soda dans le frigo. Il avait besoin de se calmer, de réfléchir. Il fit quelques pas dans le jardin.

Il faisait froid. Il aurait mieux fait de prendre son manteau. Oh, et puis merde ! Il n'en mourrait pas. Il passait sa vie sur la glace, de toute façon…

Peut-être que la température polaire allait l'aider à mettre de l'ordre dans ses pensées.

— Tu t'entraînes pour un concours de résistance aux températures extrêmes ?

Ty se retourna et vit Mick debout sur les marches. Ce dernier referma la porte de la cuisine derrière lui.

— Euh, non. Et toi ?

— Certainement pas ! répondit Mick en riant. C'est déjà bien assez pénible d'être obligé de jouer au football par ce temps. On ne peut pas dire que j'en raffole particulièrement.

— Et moi qui te prenais pour une force de la nature…

— J'avoue, je préfère les stades couverts, un petit vingt-deux degrés. Mais ne va pas casser ma réputation en racontant ça aux journalistes !

— Maintenant, j'ai un moyen de pression contre toi. Tu n'aurais jamais dû me confier ce secret…

— Viens, dit Mick en descendant des marches.

Il conduisit Tyler dans le garage. Ils entrèrent par une porte latérale. Malgré l'absence de chauffage, il faisait nettement moins froid que dans le jardin, où un vent aigre transperçait leurs habits.

Mick s'appuya sur l'une des deux voitures, recouverte d'une bâche.

— Qu'est-ce qui se passe entre ma sœur et toi ?

— De quoi tu parles ? demanda Tyler, un peu surpris.

— Je vous ai entendus vous disputer.

— Ça ne te regarde pas.

Mick se gratta le nez, manifestement ennuyé.

— C'est sans doute ce que j'aurais dit moi-même à quelqu'un qui aurait voulu se mêler de ma relation avec Tara.

— Il ne s'est rien passé. J'ai des sentiments pour Jenna. Mais on n'est pas toujours d'accord sur certaines choses.

— Mes parents t'apprécient, et Jenna aussi, ça se voit.

— Alors, ça devrait te suffire.

— Ça devrait…

— Mais… ?

— Tu sais, je suis l'aîné, et Jenna est ma petite sœur. C'est mon rôle de veiller sur elle.

— Bien sûr.

— Mais je sais également qu'elle est têtue comme une mule. Elle ne rend pas la vie facile aux mecs qui sortent avec elle.

Ty se demandait où Mick voulait en venir. Il décida de l'écouter.

— Elle est parfois… difficile, reprit ce dernier.

— C'est peu de le dire ! renchérit Ty.

— Elle est indépendante, c'est une dure à cuire, et elle freinera des quatre fers si tu essaies de la faire changer.

— Je n'en ai pas envie. Elle me plaît comme elle est.

— Mais elle est aussi d'une fidélité sans faille à l'égard de ceux qu'elle aime. Et c'est la première fois qu'elle amène un gars à la maison, donc ça veut dire que tu comptes pour elle.

Ty contempla le sol un moment, puis lança un regard en biais à Mick.

— Merci. Elle compte aussi beaucoup pour moi. C'est juste que je ne sais pas comment lui donner ce qu'elle veut vraiment.

— Et c'est quoi, à ton avis ?

— Je ne peux pas te le dire.

— Euh… je suis perdu, là, dit Mick en croisant les bras.

— Désolé. Je ne veux pas trahir sa confiance.

Mick s'écarta de la voiture et donna une tape sur l'épaule de Ty.

— Ça me va. Elle t'a confié un secret, tu le gardes. C'est bien. Du coup, on ne peut pas trop en discuter, mais si tu penses qu'elle veut vraiment un truc et qu'elle ne fait pas ce qu'il faut pour l'avoir, insiste.

— Tu crois ?

— Oui.

— Elle a horreur de ça, pourtant.

— C'est vrai, approuva Mick en riant. Elle n'a pas son pareil pour freiner. Mais tu crois qu'elle pourrait être heureuse sans avoir ce qu'elle veut ?

Chapitre 22

Jenna attendit un moment en se rongeant une petite peau sur un doigt pendant que Tyler traînait dans la cuisine. Mick y était également, et elle supposait qu'ils papotaient ensemble.

Il finit par réapparaître et resta encore quelque temps avec la famille, mais le changement qui s'était opéré entre eux deux était manifeste. Ty alla s'asseoir à côté de Jimmy et se concentra sur la course. Jenna était avec Liz et Tara. Elle écoutait d'une oreille distraite les discussions sur le mariage. Elle ne pouvait s'empêcher de lancer des regards furtifs à Ty, qui ne s'était pas tourné une seule fois vers elle.

Il était fâché. Ou triste. Ou autre.

Elle n'y pouvait rien. Elle savait très bien ce qu'elle voulait, et ce qu'elle ne voulait pas.

Ce serait chouette d'avoir un autre bar – consacré à la musique et non au sport –, mais ce n'était qu'un rêve qui ne se réaliserait jamais. Il ne suffisait pas à Ty d'insister pour que cela se produise par magie.

Elle n'aurait jamais dû chanter devant lui, ni même se laisser aller à y songer. S'il n'avait été au courant de rien, ils ne se seraient pas disputés.

— Jenna, tu peux venir m'aider une minute dans la cuisine ?

— Bien sûr, maman, répondit-elle.

Elle s'arracha à ses pensées et se leva.

Sa mère avait préparé deux tartes, une aux cerises, l'autre à la noix de coco. Jenna aimait les pâtisseries maison, et Kathleen faisait les meilleures du monde – à son avis, du moins.

— Sors les assiettes du placard et prends la crème fouettée dans le frigo. Je vais chercher des petites fourchettes.

— D'accord.

Jenna s'affaira à apporter le nécessaire dans la salle à manger. Quand elle revint dans la cuisine, Kathleen découpait les tartes en parts.

— Tu t'es disputée avec Ty ?

Sa mère avait une ouïe surnaturelle, évidemment.

— Non, tout va bien.

— Tu ne préfères pas me dire la vérité ? demanda Kathleen avec l'air de quelqu'un à qui on ne la fait pas.

— Mais c'est vrai, maman. Ce n'était rien. Il y a juste un ou deux points sur lesquels on n'est pas d'accord.

— J'aimerais te poser une question.

— Je t'écoute.

— Est-ce qu'il est bon avec toi ?

— Quoi ?

— Est-ce qu'il te traite bien ?

— Bien sûr ! Je ne serais pas restée avec lui, autrement.

— Est-ce qu'il te respecte ?

— Oui.

— Comment tu te sens, quand tu es avec lui ?

— Maman, s'il te plaît…

— Réponds.

Elle se laissa tomber sur un tabouret et plongea un doigt dans la crème fouettée.

— Je me sens… tout entortillée. Toute sucrée, comme les tartes aux pommes que tu fais.

— Je vois, commenta sa mère d'un air sagace. Et comment tu te sens quand il n'est pas là ?

— Tout entortillée aussi. Il me manque, soupira Jenna.

— Est-ce que tu lui as dit que tu étais amoureuse de lui ?

Mon Dieu, sa mère était douée pour les interrogatoires !

— Je ne suis pas amoureuse de lui.

— Tu en es sûre ?

— Je ne sais pas, maman. Je ne sais pas ce que je ressens. Je n'ai jamais été amoureuse, avant.

— Tu n'as pas ta pareille pour cacher tes émotions, pour refuser la proximité. L'amour, ça peut faire peur, ma chérie. Mais tu es forte, et je sais que tu es capable d'affronter tes peurs, comme tu as affronté toutes les aventures que tu as vécues dans ta vie. Un Riley ne cède jamais à la peur.

Ça alors ! Elle ne s'attendait pas à cela. Elle n'aurait jamais cru que la conversation pourrait devenir aussi profonde en si peu de temps. Mais le vin était tiré.

— Je n'aime pas les échecs…

— Je sais. Mais, si tu veux quelque chose qui en vaut la peine, il faut accepter le risque.

C'était exactement l'ouverture dont elle avait besoin.

— Maman, il y a un truc dont je voudrais te parler.

— Vous les apportez, ces tartes, ou il faut que je vienne les chercher moi-même ?

Merde !

C'était son père, suivi de Nathan et de Mick.

— C'est vrai... Il est où, le dessert ? demanda l'adolescent d'un air affamé.

Le moment était passé.

— On reparlera de tout ça plus tard, lui dit sa mère avec un regard appuyé.

Mais il n'y eut pas de plus tard, car, aussitôt après le dessert, Ty déclara qu'il devait rentrer. Et comme Jenna voulait absolument parler avec lui avant qu'il s'absente pour ses matchs à l'extérieur, elle décida de partir en même temps que lui.

Ils prirent congé. Tyler était un véritable gentleman, il remercia Kathleen pour le repas et serra la main de Jimmy à qui il promit de venir regarder du sport à la télé et jouer au basket dans le jardin quand il ferait meilleur.

Elle se demandait s'ils seraient encore ensemble au printemps.

En avait-elle envie ? Elle avait déjà passé plus de temps avec lui qu'elle n'en avait eu l'intention, et il avait l'habitude de la pousser hors de ses retranchements. Elle mènerait une vie bien plus facile sans lui.

Pourtant, elle était là, sur le chemin de la maison, Tyler la suivant dans son véhicule. Elle ferait preuve d'intelligence en le larguant avant qu'il ait pu la blesser. Ou l'inverse.

Elle rentra sa voiture et ressortit. Après avoir fermé la porte du garage, elle fit entrer Ty dans l'appartement. Il allait neiger, et un vent glacial soufflait du nord en rafales.

Il se hâta de refermer le battant, se frottant les mains pour les réchauffer.

— J'ai vu quelques flocons, en chemin. Je crois que ça va commencer à tomber tôt, ce soir.

— J'en ai vu aussi. J'écoutais la météo dans la voiture. Apparemment, ce sera une grosse tempête. J'espère que ton avion pourra décoller demain matin.

Il s'approcha de la fenêtre pour contempler les branches de l'arbre du jardin, qui s'agitaient dans le vent, avant de se tourner pour regarder la cheminée.

— Tu as du bois ?

— Oui, dans la cour.

— Que dirais-tu d'un bon feu ?

— Super idée. Je vais nous préparer quelque chose à boire. Qu'est-ce qui te ferait plaisir ?

— Un whisky.

Il se dirigea vers la cuisine.

— Tu restes, ce soir ?

Il s'arrêta et se retourna vers elle. Elle lut une question sincère sur son visage.

— Est-ce que tu veux que je reste ?

— Oui.

— Parfait, alors. Je veux bien ce whisky.

Elle prépara les verres pendant qu'il sortait chercher une brassée de bûches. Il les déposa près de l'âtre et démarra le feu. Elle s'assit à côté de lui devant la cheminée, écoutant le bois sec crisser et claquer sous l'action des flammes.

— Dommage que je n'ai pas de guimauves, dit-elle en sirotant son whisky.

Tyler descendit le sien cul sec avant de reposer son verre sur la table basse.

— Bof, ça ne va pas trop avec le whisky.

— Tu as raison, reconnut-elle avec une grimace.

Ils n'avaient pas reparlé de leur dispute, mais sa colère semblait s'être évaporée. Elle était contente qu'il ne soit pas du genre à ruminer indéfiniment ou à garder une rancœur. Elle avait horreur des mecs qui boudaient. Elle préférait nettement qu'on dise ce qu'on avait sur le cœur une fois pour toutes et qu'on tourne la page.

Mais la page était-elle vraiment tournée ? La question semblait peser entre eux, en attente d'une réponse, et c'était autant sa faute que celle de Ty.

— Je suis désolée, à propos de tout à l'heure chez mes parents.

— Ce n'est rien. J'ai insisté. Tu avais le droit de ne pas être d'accord.

Il était tellement facile à vivre…

— J'ai commencé à travailler sur le projet d'un nouveau bar, avoua-t-elle.

— C'est vrai ?

Il se leva, attrapa la bouteille de whisky et se resservit.

— Raconte, ajouta-t-il.

— Ce sont juste des estimations du coût et de la faisabilité. J'ai fait un cahier des charges de ce que je veux en termes d'espace et d'ameublement, la liste du personnel nécessaire, ce genre de choses.

— Ça m'intéresse, si ça ne t'embête pas de me montrer.

— Je vais chercher mes notes, répondit-elle, à la surprise de Ty qui s'attendait à une rebuffade.

Elle se leva pour aller dans son bureau. En revenant, elle s'arrêta quelques secondes sur le pas de la porte, saisie par l'immense séduction que dégageait Ty, ainsi appuyé contre le canapé, devant la cheminée. Les flammes soulignaient la teinte sombre de sa chevelure, la virilité de ses traits, la minceur de ses membres, mise en valeur par sa posture, un coude posé sur le genou, alors qu'il faisait tournoyer son whisky dans son verre.

Elle respira un grand coup avant d'entrer dans la pièce et de s'asseoir.

— Voyons voir, dit Ty avec un sourire.

Elle fit défiler les pages entre ses doigts pour arriver au début du projet.

— Par endroits, ce ne sont que des gribouillis. Ça n'a peut-être pas tellement de sens.

— Je suis sûr que je n'aurai aucun mal à déchiffrer. Je suis le roi des pattes de mouche. Montre.

Ne trouvant plus aucune excuse, elle lui tendit le cahier, puis avala son whisky, espérant puiser du courage dans le breuvage ambré.

Il se mit à parcourir les notes, tout en murmurant ses commentaires.

— Tes chiffres semblent réalistes. J'aime ta façon de raisonner sur l'espace. Est-ce que tu as pensé à l'électricité nécessaire pour le son ?

— Oui, c'est là, répondit-elle en cherchant un peu plus loin dans le cahier pour le lui montrer. Ce sont seulement des estimations provisoires. J'imagine qu'il faudra que je consulte un électricien et quelqu'un qui bosse dans ce genre d'endroits si jamais j'ai besoin de chiffres précis sur les branchements et le voltage.

— Bonne idée, mais tes estimations semblent justes. Est-ce que tu as déjà réfléchi au personnel ? Et à la demande de licence pour l'alcool ? À l'assurance ? Est-ce que tu veux servir uniquement des boissons ou également des repas ?

Elle se resservit du whisky.

— Tu penses à tout, n'est-ce pas ?

— Toi aussi, à en croire ce cahier. Tu as déjà bien avancé.

— Oh, ce sont juste quelques notes, comme je te l'ai dit. Ça ne signifie rien.

— Pourquoi tu fais ça ?

— Ça quoi ?

— Prétendre que ce que tu entreprends n'a pas d'importance. Arrête de te dévaloriser. Ça pourrait au contraire être un grand pas pour toi et pour ta famille, Jenna. Le *Riley's* a un énorme succès. En créant un deuxième bar, tu pourrais doubler les revenus.

Cette remarque semblait pleine de bon sens.

— Mais tu ne crois pas que ce serait plus judicieux d'ouvrir un autre bar sportif, dans un quartier différent ?

— Peut-être. C'est une possibilité. Mais est-ce ce que tu veux vraiment ?

Non ! Aussitôt que la phrase s'était formée dans sa tête, elle avait pris conscience qu'ouvrir un autre bar sportif était aux antipodes de ce qu'elle désirait. Ce qu'elle voulait vraiment, c'était ce qu'elle avait toujours considéré comme impossible.

Jusqu'à ce qu'elle rencontre Ty. À présent, elle désirait des choses qu'elle n'avait jamais osé convoiter auparavant.

Elle ne voulait plus y penser, du moins pour ce soir. L'immensité des possibilités lui donnait la migraine.

Elle posa les deux verres sur la table derrière elle. Puis elle s'installa sur les genoux de Ty.

— La conversation est finie ? demanda-t-il.

— Oui. Tu vas partir pour quelques jours, et je ne veux pas passer notre dernière nuit ensemble à parler de plans et d'électricité.

— Ah bon ? Ça ne t'excite pas, toi ?

Elle éclata de rire et repoussa les cheveux qui retombaient sur le front de Ty.

— Absolument pas. Je préfère des choses un peu plus cochonnes…

— Les plans et l'électricité, ça peut être très cochon, dit-il en lui caressant les hanches, puis les fesses.

— Avec toi, tout peut devenir cochon. C'est pour ça que tu me plais.

Avant d'avoir pu dire ouf, elle se retrouva allongée sur le tapis, Tyler au-dessus d'elle.

— Ah bon ? Jusqu'où tu veux me voir devenir cochon ?

— Le plus possible.

Il lui remonta son pull pour lui embrasser le ventre, repoussant le tissu sur son abdomen puis sur ses flancs. Arrivé à la hauteur du soutien-gorge, il commença par embrasser le galbe de ses seins, puis il défit l'agrafe, par chance située sur le devant, afin de contempler la poitrine de Jenna.

— C'est fou, l'effet de la lumière du feu sur ta peau. Tu es toute dorée, commenta-t-il en lui enlevant son pull puis son soutien-gorge.

Il se pencha pour lui déposer de petits baisers sur les tétons. Puis il en prit un dans sa bouche, le suça, le mordilla. Elle se cambra pour presser son sein contre la bouche de Ty. Il l'enlaça et l'attira contre lui, suçant le mamelon plus fort.

— Oh oui, c'est ça que je veux ! soupira-t-elle.

Il titillait les deux seins – et Jenna – jusqu'à lui faire perdre la tête. Elle se tordait de désir entre ses bras. Il finit par relâcher les deux tétons, roses et brillants.

Il ouvrit alors le pantalon de Jenna, le lui arracha, et la culotte suivit. Elle était baignée dans la chaleur du feu, nue devant Ty. Il lui caressa d'abord le ventre, descendant lentement en direction de son sexe, prenant tout son temps pour la torturer. Enfin, il arriva à destination et se mit à la stimuler du bout des doigts. Elle se cambrait vers lui, éperdue, cherchant un contact encore plus intime avec la main de Ty.

Mais celui-ci avait d'autres idées en tête. Il la prit par les fesses et se pencha vers elle. Elle se redressa sur les coudes pour le regarder poser la bouche sur son sexe.

Elle frissonnait dans la chaleur du feu. Elle n'était plus consciente que de ses caresses, de la façon dont il tournait autour de son clitoris avant de le prendre dans sa bouche pour faire vibrer le piercing avec sa langue. Elle aurait voulu mourir de plaisir à cet instant. Le fait de le regarder ne faisait qu'accroître son désir. C'était une image incroyablement intime, et les regards qu'il lui lançait lui coupaient le souffle. Elle sentait des picotements annonciateurs d'orgasme, presque gênée qu'il arrive à la faire jouir aussi facilement. Il la connaissait à présent si bien qu'il savait exactement où la toucher, où la lécher, pour l'envoyer au septième ciel.

Elle se pressa contre sa bouche pour lui faire accélérer le mouvement. Devinant ce qu'elle voulait, il glissa ses doigts en elle afin de décupler sa volupté. Elle cria, s'abandonnant complètement à la violence de son plaisir, avant de retomber sur le tapis, épuisée et hors d'haleine.

Ty se leva pour se déshabiller. Jenna se tourna sur le flanc pour le regarder.

— Tu pourrais me faire un striptease. Ce serait beaucoup plus intéressant.

— Pas la peine d'y penser, répondit-il en riant. Je n'ai aucun sens du rythme.

— Menteur ! On a déjà dansé ensemble, et tu te débrouilles très bien.

— Je ne suis pas vraiment le roi de la pole dance non plus…

— Tiens donc. Je découvre que tu t'y es déjà essayé… J'ignorais que tu avais fait carrière dans l'effeuillage, autrefois.

— Désormais, tu connais mon secret le plus intime.

Elle le contempla, débarrassé de son caleçon, et se dit qu'il pourrait se contenter de rester debout, nu. Les femmes lui lanceraient des billets… Malgré les cicatrices récoltées lors de ses affrontements sur la glace, il était la personnification de la beauté masculine.

Elle tendit le bras pour lui caresser le mollet. Elle aimait ces muscles qui témoignaient de sa force.

Il s'allongea sur le tapis et l'attira contre lui. Il l'embrassa avec tant de fougue qu'elle en oublia de songer à la beauté de son corps d'athlète pour se concentrer sur sa bouche. Elle savait qu'il allait lui manquer pendant cette semaine de déplacement. Elle avait peu à peu pris l'habitude de sa présence, de ses caresses et de ses baisers. Elle aimait particulièrement ces derniers, la façon désinvolte qu'il avait de lui frôler la bouche du bout des lèvres, avant de la coucher sur le dos pour l'embrasser avec une passion qui la faisait s'enflammer de désir.

Son cœur battait à toute vitesse, son pouls était tellement affolé qu'elle se sentait brûlante, au bord du vertige. Le monde sembla s'effacer : elle ne percevait plus que les lèvres de Ty, sa langue, sa main qui lui caressait les seins, lui pinçait les tétons jusqu'à ce qu'elle se presse contre lui.

Elle tendit les doigts vers sa queue qu'elle se mit à caresser, passant le pouce sur le sommet du gland.

Le grognement que poussa Ty ne fit qu'accroître le désir de Jenna de le sentir en elle. Lorsqu'il la fit basculer à plat ventre, elle n'attendait que lui.

— À genoux, ordonna-t-il, en attrapant un préservatif.

Il posa les mains sur ses fesses et lui écarta les jambes avec sa cuisse. Elle frissonna de plaisir anticipé en sentant la queue de Ty entrer doucement en elle. Elle se tordit pour mieux percevoir la main qu'il promenait sur son dos.

Ty ne connaissait rien de plus sexy qu'une femme dans cette position. Il s'enfonça d'un coup en elle. Elle soupira et vint se serrer contre lui, le sexe vibrant de plaisir alors qu'il commençait un lent va-et-vient.

— J'adore te prendre comme ça, confia-t-il en lui caressant le dos. J'aime ton tatouage.

Jenna était une femme rebelle, un peu sauvage, parfaite pour lui. Elle se cambra pour mieux le sentir, et il la pénétra aussi loin qu'il put. Mais pas trop fort, pas encore. Il fallait qu'il attende, sinon cela allait finir trop vite. Elle était brûlante, passionnée, frissonnante de plaisir, et il voyait les flammes se refléter sur sa peau.

Il se redressa afin de contempler sa queue qui entrait en elle. Il lui écarta les fesses et se sentit soudain attiré par le petit trou plissé qu'il venait de révéler. Il se lécha un doigt avant de venir la caresser à cet endroit, en rythme avec ses coups de reins. Elle gémit de plaisir.

Il introduisit le bout de son doigt, lui arrachant un cri de volupté.

— Où est-ce que tu ranges ton lubrifiant, Jenna ?

— Dans le tiroir du haut de ma table de nuit.

— Ne bouge pas. Je reviens.

Il se retira, se hâta vers la chambre où il prit le gel et revint tout en s'enduisant le doigt. Il reprit les choses là où il les avait laissées et se remit à jouer avec elle, attentif à bien appliquer le lubrifiant. Il introduisit l'index plus profondément.

— Oh oui ! gémit-elle en posant la tête par terre, levant le bassin vers lui. C'est bon…

Il se mit à entrer et à sortir le doigt en rythme avec les mouvements de sa queue. Elle le tenait fermement en elle, de tous ses muscles. Il mourait d'envie de mettre sa bite à la place de son doigt, sans plus attendre.

— Tu veux ? demanda-t-il en entrant plus profondément avec son index.

— Oui, répondit-elle d'une voix haletante. Dans la chambre. J'ai un gode, ça me fera jouir pendant que tu me prendras comme ça.

— Tu me surprendras toujours, Jenna, commenta-t-il en secouant la tête.

— J'espère bien, dit-elle avec un sourire en coin.

Ils se dirigèrent vers la chambre. Jenna s'allongea sur le lit et attrapa un gros gode très réaliste dans sa table de chevet. Elle lui tendit le lubrifiant.

Il lui sourit.

— Je vais te défoncer le cul, et ça va te faire jouir. Ça va nous faire jouir tous les deux, comme jamais auparavant.

Elle se mit à quatre pattes, lubrifia le gode et l'enfonça en elle.

— Je sens que ça va me plaire, répondit-elle.

Hmm, il aurait pu se contenter de rester à la regarder jouer avec cet engin, et se faire plaisir tout seul. La vision qu'elle lui offrait en cet instant était tellement excitante qu'il était déjà proche du point de non-retour.

— Oh, Jenna…

— Tu aimes ça, me regarder ?

— Oh oui !

— Fais-moi penser à me branler devant toi, un de ces jours.

Il attrapa sa queue et commença à se caresser.

— Quand tu veux, chérie. Ça ne me dérange pas de jouer les voyeurs.

— Viens me mettre ta bite dans le cul. Je vais jouir.

Il enfila un préservatif et l'enduisit de gel avant d'en verser également sur l'orifice de Jenna. Il lui écarta les fesses, tremblant d'impatience de la prendre comme ça, de la sentir se donner du plaisir avec ce gode pendant qu'il agissait de son côté.

Il introduisit son gland dans le petit trou serré. Elle gémit.

— Si je te fais mal, dis-le-moi.

— Contente-toi de me prendre par-derrière, répondit-elle.

Elle ressortit le gode pendant qu'il entrait un peu plus profondément en elle.

Il s'y prit lentement, par étapes, serrant les dents à mesure qu'il sentait le corps de Jenna lui serrer la queue si fort qu'il menaçait de jouir d'un instant à l'autre.

Pas encore. Pas maintenant. Il attendit un instant, puis entra d'un coup en entier.

— Oh oui ! cria Jenna.

Elle se remit le gode. Il le sentit passer de l'autre côté de la fine barrière de chair qui séparait les deux canaux.

Elle commença un mouvement de va-et-vient qu'il imita.

— Oh oui ! Oui ! cria-t-elle.

Il était sur la même longueur d'onde. Les sensations étaient merveilleuses. Il suivait exactement le rythme du gode, à chaque instant.

Elle le serrait à la perfection, et il essayait de tenir jusqu'à ce qu'elle jouisse. Il aurait pu tout envoyer à n'importe quel moment. Il en avait des frissons partout. Chaque mouvement du gode faisait monter l'excitation d'un cran, comme une lente torture.

Il accéléra en même temps qu'elle, prêt à lui donner tout ce qu'elle voulait.

La sueur lui coulait sur tout le corps et dans les yeux alors qu'il se retenait, sans cesser d'aller et de venir en elle.

— Oh oui, Ty ! Oui ! Je vais jouir ! Plus fort !

Il était tellement à l'étroit en elle qu'il se sentait sur le point d'exploser. Il reprit ses mouvements avec vigueur. Enfin, elle cria et se tordit de plaisir. Il joignit ses cris aux siens et s'accrocha à elle, un bras passé autour de sa taille, secoué par des vagues de sensation.

Ensuite, il entraîna Jenna vers la cabine de douche. Elle s'appuya contre le mur comme une poupée de chiffon. Il la lava avec de tendres soins, puis éteignit l'eau et lui tendit une serviette.

— Je suis épuisée, dit-elle en se séchant les cheveux.

— Moi aussi.

Il regarda par la fenêtre. La neige qui tombait dru recouvrait l'herbe et les trottoirs. Il se demanda si son avion pourrait décoller le lendemain.

Il régla l'alarme de son téléphone avant de se mettre au lit avec Jenna et de l'attirer vers lui. Elle allait terriblement lui manquer lorsqu'il partirait.

Il n'aimait pas être loin d'elle.

Était-ce cela, l'amour ? Se sentir vide quand on est loin de la personne, comme si une partie essentielle de notre être était absente ?

Était-il en train de tomber amoureux de Jenna ? Il n'en avait pas eu l'intention. Il n'avait jamais souhaité être amoureux. Passer du bon temps, d'accord.

Mais l'amour… Il avait été témoin des ravages qu'il pouvait causer à ceux qui s'étaient prétendus liés l'un à l'autre.

Il ne voulait surtout jamais faire subir cela à Jenna. Briser la vie de celle qu'on aime… Non, ce n'était pas ça, l'amour.

Chapitre 23

Jenna se demandait quelle mouche l'avait piquée. Elle avait appelé Elizabeth et Tara pour les inviter dans la boîte où elle s'était rendue avec Ty.

Peut-être qu'elle en avait assez de la peur. Ou peut-être qu'elle avait besoin d'un autre avis.

Après tout, Ty était son amant. Coucher avec quelqu'un avait tendance à influencer les opinions au point d'en aimer quelque chose que tout le monde trouvait pitoyable. Le seul moyen d'en avoir le cœur net, c'était de demander leur avis aux deux personnes en qui elle avait le plus confiance.

Si elle n'avait aucun talent, Tara et Liz seraient capables de le lui dire. Certes, Tara serait polie, adorable. Liz ne prendrait pas de pincettes et lui dirait qu'elle était une merde. Puis la douce Tara lui tapoterait la main pendant qu'elle pleurerait.

Elle avait apporté sa guitare, mais l'avait laissée dans le coffre de la voiture, car il y avait tout de même quatre-vingt-dix-huit pour cent de chances qu'elle se dégonfle et n'ose pas monter sur scène pour chanter.

—Ah, j'ai entendu parler de cette boîte! déclara Liz une fois qu'elles eurent franchi la porte après une certaine attente et trouvé une table. C'est la nouvelle coqueluche. Il y a de la super musique live.

— J'ai lu quelque chose dans les pages « Sorties » du journal, confirma Tara. Il y a de très bonnes critiques.

Elle cherchait une serveuse des yeux. Elle enleva son manteau et le posa sur le dossier de sa chaise.

— Ty m'a amenée ici, il y a quelques semaines.

— Ah oui ? Et c'était bien ? demanda Tara.

— C'était génial.

Une des soirées les plus incroyables qu'elle ait jamais passées. Elle espérait seulement trouver à nouveau le courage de chanter devant tout le monde.

La musique commença avec un type barbu, aux faux airs de vagabond. Il avait un style un peu blues qui donna à Jenna des frissons jusqu'au bout de ses orteils au vernis noir et blanc.

— Hallucinant, commenta Liz. Décidément, il ne faut pas se fier aux apparences. Ce gars a l'air d'un clochard…, mais quelle voix !

— Oh oui, il était fabuleux ! renchérit Jenna.

Puis ce fut le tour d'un groupe qui joua deux morceaux de rock. C'était un peu trop fort, mais Jenna aimait bien leur style. Ils ne faisaient pas de reprises, seulement des compositions originales, et ils arrivaient à faire sauter les gens sur la piste de danse.

Le niveau était élevé, ce soir. Pas comme l'autre fois, où il y avait aussi quelques ratages. Jenna ne se sentait pas à la hauteur. Ce n'était peut-être pas le meilleur moment pour faire une deuxième tentative.

— J'adorerais savoir chanter, dit Tara alors qu'un autre groupe commençait à s'installer. C'est un don qui m'éblouit.

— Je suis une vraie casserole, avoua Liz en sirotant son verre de vin. Mais ça ne m'empêche pas de massacrer du Beyoncé sous la douche.

Tara éclata de rire.

— Moi, c'est pareil. Enfin, je ne chante pas vraiment faux, mais je ne pense pas que les chasseurs de talent me courraient après. Et toi, Jenna ? Tu aimes chanter ?

Liz la regardait aussi. Elle comprit que c'était maintenant ou jamais.

— Ben, justement… je chante.

— Tout le monde chante, ma puce, rétorqua Liz. Mais est-ce que tu es douée ?

Elle avait le cœur qui battait la chamade, des sueurs froides et les joues brûlantes d'embarras.

— Ma guitare est dans le coffre de la voiture, réussit-elle à bredouiller.

— Quoi ? Tu as une guitare ?! Je ne savais pas ! s'étrangla Tara, les yeux ronds.

— Arrête tes conneries, dit Liz en se levant. Tu vas chanter, ce soir, pas vrai ?

— J'y ai songé…

— Eh ben, arrête de songer et va chercher ta guitare.

— J'hésite…

— Ne nous fais pas ce coup-là, dit Tara en la poussant. Rapporte cette guitare. Je veux t'écouter.

— D'accord.

L'anxiété céda la place à un mélange d'excitation et de nervosité. Elle se fit tamponner la main afin de pouvoir rentrer à nouveau, puis courut chercher son instrument sur le parking. Elle vit ses deux belles-sœurs discuter sans s'arrêter pendant qu'elle revenait vers la table.

Liz contempla la guitare dans son étui puis leva les yeux vers Jenna.

— Ça fait des années que je te connais, et je ne savais pas que tu chantais.

— Je ne l'avais jamais dit à personne avant, expliqua Jenna avec un haussement d'épaules.

— Pourquoi ?

— Parce que je suis peut-être nulle.

Liz s'appuya contre le dossier de sa chaise, bras croisés.

— Ça, ce sera à nous de juger. Bouge ton joli petit cul et chante-nous quelque chose.

— Il faut que j'attende mon tour, répondit Jenna en riant. Je dois d'abord donner ma carte au DJ.

Elle nota ce qu'elle voulait interpréter et courut déposer le papier près de la scène, puis elle revint s'asseoir, la gorge subitement si sèche qu'elle dut appeler la serveuse pour lui demander une bouteille d'eau.

— En fait, c'est pour ça que tu nous as amenées ici, non ? demanda Liz.

— Peut-être. Je voulais que vous m'entendiez. Si j'avais le courage. Je me suis dit que vous seriez honnêtes et que vous me diriez si j'étais nulle à chier.

— Je suis sûre que ça ne sera pas le cas, la rassura Tara.

— Tu as chanté, quand tu es venue avec Ty ?

— Oui. Une ou deux fois, marmonna-t-elle en regardant ses mains.

— Tiens, tiens… On dirait que notre copine nous a fait des mystères, Tara.

— Je suis abasourdie, répondit Tara. Horrifiée.

— Ça suffit, les filles. Papa et maman ne sont même pas au courant.

— Arrête tes conneries, deuxième édition, s'écria Liz. Tu es sérieuse ?

— Oui. Je n'ai jamais chanté devant personne. Enfin, ce n'est pas vrai. Je chantais, en Europe. Mais depuis j'avais arrêté. Jusqu'à ce que je commence à sortir avec Ty.

Liz jeta un regard à Tara avant de se tourner à nouveau vers Jenna.

— Voyez-vous ça…

— Oui, et ne va pas échafauder des théories là-dessus. Il a trouvé ma guitare et les chansons que j'écris…

— Attends, tu écris en plus ? s'exclama Tara.

— Qu'est-ce que vous nous cachez d'autre, mademoiselle Riley ? demanda Liz. Vous enfilez un costume de super-héroïne, la nuit, pour combattre le crime dans la métropole ?

— Oui, mais seulement entre 3 et 5 heures du matin.

— Mais c'est que tu es marrante, en plus ! commenta Liz en la contemplant, la tête penchée de côté. Je commence à entrevoir de nouvelles facettes de ta personnalité…

— Je crois que tu vas être déçue quand tu découvriras que je suis juste une chanteuse banale, sans cape ni justaucorps.

— Dommage. Ça aurait été une excellente façon de te faire connaître. La Superchanteuse. Ça sonne bien, non ? demanda Liz en faisant un grand geste avec les mains.

Jenna poussa un soupir excédé.

— Quand je pense que ton boulot, c'est d'assurer la promo des joueurs… Je les plains.

— Mick va être jaloux de ne pas avoir de nom de super-héros, pouffa Tara.

— Je ne veux pas que Mick et Gavin soient au courant pour tout ça, déclara Jenna en posant une main sur celle de Tara. J'aimerais juste avoir votre opinion, à vous deux.

— Mais…, commença Tara, les sourcils froncés.

— S'il te plaît…

— D'accord.

Il y eut encore deux autres chanteurs après le groupe, puis le DJ appela Jenna.

— On y est, dit l'intéressée en regardant ses copines.

— Faut que tu mettes le feu, ma belle, l'encouragea Liz.

Jenna avait le cœur au bord des lèvres, mais elle attrapa sa guitare et monta sur scène.

— Salut, Jenna, dit le DJ. C'est cool de te revoir.

Surprise qu'il se souvienne d'elle après tout ce temps, elle hocha la tête et lui adressa un sourire.

— Merci.

— Tu vas chanter une compo, ce soir, je vois.

— Oui, je vais faire un essai.

— Bonne chance, ma vieille.

Prenant son courage à deux mains, elle se dirigea vers le micro, rapprocha le tabouret en métal et se percha sur le bord. Elle faisait de son mieux pour ne pas montrer qu'elle était à deux doigts de la nausée ou de l'évanouissement. Elle parcourut la foule des yeux, à la recherche de Liz et de Tara, qui lui souriaient, applaudissant à tout rompre.

Elle respira un grand coup, se concentra et commença à gratter sa guitare. Elle fut aussitôt happée par la mélodie qu'elle avait écrite. C'était une chanson triste, qui parlait de rupture, de la douleur et de la perte de repères, que l'on ressent quand on s'est cru amoureux et que les choses ont mal tourné, et de la force qui nous permet de continuer à vivre. Elle espérait que, parmi l'assistance, certains se reconnaîtraient.

Elle arrivait toujours à s'abîmer dans la musique, aussi la laissa-t-elle couler de ses doigts et de sa bouche, faisant passer les mots et le sens de son âme dans celle de tous ceux qui avaient un jour connu l'amour et l'avaient perdu.

Quand elle eut fini, elle leva les yeux. Dans le public, personne ne bougea, ne parla, ni ne fit le moindre son.

Oh non, pas ça ! Elle avait fait de la merde !

Puis, subitement, ils se levèrent tous, dans un tonnerre d'applaudissements et de pieds qu'on tapait par terre. Elle en eut les larmes aux yeux. Elle descendit du tabouret, salua et quitta la scène, un sourire aux lèvres.

Le DJ l'arrêta.

— Ah non, ma puce ! Ils en redemandent.

— Tu crois ?

— Et comment ! Chantes-en une autre.

Elle fit demi-tour et reprit sa place, abasourdie par les sifflets enthousiastes et les acclamations alors qu'elle se réinstallait. Cette fois-ci, elle choisit quelque chose de plus joyeux, de plus optimiste, qui parlait du premier amour, au milieu de l'été, quand tout n'est que douceur et innocence, un amour qu'on n'oublie jamais. C'était un morceau sympa, sur lequel on pouvait danser.

Elle récolta autant d'applaudissements que pour la première chanson. Elle ne pouvait s'arrêter de sourire.

— Ils sont tous fous de toi, commenta le DJ. Ne pars surtout pas. Je suis sûr qu'ils auront encore envie de t'entendre pendant la soirée.

— D'accord, dit-elle en riant.

Alors qu'elle retournait vers sa table, les gens la retenaient pour la féliciter ou lui taper dans le dos.

Tara se jeta dans ses bras en hurlant de joie.

— Bordel de merde, tu as été fabuleuse ! Je ne me serais jamais doutée que tu avais un tel talent.

— Merci.

Liz, en revanche, était restée assise, les bras croisés, l'air fâchée.

Ah ! C'était l'instant de vérité.

— Tu n'as pas aimé…

— Tu te fous de ma gueule ? Ce que je veux savoir, c'est pourquoi tu te gaspilles à faire la barmaid alors que tu devrais déjà avoir signé avec une major ?

Jenna but longuement, puis reposa sa bouteille d'eau.

— Ça va, arrête.

— Ah non, pas la peine de me sortir des « Ça va, arrête » ! Tu dois quand même avoir une petite idée du talent que tu as ?

— J'aime chanter et composer, c'est tout, répondit Jenna en haussant les épaules.

— Et moi, je suis agent. C'est mon métier de reconnaître le talent quand je l'ai sous le nez.

— Oui, le talent sportif.

— Le talent tout court, chérie. Et tu en as. Tu as un talent de malade.

— Non, protesta Jenna en secouant la tête.

— Si. Tu dois trouver un agent et signer un contrat, fissa.

— Je ne crois pas.

— Tyler t'a entendue chanter ? demanda Tara. Qu'est-ce qu'il a dit ?

Jenna ne répondit pas tout de suite.

—Jenna, insista Liz, qu'est-ce qu'il a dit ?

—Plus ou moins comme toi.

—Et tu as fait quoi ? Tu n'en as pas écouté un mot ? rétorqua Liz en levant les mains en signe d'agacement.

—J'ai pensé qu'il me disait des choses gentilles parce qu'on couchait ensemble.

—Ce que tu peux être bête ! s'écria Liz, incrédule.

Jenna se tourna vers Tara, qui renchérit :

—Je suis obligée de lui donner raison. Tu es vraiment bête !

—Vous me remontez le moral. Merci.

—Et toi, tu m'énerves un peu plus à chaque seconde qui passe. Pourquoi tu refuses de croire en toi ? demanda Liz.

—Je n'en sais rien.

—Tu as entendu le public ? souligna Tara. Ils t'ont adorée. Je veux dire : ils ont applaudi tout le monde, mais avec toi ça n'était pas pareil. Ils étaient debout, à réclamer un rappel.

Jenna avait du mal à se rendre à l'évidence.

—C'était chouette, dit-elle simplement.

—Tara, parle-lui, toi. Elle me fait tourner chèvre.

—Non, j'ai compris. Vraiment, bredouilla Jenna. Je ne suis pas prête pour… pour tout ça.

—Tu veux dire : pour la célébrité ?

—Je ne suis pas aussi douée que ça…

—Je pense que si, ma puce, dit Tara en posant une main sur celle de Jenna. Liz est de mon avis. Et de toute évidence le public aussi.

— Qui t'a dit que tu étais nulle ? demanda Liz en la dévisageant avec attention.

On pouvait compter sur Liz pour deviner ce genre de choses ! Avec un soupir, Jenna raconta toute l'histoire de ce qui s'était passé en Allemagne.

— Si je résume, un crétin t'a virée d'un groupe il y a dix mille ans, quand tu n'étais qu'une gamine, et tu as laissé ça changer le cours entier de ton existence ? commenta Liz d'un air exaspéré. Franchement ! Je pensais que tu avais plus de tripes que ça !

— J'étais sensible, se défendit-elle avec un haussement d'épaules.

— Arrête tes conneries. Tu as un talent dingue. D'ailleurs, c'est quoi, le nom de ce fameux groupe ?

Jenna le leur donna.

Liz se tourna vers Tara.

— Je n'en ai jamais entendu parler.

— Moi non plus, répliqua Tara en secouant la tête. Ils auraient mieux fait de te garder, ma puce, parce que tu as une voix d'ange. Les gens ont le droit de te découvrir.

Leurs encouragements lui faisaient un bien fou, mais il restait des obstacles. Des tas d'obstacles.

— Je n'ai pas envie d'être connue. Tout ce que je veux, c'est ouvrir un bar bien à moi pour pouvoir chanter.

— Aaaah ! dit Liz.

Merde ! Elle avait laissé échapper son secret. Elle avait révélé ses rêves à quelqu'un d'autre que Ty.

— Qu'est-ce qui t'en empêche ? questionna Tara.

— Je m'occupe du *Riley's*.

— Je ne vois pas en quoi ça t'interdit de monter un deuxième établissement.

Liz faisait comme si tout était simple, alors qu'en réalité cela ne l'était pas.

— C'est compliqué.

— C'est compliqué parce que tu le veux bien ! Si c'est vraiment ce que tu désires, rien ne devrait te retenir.

— Je vais y réfléchir. En attendant, je préférerais que vous ne disiez rien à ma famille.

— Mais pourquoi ? s'offusqua Tara. Tu as un talent fou, Jenna.

— Merci, mais je ne suis pas encore prête à le leur montrer.

Et si les gens continuaient à réagir comme ça, elle ne le serait peut-être jamais.

Ty fut surpris que Liz le contacte. Elle se trouvait à Los Angeles pour le boulot et lui y passait lors de son déplacement, aussi suggéra-t-elle qu'ils se retrouvent pour déjeuner. Il n'était attendu à la patinoire qu'à 16 heures, alors il avait largement le temps de manger et de faire un peu de sport.

Il était logé à Anaheim. Elle vint le chercher à l'hôtel. Comme à son habitude, elle était vêtue d'un impeccable tailleur-pantalon noir, portait des talons extravagants et avait relevé ses cheveux en un chignon dont les volutes tarabiscotées défiaient toute logique. Le chauffeur de sa voiture privée les déposa dans un restaurant branché, au terme d'un assez long trajet. Il supposait qu'elle voulait éviter les hordes d'enfants, forcément nombreuses aussi près de Disneyland.

— Alors, qu'est-ce qui se passe ? demanda-t-il une fois qu'ils eurent commandé.

— Jenna nous a amenées, Tara et moi, dans cette boîte de nuit, l'autre soir, pour qu'on l'écoute chanter.

— Ah oui ? Tant mieux.

Peut-être qu'elle allait enfin sortir de sa coquille.

— Elle a un talent phénoménal.

— C'est vrai, répondit-il avant de boire son verre d'eau.

— Non, mais elle a vraiment une voix incroyable. Elle devrait prendre un agent et faire un disque.

— Est-ce qu'elle en a envie ?

— Elle dit qu'elle veut ouvrir un bar pour chanter et aussi inviter d'autres artistes, un peu comme là où on était.

— OK. Alors, quel est le problème ?

Liz attendit que le serveur ait déposé leurs assiettes de salade devant eux, puis se pencha vers lui.

— Tu l'as entendue chanter, n'est-ce pas ? Elle est bien trop douée pour se gaspiller de la sorte !

Il saisit sa fourchette et attaqua son repas.

— Tu sais ce qui se passe quand tu te mêles de ce qui ne te regarde pas, n'est-ce pas ?

— Dans les dents..., soupira-t-elle en le considérant d'un air fâché. D'accord, Ty, je vois ce que tu veux dire. Mais c'est mon amie, presque ma sœur. Je veux le meilleur pour elle, c'est tout.

— Mais c'est elle la mieux placée pour savoir ce qui est bon pour elle, non ?

— Tu as raison. C'est juste que j'ai été tellement époustouflée par sa voix que j'ai eu l'impression qu'il fallait absolument qu'elle devienne célèbre.

— Je ne crois pas que ce soit ce dont elle a envie. Tout ce qu'elle désire, c'est un endroit à elle, un bar avec de la musique live. Elle ne cherche pas à devenir une star. Elle veut juste chanter.

— Tu te rends bien compte que les choses peuvent se passer différemment. Disons qu'elle ouvre ce fameux bar. Et qu'elle chante. Elle est tellement extraordinaire que le bouche à oreille va fonctionner. Il suffit qu'un chasseur de talents passe par là un soir, et c'est la fin de son désir d'anonymat.

Ty prit le temps de mastiquer avant d'acquiescer.

— Peut-être. À ce moment-là, elle décidera de la vie qu'elle veut. En attendant, ça a déjà été assez difficile de la convaincre de suivre ce rêve, si modeste soit-il.

— Mais pourquoi ?

— Je ne sais pas, Liz. J'ai essayé de comprendre, de la faire parler, mais elle ne me dit rien. Je me demande si elle a peur de l'échec, ou peur du succès…

— Le choix est vaste !

— Oui. Dans un cas comme dans l'autre, j'ai essayé de l'encourager, mais maintenant j'ai décidé de la laisser tranquille.

— Ah non, ne baisse pas les bras ! Elle a besoin de toi. Elle a confiance en toi, en ton jugement. Tu es la première personne pour laquelle elle a chanté. Ça n'est pas rien. Si tu renonces, elle ne fera peut-être jamais rien de ce talent.

Ty prit son verre d'eau et but une grande gorgée avant de répondre.

— Je n'en suis pas sûr. Elle progresse. Regarde, elle vous a amenées à la boîte, Tara et toi, et elle a chanté devant vous. C'est un grand pas en avant.

— Exactement ! Et si tu baisses les bras maintenant, il se peut qu'elle enterre l'idée. Elle a besoin d'encouragement. Il faut que tu insistes.

— Je déteste insister quand les gens ne sont pas partants. Elle m'a bien fait savoir qu'elle voulait que je lui fiche la paix.

— Très bien, soupira Liz. Je te laisse faire ce qui te semble le mieux. J'aime cette fille et je veux le meilleur pour elle, mais je ne me mêlerai plus des affaires des autres.

Avec un grand sourire, Ty lui tapota la main.

— Tout s'est bien fini, dans ton cas…

— C'est vrai, mais j'ai fait du mal à plein de gens dans l'histoire. Et me voilà en train de recommencer ! On dirait que je ne peux pas m'en empêcher.

— On ne peut pas dire que tu te mêles de ce qui ne te regarde pas : tu essaies d'aider Jenna.

— Je voudrais qu'elle ait ce qu'elle désire…

— Moi aussi.

Seulement, il ne savait pas comment s'y prendre. Peut-être que Liz avait raison. Peut-être que Jenna avait besoin qu'on la pousse un peu dans la bonne direction. Il avait eu une idée qui lui semblait intéressante, mais, après leur dernière dispute, il avait décidé de se calmer et de la laisser tranquille avec cette histoire de musique.

Mais tout était différent, maintenant que Liz lui avait révélé que Jenna les avait invitées, Tara et elle, à l'écouter chanter. Elle commençait à confier sa passion aux autres.

C'était peut-être le moment de passer à l'étape suivante, d'ouvrir la porte pour Jenna et de voir si elle voulait la franchir.

Chapitre 24

Il fallut quinze jours à Ty pour mettre son plan à exécution. D'abord, il avait ce satané déplacement, mais au moins ils jouèrent bien et revinrent avec quatre victoires. L'équipe était bien partie pour aller en finale, et il devait se concentrer sur le jeu, et non sur une bonne femme qui le rendait fou.

Cependant, elle n'était jamais bien loin de ses pensées, malgré tous les efforts qu'il faisait pour l'oublier quelque temps. Il ne parvenait pas à se la sortir du crâne.

Il avait passé quelques coups de fil à des connaissances susceptibles de l'aider. Liz lui avait rendu service, car elle avait bien plus de contacts que lui. En rentrant, il avait lancé les opérations. Il lui avait fallu quelques jours et pas mal d'exploration dans la ville, mais ce qu'il avait trouvé lui plaisait. À présent, il ne lui restait plus qu'à présenter le plan à Jenna, et il s'apprêtait à le faire le lendemain.

Mais, avant cela, il devait se concentrer sur le match de ce soir.

Ils affrontaient Nashville, un adversaire de taille, et la compétition pour le titre était féroce. Tyler devait donner le meilleur, car il fallait absolument qu'ils remportent la victoire. À trois rencontres de la fin de saison, ils étaient au coude à coude avec Nashville. Tout allait se jouer dans les prochains matchs. Pour décrocher la coupe, les Ice avaient besoin de deux victoires, et il fallait également que Nashville perde deux fois, à condition, pour commencer, que les Ice sortent gagnants de la compétition de ce soir.

L'entraînement avait été très éprouvant toute la journée, car le coach les avait poussés dans leurs retranchements. Il ne pouvait accepter aucune erreur de leur part, et les joueurs étaient parfaitement d'accord avec cela. Ils étaient allés trop loin, trop près du but, pour échouer maintenant. Ils devaient gagner.

Lorsque l'heure fatidique arriva, Ty se vida la tête et entra sur la glace, ses coéquipiers aussi remontés que lui. Il ne put s'empêcher de tourner la tête vers les sièges, regrettant que Jenna ne soit pas là. Elle n'avait pu se libérer, car son assistant était malade, et, malgré la demande de Ty, elle avait donc dû rester derrière le bar.

C'était sans doute mieux ainsi. Cela lui permettrait d'être plus concentré. L'enjeu était trop important pour laisser quoi que ce soit le distraire. Il descendit sur la glace, le cœur battant la chamade. Il n'avait encore jamais joué contre une équipe de cette importance : c'était la première fois qu'il s'approchait autant de la finale. Mais elle était à présent si proche qu'il croyait déjà sentir le parfum de la victoire…

— Ty ne se doute de rien pour son anniversaire ? demanda Tara en apportant une dernière touche à la décoration des tables.

— Non. Il est tellement anxieux pour la rencontre de ce soir que je pense qu'il a oublié la date !

Mick, occupé à mettre une nappe avec Tara, éclata de rire.

— Plus rien ne compte, quand le match approche. Je serais même étonné qu'il sache comment il s'appelle !

Jenna contempla le salon privé que Tara avait si gentiment proposé de décorer. Il était impossible de fermer le bar – avec les Ice si proches de la finale, les habitués auraient été trop déçus de ne pas pouvoir regarder le match avec leurs amis, et cela aurait été une sacrée perte de chiffre d'affaires. Mais elle avait interdit l'accès à ce salon, afin de préparer la soirée d'anniversaire de Ty.

Il lui avait promis de venir aussitôt le match terminé. Au cas où ils perdraient et où il préférerait rentrer noyer son chagrin tout seul chez lui, elle avait mis Eddie et Victor dans la confidence et les avait chargés de l'amener coûte que coûte. Les garçons, conscients de l'enjeu, avaient même accepté de le retarder suffisamment pour que les autres membres de l'équipe puissent arriver avant lui.

Tout était prêt. Tara avait fait des merveilles. Elle avait rempli la pièce de ballons blancs et bleus, aux couleurs des Ice, et avait repris le thème du hockey dans la déco des tables, parsemées de palets miniatures et de mélangeurs à cocktail en forme de crosse. Jenna avait prévu des quantités de boissons et de nourriture, parce qu'elle savait que les joueurs seraient affamés. Tara avait commandé un gâteau en forme de crosse, qui était très réussi.

Toute la famille Riley allait arriver, de même que les amis de Ty. Une statue de glace en forme de joueur de hockey attendait dans le congélateur. Elle espérait de tout son cœur que l'équipe allait gagner, sinon ce serait un anniversaire franchement sinistre.

Pendant que Tara terminait la déco, Jenna se hâta de retourner s'occuper de ses clients. La saison de base-ball avait commencé, et Gavin était rentré à la maison. Comme il n'avait pas de match ce soir-là, il était venu avec Liz et les parents Riley. Jenna eut tout juste le temps de leur faire un signe de la main quand ils entrèrent : le bar était envahi par les supporteurs, les yeux vissés sur les écrans de télé, commandant bière sur bière comme s'ils n'avaient rien bu depuis une semaine.

Par chance, Jimmy semblait mourir d'envie de passer derrière le comptoir pour aider à servir. Jenna en était ravie. Elle n'allait pas refuser de l'aide. Kathleen disparut dans la cuisine pour aider à gérer les commandes de plats, au grand soulagement de Malcolm qui put ainsi réussir à éviter les retards. Jimmy servait les clients accoudés au bar tandis que Jenna préparait les boissons que les serveuses apportaient aux tables. La caisse allait être pleine à la fin de la soirée, à en juger par le nombre de fois où l'équipe de la salle revenait en courant passer de nouvelles commandes. Si les Ice gagnaient, elle allait devoir appeler des taxis pour raccompagner certains des clients.

Le point positif de toute cette agitation, c'est qu'elle n'avait pas trop le temps de regarder les écrans pour suivre le match. Elle aurait eu envie de le faire, mais elle avait l'estomac complètement noué. Elle savait combien ces dernières rencontres étaient importantes pour l'équipe… et pour Ty. Gagner maintenant et accéder aux qualifications pour la finale étaient primordiaux. Elle devait se contenter des réactions des clients pour deviner comment se déroulait le match, car le niveau sonore était tel qu'elle n'entendait pas les commentateurs.

Quand des acclamations fusèrent, elle prit le temps de lever les yeux. Les Ice avaient marqué deux fois pendant la première période, une fois sur une passe de Ty à Eddie et une fois à la suite d'un tir furtif de Meyers. De leur côté, les joueurs de Nashville avaient envoyé le palet une fois au fond du filet à la faveur d'un pénalty, et les Ice avaient donc entamé le deuxième tiers-temps en menant deux à un.

Jenna était de plus en plus tendue. Le score était trop serré à son goût, et tout pouvait encore arriver… Elle se plongea dans le travail, refusant même de lever la tête lorsqu'un concert de protestations s'éleva.

Nashville avait égalisé pendant la deuxième période.

Merde !

Les choses restèrent en l'état jusqu'à la seconde pause. Il régnait une incroyable nervosité dans le bar, et le niveau sonore était assourdissant, en raison du grand nombre d'occasions que s'étaient créées les deux équipes, sans toutefois concrétiser.

Le jeu était brutal. Chaque côté avait reçu deux autres pénaltys.

— Ton copain a fière allure ce soir, ma chérie, commenta Jimmy alors qu'ils lavaient des verres, épaule contre épaule.

— C'est vrai ? Je n'ai pas tellement eu le temps de regarder.

— Accorde-toi quelques minutes. Je m'occupe de ça.

Elle posa une main sur l'épaule de son père.

— Je ne sais pas si je vais supporter. Je suis complètement sur les nerfs.

— Oui, c'est plutôt serré, concéda son père en riant. Et ces quelques matchs sont vraiment importants. Mais Ty serait déçu que tu ne le voies pas.

Il avait raison. Et, au fond, elle avait envie de regarder. Elle fit une pause et quitta le comptoir pour aller voir ses clients, mais personne n'avait le cœur à bavarder. Toutes les têtes étaient tournées vers les écrans ; aussi, elle s'appuya contre une poutre alors que Victor s'emparait du palet et patinait à la vitesse de l'éclair avant de faire une passe à Eddie qui fut propulsé contre la paroi de verre par un adversaire. Il parvint à rester debout et à faire glisser le palet vers

Ty qui s'en saisit pour foncer vers le but, où il tira, sans succès.

Elle laissa soudain échapper l'air qu'elle retenait et s'aperçut que son cœur battait la chamade. Elle frotta ses mains moites contre son jean.

Allez, les mecs ! Il est temps de marquer.

Le défenseur expédia le disque vers son ailier qui le fit passer au centre de Nashville, qui tira. Le gardien des Ice l'arrêta avec son gant.

Jenna n'allait pas tarder à faire un malaise si elle ne se remettait pas à respirer normalement. Elle souffla un grand coup et se dit qu'elle ferait mieux de ne pas regarder. Mais, juste à ce moment-là, Eddie et Ty firent une échappée en se lançant le palet. Avec Eddie qui assurait ses arrières, Ty tira et envoya le disque de pierre dans le coin gauche du but. Le tableau de score s'illumina, et le bar tout entier résonna de cris de joie. Tout le monde s'était levé et trépignait de bonheur en applaudissant à tout rompre.

Jenna hurla, le poing brandi. Elle courut rejoindre son père derrière le comptoir pour le prendre dans ses bras. Il souriait jusqu'aux oreilles.

— Il a bien joué.

— Oh oui ! répondit-elle, les larmes aux yeux.

— Maintenant, il ne faut plus qu'ils lâchent. L'idéal serait qu'ils mettent un but de plus.

— Oui, ce serait bien, papa.

Kathleen sortit de la cuisine et regarda les six dernières minutes avec eux. C'était encore plus stressant, à présent qu'ils menaient. Jenna avait peur que Nashville remonte au score. Ils se créèrent en effet quelques occasions, mais le gardien ne laissa rien passer. À deux minutes trente de la fin, Meyers marqua encore une fois. Les clients firent un tel raffut qu'on aurait cru un tremblement de terre. Jimmy souleva sa femme pour l'embrasser. Jenna criait de joie en regardant les dernières secondes s'égrener.

Jamais elle n'avait été plus heureuse pour Ty. Il allait avoir une fête d'anniversaire mémorable. Quant à elle, elle allait peut-être enfin parvenir à se détendre.

Deux heures plus tard, elle avait remis le bar en ordre, la plupart des gens étant partis à la fin du match. Elle avait dit aux derniers irréductibles qu'elle allait fermer tôt à cause d'une soirée privée. Avec son père, elle avait réussi sans trop de problèmes à faire sortir les grincheux et ceux qui ne marchaient plus droit. Il valait mieux éviter de casser les pieds à un Riley, si on voulait être autorisé à entrer dans l'établissement la fois suivante.

Les joueurs commencèrent à arriver, et elle les amena au salon privé. Eddie lui avait envoyé un texto pour la prévenir que Victor, Ty et lui seraient là trois quarts d'heure plus tard. La conférence de presse était en train de s'achever, et Victor allait mettre le plus longtemps possible pour se préparer. Jenna éclata de rire en lisant le message, car cela n'était que trop facile à imaginer.

Elle grignota un bâtonnet de carotte trempé dans de la sauce tout en gardant l'œil sur la salle. C'était vraiment dommage que les parents de Ty n'aient pas pu venir, mais elle n'y pouvait rien. Heureusement, le clan Riley était présent, ainsi que les amis et coéquipiers de Ty.

Enfin, Eddie lui signala qu'ils n'étaient plus qu'à cinq minutes de route.

— Il arrive, prévint-elle avant d'aller se poster près de la porte d'entrée qu'elle déverrouilla.

En entrant, Eddie et Victor se dirigèrent vers le salon pendant qu'elle enlaçait Ty pour lui donner un baiser plein de tendresse.

— Félicitations, dit-elle.

— Merci. Il n'y a personne ?

— On est en semaine, tu sais, expliqua-t-elle avec un haussement d'épaules. C'était bondé, plus tôt dans la soirée, mais j'imagine que les gens devaient rentrer. C'était plutôt mort après le match. Mais j'ai à manger dans la salle de billard, si tu veux.

— Ah bon, d'accord !

Elle le prit par la main et le conduisit vers la pièce, puis s'effaça pour le laisser entrer.

Il fit un pas et s'arrêta, les yeux ronds. Les cris de « Surprise ! » et de « Joyeux anniversaire ! » jaillissaient tout autour de lui.

Il se tourna vers elle, rayonnant.

— Tu savais que c'était mon anniversaire…

— Évidemment !

Tout le monde se jeta sur Ty pour l'embrasser, le féliciter et lui taper dans le dos. Jenna dut attendre un certain temps avant de le voir émerger. Mais c'était sa fête, après tout, et elle avait décidé de le laisser en profiter. Elle fit en sorte que chacun ait tout ce qu'il désire pendant que Ty passait la soirée entouré de gens qui l'aimaient.

Elle avait gardé la chaîne sportive allumée, histoire que les joueurs puissent voir des passages du match, et, bien entendu, on ne parla que de cela. Son père, Gavin et Mick étaient attablés avec l'équipe et discutaient hockey, pendant que Jenna, Liz, Tara et Kathleen se mêlaient aux épouses et aux compagnes des joueurs.

Au bout d'un moment, Ty s'arracha à la table des hommes et vint passer un bras autour des épaules de Jenna.

— Je ne savais même pas que tu connaissais la date de mon anniversaire.

— Et toi, est-ce que tu t'étais aperçu que c'était aujourd'hui ?

— Certes, ce n'était pas ma première préoccupation, dit-il en riant, mais quand même j'étais au courant. C'est sûr que je n'avais pas l'intention de faire une grande fête.

— Moi, si.

— Merci, Jenna, chuchota-t-il en lui effleurant la bouche du bout des lèvres.

— De rien, répondit-elle avec un grand sourire.

Il était 2 heures du matin quand les invités commencèrent à faire mine de partir. Tara, Mick, Liz et Gavin restèrent donner un coup de main, mais, ensuite, Jenna les mit tous dehors en leur disant qu'elle allait fermer. Ses parents s'étaient déjà éclipsés. Quant aux joueurs, ils auraient bien continué toute la nuit, mais ils étaient épuisés et avaient un nouveau match le surlendemain. Ils étaient donc rentrés se reposer un peu.

Jenna verrouilla les portes, baissa les volets et se tourna vers Ty.

— Tu as eu un bon anniversaire ?

— Presque parfait.

— Comment ça, presque ?

— Ben oui. Je n'ai pas encore eu mon cadeau, expliqua-t-il en l'attirant dans la salle de jeux.

— Et qu'est-ce que tu avais en tête ? demanda-t-elle avec un sourire coquin.

Il arracha la nappe de l'une des tables et la déploya sur le billard.

— J'ai un fantasme…

— Ah oui ? fit-elle, le ventre en émoi.

— Tu l'as déjà fait ici ? questionna-t-il en passant un doigt le long du meuble.

— Non.

— Tant mieux.

— C'est maintenant que je vais te donner ton cadeau…, susurra-t-elle.

Elle se débarrassa de ses chaussures et ouvrit son jean.

Ty s'approcha d'elle, une lueur de désir dans les yeux.

— Est-ce que tu ne devrais pas être à la maison, en train de te reposer en vue du prochain match ?

— Le repos ne fait pas tout. J'ai aussi besoin d'inspiration.

Il la souleva et la déposa sur la table, puis lui enleva son jean, la laissant en tee-shirt et culotte. Il regarda avec intérêt le tout petit slip en dentelle noire qu'elle portait.

— C'est mignon, commenta-t-il.

— Je l'ai acheté pour ton anniversaire.

Il lui caressa les jambes avant de les écarter et de venir s'installer entre elles. Il glissa les mains sous les fesses de Jenna et la tira vers lui afin qu'elle sente parfaitement son érection.

— Il me plaît beaucoup. Merci. C'est l'inspiration dont j'avais besoin.

Elle tendit la main pour le caresser. Il entrouvrit les lèvres, la respiration soudain laborieuse.

— J'aime quand tu me touches. Ça me fait bander comme un âne.

— J'adore quand tu me parles comme ça. Ça me fait mouiller.

Il lui enleva son tee-shirt et s'arrêta un instant pour contempler le soutien-gorge assorti. Noir également, c'était un push-up qui lui remontait les seins de façon provocante.

— Ça aussi, ça va m'inspirer… Je vais même en rêver cette nuit.

Il passa la main sur la poitrine de Jenna, puis sur son ventre, et se pencha pour embrasser chaque sein.

Enfin, il dégrafa le soutien-gorge et le lui retira, avant de le poser sur une chaise. Il lui frotta les tétons avec son pouce, les regardant durcir.

— Je n'ai pas besoin de préliminaires, ce soir, Ty. Je te veux en moi. Tout de suite.

Il arracha sa chemise, ouvrit son pantalon et le laissa tomber sur le sol avec son boxer. Sa queue se dressait, et Jenna la contempla un instant en se léchant les lèvres, imaginant déjà Ty en train de la prendre sur la table de billard.

— Dépêche-toi, supplia-t-elle.

Il attrapa un préservatif et le lança sur le billard, puis grimpa à son tour sur le meuble et s'allongea sur elle, frottant son corps contre le sien. Elle aimait la sensation de sa peau sur la sienne, la chaleur de son corps qui la recouvrait. Elle l'enserra entre ses jambes, serrant son bassin afin de pouvoir frotter son sexe sur celui de Ty.

Il la fit rouler au-dessus de lui, et elle se redressa, sans cesser d'aller et de venir contre la queue de Ty.

— Hum, tu es trempée ! soupira-t-il.

Elle frissonna en l'entendant. Il l'attira vers lui et prit un de ses mamelons dans sa bouche, le titillant de la langue avant de le mordiller. Elle gémit en sentant la douleur mêlée de plaisir, qui lui procurait chaque fois d'intenses frissons. Elle enfonça les ongles dans ses épaules et poussa son sein vers la bouche de Ty dans un paroxysme de désir.

Il attrapa ses hanches et la fit aller et venir contre sa queue. Transpercée de volupté, elle était sur le point de jouir. Elle posa les pieds fermement sur le dessus de la table et frotta son clitoris sur le sexe de Ty, se mordant les lèvres tant les sensations étaient puissantes. Elle se pencha pour pouvoir contempler le visage de son amant au moment où l'orgasme déferlait en elle.

Il l'attrapa doucement par le cou et l'embrassa, étouffant ses cris avec ses lèvres et sa langue, tandis que les vagues successives de volupté l'étourdissaient. Elle l'entendit déballer le préservatif et s'écarta de lui juste le temps qu'il l'enfile, puis elle revint au-dessus de lui et le fit entrer en elle, toujours secouée par des frissons de plaisir.

Elle resta immobile un moment, sentant leurs corps s'ajuster l'un à l'autre alors qu'il lui caressait les tétons. C'était toujours le même émerveillement quand il la pénétrait de découvrir à quel point ils étaient bien ensemble. Il s'accrochait à elle tandis qu'elle montait et descendait sur sa queue, puis se frottait lentement sur lui pour le rendre fou. Ty serrait les mâchoires, n'en pouvant plus.

Dans cette position, c'était elle qui avait le pouvoir. Le fait qu'il la laisse faire en disait long sur lui. Elle lui caressa la joue, la lèvre inférieure. Il attrapa le doigt de Jenna et le prit dans sa bouche. Il se mit à le sucer. Elle redescendit lentement sur sa queue et vint se presser contre lui. Il grogna de plaisir et de frustration mêlés.

— Jenna, tu vas me tuer…

— Je sais…

Il la souleva et la tint au-dessus de lui, regagnant le contrôle de ses mouvements afin d'aller et de venir en elle. Finalement, il la fit rouler sur le billard et revint au-dessus d'elle, reprenant la situation en main. Elle se laissa faire. Elle lui faisait confiance pour l'amener au paroxysme du plaisir. Il lui écarta les jambes et vint placer ses hanches au-dessus des siennes, leurs corps ne faisant plus qu'un. Il entra si profondément en elle qu'elle jouit aussitôt, dans un orgasme soudain qui la traversa jusqu'aux orteils. Elle se raidit, puis frissonna. Le plaisir de Jenna le fit jouir instantanément.

— Oh non ! soupira-t-il en la serrant brutalement entre ses doigts.

Il trembla et gémit, l'attirant vers lui pour l'embrasser avec tant de passion qu'elle en eut le souffle coupé.

Ils retombèrent côte à côte sur le meuble. Ty s'allongea sur le flanc et la tint contre lui pour lui caresser le dos et les cheveux.

S'ils ne s'étaient pas trouvés sur le billard, dans le bar, elle se serait endormie aussitôt.

— Merde ! dit-il. Ce n'est pas le meilleur des lits.

Elle éclata de rire.

Ils se levèrent, s'habillèrent et rentrèrent chez Jenna. Une fois arrivés, ils enlevèrent leurs vêtements et se couchèrent.

Jenna aimait la façon possessive qu'avait Ty de la serrer contre lui et de la tenir dans ses bras toute la nuit.

— C'était mon plus bel anniversaire. Merci, dit-il en l'embrassant.

Elle sourit en se blottissant tout contre lui.

— De rien.

Elle avait les mots sur le bout de la langue, les mots qu'elle n'avait jamais dits à un homme. Mais elle ne pouvait les prononcer, parce que lui ne les avait pas encore dits et qu'elle ne savait pas ce qu'il ressentait.

Tu es trop lâche !

C'était indéniable.

Mais elle ignorait toujours si ce qu'elle éprouvait était réel, ou si c'était seulement l'illusion de la passion. Alors, elle ne dit rien et se laissa doucement sombrer dans le sommeil.

Chapitre 25

Ty avait tout prévu. Après le match qu'ils avaient par bonheur remporté, il annonça à Jenna qu'il avait une surprise pour elle. Sa voix était tout excitée au téléphone, et cela le réjouit.

Il espérait qu'elle serait aussi enthousiaste que lui. Ce serait un nouveau départ pour l'un comme pour l'autre. Il était terriblement anxieux, car il n'avait jamais imaginé franchir cette étape avec une femme. Mais Jenna n'était pas n'importe qui.

Elle était la femme de sa vie. Il le savait, il le ressentait dans chacune de ses cellules, et jamais dans sa vie il n'avait eu une telle certitude. Le jeu en valait la chandelle.

Elle était venue assister à la rencontre, et sa présence avait tout changé pour lui. Après tout, elle détestait le sport et avait juré de ne jamais sortir avec un joueur professionnel. Si elle avait pu accepter le risque de transformer à ce point sa façon de penser, il le pouvait également.

Il respira un grand coup, espérant de toutes ses forces que tout se passerait bien.

Il lui avait donné l'adresse. Il s'était garé juste devant et, lorsqu'elle arriva, il l'attendait. Elle sortit de sa voiture, vêtue d'une robe, de collants et de ses bottes à talons aiguilles, qui ne manquaient jamais de le faire bander. Elle boutonna son manteau et courut vers lui pour l'embrasser.

— C'est quoi, la surprise ? s'enquit-elle en levant les yeux vers le bâtiment.

— Tu vas voir.

Il avait demandé le code d'entrée à l'agent immobilier, histoire de pouvoir visiter avec Jenna en tête à tête.

Il ouvrit donc la porte, alluma les lumières et la fit entrer.

— C'était un bar-restaurant. Il a fermé il y a six mois. Il remplit exactement tes critères de situation et de surface.

— Je ne comprends pas, dit-elle en le regardant d'un air interrogateur.

— Tu pourrais démolir le comptoir qui est ici. Mettre là, au milieu, la scène que tu voulais. Il y a déjà une cuisine, elle est super. Viens, je vais te montrer.

— Attends. De quoi tu parles ? demanda-t-elle en l'attrapant par le poignet.

— De ton nouvel établissement.

— Quel nouvel établissement ?

— Celui que tu veux ouvrir. Pour la musique. Mais, si celui-ci ne te plaît pas, j'en ai deux autres à te faire visiter.

— Tu as… tu as cherché des locaux pour un bar ?

Un grand sourire aux lèvres, il mit les mains dans ses poches.

— Oui. Tu ne trouves pas que l'espace est génial, ici ? Je dois avouer que c'est l'un de ceux que je préfère, mais les autres sont bien aussi. Attends de voir la cuisine. Et l'électricité est tip-top.

— Non, dit-elle, le visage soudain fermé.

— Quoi ?

— Non.

— Ça ne te plaît pas ? Ce n'est pas grave. On n'a qu'à aller voir les suivants.

— J'ai dit non. Point final.

— Pourquoi ? bredouilla-t-il, l'estomac noué.

— Je ne suis pas d'accord, Ty. Si j'avais voulu ouvrir un bar, je serais allée moi-même visiter des locaux.

— J'ai compris. Tu ne veux pas que je t'aide, rétorqua-t-il, vexé.

— Je ne veux pas ouvrir de bar. Arrête d'insister.

— C'est ça. Il ne faudrait surtout pas que tu avances dans la vie.

— Qu'est-ce que tu sous-entends, exactement ? s'écria-t-elle, une lueur belliqueuse dans les yeux.

— Rien d'autre que ce que j'ai dit. Je voulais t'aider, te montrer de chouettes endroits pour que tu fasses ce pas en avant, que tu essaies de réaliser ton rêve.

— Je trouve que tu accordes un peu trop de foi à tes suppositions.

— Vraiment ? Ça fait des mois qu'on en parle ! Tu sais très bien que c'est ce dont tu rêves.

— Si c'est le cas – et j'ai bien dit « si » – alors c'est à moi de m'en occuper. Je n'ai pas besoin de ton aide. Je n'ai pas besoin de toi, tout court.

Il s'était trompé. Sur elle, sur tout. Après tout ce temps passé à vouloir l'aider, à la pousser à rechercher le bonheur, elle lui renvoyait ça dans la figure. Il avait préparé tant de choses, croyant que…

Voilà ce qui arrive quand on imagine que les autres pensent comme vous.

— Tu sais quoi, Jenna ? Tu as raison. Tu n'as pas besoin de moi. Tu n'as besoin de personne. Et c'est comme ça depuis le début.

— Exactement, répliqua-t-elle d'un ton cinglant. Je n'ai pas besoin que quelqu'un – toi ou un autre – me pousse alors que je ne suis pas prête. J'en ai ras le bol que tout le monde insiste et ne me parle que de ça. Arrête, c'est tout. J'aime ma vie comme elle est. Fous-moi la paix.

Elle avait les yeux pleins de larmes et, de toute évidence, elle était effrayée, au point qu'il avait envie de la prendre dans ses bras. Mais la colère qu'il éprouvait était plus forte que sa compassion.

— Tu ne dis que des conneries. Tu détestes la vie que tu mènes, tu as horreur d'être coincée derrière ce putain de comptoir, mais tu as trop peur pour changer quoi que ce soit ! Tu avais peur de sortir avec moi, de tomber amoureuse de moi. Et tu sais quoi ? Moi aussi, j'avais peur. Tu as rencontré mes parents. Tu connais leur histoire, tu sais qu'ils ont divorcé. La dernière chose que j'aurais voulue, c'était de tomber amoureux.

Mais tu sais quoi ? C'est arrivé quand même. Je suis tombé amoureux de toi.

Elle avait les yeux ronds, mais il fit comme s'il ne s'en était pas aperçu.

— Et tu sais ce qui arrive quand on est amoureux ? reprit-il. On a envie d'aider cette personne. On veut qu'elle grandisse. On veut ce qu'il y a de mieux pour elle.

» Depuis le début, tu me maintiens à distance parce que tu as peur. Eh ben, moi, j'en ai marre de devoir tout le temps faire attention à ne pas te brusquer. Tu as gagné. Je jette l'éponge.

Il tourna les talons, se dirigea vers la porte et l'ouvrit.

— La fermeture est automatique, tu n'auras qu'à claquer la porte en partant.

Il tira le battant derrière lui et disparut.

Jenna resta plantée dans le bâtiment, les yeux rivés sur les fils qui pendaient, la poussière et tous les vestiges de ce qui avait été autrefois un établissement florissant, et dont il ne restait qu'une coquille vide.

Une coquille vide, c'est aussi comme ça qu'elle se sentait en entendant la voiture de Ty démarrer et s'éloigner.

Une coquille vide, détruite comme cet immeuble.

Il l'aimait. Il avait fait tout cela pour elle, ces recherches, ces visites, et elle le lui avait jeté à la figure, avec sarcasme, comme si cela ne comptait pas pour elle.

Il était si content… C'était ça, la surprise.

Et elle l'avait laissé partir, parce qu'elle avait peur. Peur de prendre le risque d'avoir la carrière qu'elle voulait vraiment, peur de tendre la main pour avoir l'amour dont elle avait toujours rêvé.

Elle avait laissé passer sa chance.

Elle ravala ses larmes. Elle n'avait pas le droit de s'apitoyer sur son sort. La détresse qu'elle ressentait était entièrement sa faute.

Elle fit demi-tour et ressortit du bâtiment.

Ty cogna sa crosse sur le banc des pénalités.

Un risque de commotion cérébrale, mon cul! Le défenseur s'était mis en travers de son chemin, et il s'était battu pour le palet. Son adversaire était tombé comme une quille, alors que Ty n'avait rien fait qui sorte de l'ordinaire. Le gars, étendu sur la glace en cet instant, l'avait bien cherché. Ces cinq minutes d'exclusion étaient une vraie saloperie. Fou de rage, il se jura de jouer encore plus brutalement pendant les deux périodes restantes.

À la fin du premier tiers-temps, il rentra dans le vestiaire. Après le discours habituel pour motiver l'équipe, l'entraîneur le prit à part.

— Est-ce que tu as quelque chose à me dire, Anderson ?

— Non. J'essaie de gagner, c'est tout.

— On ne gagne pas en assommant les adversaires. Tout ce qu'on récolte, dans ces cas-là, c'est cinq minutes de suspension. Tu as déjà reçu deux pénalités en une seule période !

— Je me bats pour l'équipe.

— Pour l'équipe, tu veux me faire croire ça ? Tu joues complètement solo ! Manifestement, tu es de mauvais poil. Alors remets-toi les idées en place et montre ton meilleur jeu, ou je serai obligé de te remplacer. Et si jamais ça t'arrive pendant l'un des matchs les plus importants de la saison, il y aura des conséquences que tu ne vas pas aimer.

L'entraîneur s'éloigna. Ty laissa retomber sa tête en avant et respira un grand coup.

Merde ! Il n'avait pas l'esprit au sport. Il était en colère, et cela affectait son jeu. Il fallait qu'il se contrôle.

Eddie entra et vint s'asseoir près de lui.

— Écoute, mec, je sais que tu as la pression… C'est notre cas à tous. Mais quoi qui se passe dans ta tête en ce moment, que ça ait ou non à voir avec le hockey, ça perturbe ton jeu et ça met toute l'équipe en danger.

Ty ne répondit pas. Il n'y avait rien à dire. Eddie avait raison. Il était en train de faire du tort à l'équipe.

Victor vint lui poser une main sur l'épaule.

— On est avec toi. Si tu as un problème, tu peux nous en parler.

— C'est vrai, renchérit Eddie. Mais, si c'est personnel, laisse ça au vestiaire, et quand tu es sur la glace, concentre-toi sur le match. Tu ne peux pas te venger sur l'équipe adverse : on a besoin de toi pour gagner la qualification. Plus qu'un match, et on y est !

— J'ai compris, dit Ty.

— Alors, allons leur botter les fesses ! s'écria Victor. Mais pas trop fort, OK ?

— OK. Très bien, répondit Ty en riant.

Eddie se leva.

— Parfait. Allons décrocher cette victoire. Et, quand on sera qualifiés, on ira se bourrer la gueule.

— Ça me va ! acquiesça Tyler.

Jenna s'occupait du bar tout en regardant les Ice remporter leur qualification. Elle n'avait pu s'empêcher de grimacer lorsque Tyler avait récolté une pénalité de cinq minutes, car elle savait que c'était d'elle qu'il se vengeait sur le joueur adverse.

Mais, après la première période, il avait joué fair-play, et ils avaient dominé le match, marquant trois buts et décrochant la qualification. Le bar était bondé, et les commandes de boissons et de plats allaient bon train. La fête après la victoire avait été incroyable. Jenna avait même offert une tournée générale de champagne, au grand plaisir de ses clients. S'activer au comptoir lui permettait de se changer les idées, et de ne pas repenser à son comportement lamentable de la veille.

Après le départ de Ty, elle était rentrée chez elle et avait pleuré jusqu'à avoir le nez rouge et les yeux bouffis, puis elle s'était débarbouillée et mise au lit, sans toutefois trouver le sommeil. Finalement, elle avait passé une nuit blanche, résistant au désir de courir dans la chambre d'amis pour écrire une chanson, quelque chose de déchirant sur l'amour perdu.

Elle avait tout de même fini par noter les paroles, parce qu'elles lui emplissaient la tête – ou l'âme – et qu'il fallait qu'elle les laisse sortir. Elle savait qu'elle ne dormirait pas tant qu'elle ne les aurait pas écrites et qu'elle n'aurait pas pris sa guitare pour chanter quelques-unes des chansons qu'elle avait composées sur les peines de cœur. Des morceaux qui dataient d'avant qu'elle soit vraiment amoureuse, d'avant qu'elle perde quelqu'un à qui elle tenait vraiment. Alors que les larmes ruisselaient sur ses joues, elle comprit combien elle avait menti dans ses chansons et combien elle avait manqué de passion dans son travail. Ce n'était que maintenant qu'elle sentait les paroles la déchirer, qu'elle ressentait la douleur de la perte, comme jamais auparavant. À présent, elle savait ce que signifiait souffrir – et faire souffrir quelqu'un.

Tout ce qu'elle voulait, c'était chanter et écrire, rester enfermée dans sa chambre et ne rien faire d'autre que coucher les mots sur le papier et composer des mélodies pour les accompagner. Mais elle était coincée dans ce putain de bar, prisonnière de ses propres actions.

Prisonnière de sa peur.

Et seule comme cela n'était pas permis.

Elle sortit son téléphone de sa poche et grimaça en voyant comme il était tard. Mais elle savait que, si la situation avait été inverse, elle aurait tout laissé tomber pour Tara, quelle que soit l'heure. Alors elle composa son numéro de portable. Tara décrocha à la deuxième sonnerie.

— Jenna ? Y a un problème ?

— Non, tout va bien. Je t'ai réveillée ?

— Oui. Mais ce n'est pas grave. Est-ce que c'est ton père qui… ?

— Non, non, il est en pleine forme. Je suis au boulot, mais j'ai besoin de te parler. Est-ce que je peux passer chez toi ? Je sais qu'il est très tard, alors tu peux me dire non.

— Bien sûr que tu peux venir. Je vais préparer un café.

— Merci.

Elle annonça à son assistant qu'elle partait et qu'il devrait fermer. Cela ne lui posait pas de problème, puisqu'il faisait la fermeture lors des jours de congé de Jenna. Elle se rendit chez Mick et Tara. Ils avaient acheté une nouvelle maison dans la campagne, et il lui fallut vingt bonnes minutes pour arriver. C'était un lotissement clos avec d'énormes villas entourées de gigantesques jardins.

Jenna se gara dans l'allée. Tara l'attendait sur le pas de la porte. Elle avait enfilé un pantalon de fitness et un haut de survêtement.

— Le café est prêt, dit-elle en conduisant Jenna dans la cuisine.

Elles s'assirent à la table, dans un coin. Jenna gardait les yeux rivés sur sa tasse.

— Qu'est-ce qui ne va pas ?

Elle raconta à Tara ce qui s'était passé avec Ty, ce qu'elle lui avait dit avant qu'il la quitte.

Tara, buvant son café à petites gorgées, hocha la tête.

— Je sais ce que c'est, de fuir l'amour. Je suis bien placée… J'ai fait de mon mieux pour ne pas céder à mon attirance pour Mick, et j'ai bien failli le perdre.

— Ce n'est pas pareil. Ty et moi, on n'est pas d'accord, sur certains points. Je crois qu'on ne désire pas les mêmes choses.

— Ma puce, je t'aime comme une sœur, mais tu viens de dire une connerie plus grosse que toi, protesta Tara en riant.

Jenna la dévisagea, les yeux ronds.

— Je n'ai jamais vu deux personnes plus amoureuses l'une de l'autre… ou plus entêtées ! Et je déteste l'idée que vous vous sépariez parce que vous avez peur.

— Tu veux dire : parce que j'ai peur ?

— Oui.

Jenna courba l'échine.

— J'ai peur de tout… Peur d'aimer, peur du changement, peur de l'échec…

— Est-ce que je peux te poser une question ? demanda Tara en se resservant de café et de crème, qu'elle additionna de sucre. Est-ce que le métier de Ty est aussi important pour toi qu'il l'était au début de votre relation ? Si je me rappelle bien, c'était inimaginable que tu sortes avec un sportif…

— Ah oui, ça ! Non, j'ai complètement enterré cette histoire.

— Pourquoi, à ton avis ? interrogea Tara, appuyée contre son dossier, sa tasse à la main.

Jenna réfléchit quelques secondes avant de répondre.

— Sûrement que ce n'était pas important, même au début. C'était juste une façon de maintenir les mecs à distance, une bonne excuse. Après tout, je ne connais pas tellement de garçons qui ne sont pas sportifs, pros ou amateurs. C'était un super moyen d'éviter de tomber amoureuse…

— Mais, avec Tyler, ce facteur ne fait plus partie de l'équation, n'est-ce pas ?

— Oui. Ça n'avait plus d'importance, parce que je le voyais comme il était.

— Et aussi parce que tu aimes le sport…

— C'est vrai ! convint Jenna en riant. Et tu le savais depuis le début, vilaine !

— Évidemment, que je le savais, rétorqua Tara d'un air sagace.

— Ça fait partie de moi, depuis toujours. Certes, j'ai pris des cours de danse, mais c'était juste pour faire plaisir à maman. J'ai toujours adoré le sport. J'appréciais les parties de basket avec Mick, Gavin et papa, dans le jardin. J'aime regarder les matchs à la télé.

— Alors c'est quoi, le problème ?

— Le problème, depuis le début, c'est le bar. C'est l'obstacle que j'essaie de franchir… Et Tyler était le seul à le savoir, il a tout de suite compris que j'étais frustrée et il a essayé de m'aider à m'en sortir. Mais moi, j'avais trop peur de tenter le coup, d'essayer d'obtenir ce que je voulais.

Tara resta silencieuse.

Jenna se prit la tête entre les mains.

— J'ai fait une erreur tellement énorme... Je lui ai dit des choses horribles, alors qu'il essayait seulement de m'aider. Il m'a donné la lune, et je la lui ai renvoyée à la gueule en lui disant de sortir de ma vie. Qu'est-ce que je vais faire, maintenant ?

— Eh bien, je peux t'assurer d'après mon expérience qu'il n'est jamais trop tard pour reconquérir celui qu'on aime. Mais il va falloir que tu acceptes de prendre des risques, Jenna, de te mettre en danger, et peut-être d'échouer.

Jenna essaya de boire une gorgée de café, mais elle avait les mains qui tremblaient tellement qu'elle jugea plus prudent de reposer la tasse.

— Je l'aime. Et tu as raison. Il est temps d'arrêter de me cacher dans la sécurité du connu. Je dois cesser d'avoir peur.

Elle se leva pour aller prendre Tara dans ses bras.

— Merci d'être là pour moi, d'être mon amie et ma sœur. Je ne pourrais rien faire sans toi.

Tara s'écarta.

— Si, tu pourrais. C'est justement ce que tu dois te mettre dans le crâne. Tu peux y arriver par toi-même. Il suffit que tu fonces, en acceptant la possibilité de l'échec.

Jenna repartit, armée de la certitude que tout allait changer dans sa vie.

Chapitre 26

Pour Jenna, le premier pas sur le chemin du changement, c'était d'affronter ses parents. Elle invita Gavin et Mick aussi, ainsi que Tara et Liz pour la soutenir.

— J'espère que tu ne vas pas nous annoncer que tu es enceinte ? grommela Gavin. Parce que j'apprécie vraiment Ty, et je ne voudrais pas avoir à lui casser la gueule.

— Je ne suis pas enceinte, assura Jenna en riant. Et j'ai déjà donné assez de coups à Ty. Je ne pense pas qu'il ait besoin qu'un autre membre de la famille s'y mette aussi.

— Qu'est-ce que tu entends par là ? demanda son père, les sourcils froncés.

— Rien. Je vous en parlerai plus tard. Pour le moment, il y a quelque chose que je dois vous révéler, à tous.

— Elle est lesbienne ? chuchota Mick à Tara. Elle va nous faire son coming out, là ?

Tara lui flanqua un coup de coude dans les côtes.

— Tais-toi !

— Jenna n'est pas lesbienne. Je m'en serais aperçue, commenta Kathleen.

Jenna poussa un soupir exaspéré et attendit que les gens veuillent bien arrêter de parler d'elle.

— N'allez pas vous étonner que je ne vous dise jamais rien !

— Vas-y, ma puce, la pressa sa mère. On est avec toi à cent pour cent.

Jenna respira un grand coup.

— OK. Je reviens tout de suite.

— J'ai un match dans six heures, Jenna, protesta Gavin.

Elle alla chercher sa guitare en courant.

— Une guitare ? Pour quoi faire ? demanda Mick.

— Tais-toi ! siffla Tara une nouvelle fois.

Jenna sortit l'instrument de son étui, puis s'assit dans le salon et se mit à jouer, pensant que cela vaudrait toutes les explications du monde. Elle interpréta l'une des chansons qu'elle venait de composer, déversant toutes ses émotions à propos de la perte de l'être aimé, des erreurs que l'on fait lorsqu'on ne veut pas reconnaître ses sentiments. Elle dévoila entièrement son âme et laissa le champ libre à sa propre voix. Pour une fois, elle ne se demandait pas ce que les autres pensaient : elle était trop remuée par tout ce qu'elle avait perdu, par la peine qu'elle avait causée à quelqu'un qu'elle aimait. Lorsqu'elle eut fini, elle leva les yeux vers les visages stupéfaits de sa famille et sourit, ravalant ses larmes.

— Putain de bordel de merde ! finit par bredouiller Mick. D'où tu sors cette voix ?

Sa mère quitta son fauteuil d'un bond et courut vers elle. Elle lui prit le visage dans ses mains.

— Ma fille chérie. Tu as un don fabuleux, soupira-t-elle en lui embrassant la joue. Et dire que tu m'as demandé des cours de chant quand tu étais petite. Je pensais que ce n'était qu'une tocade. J'étais loin de me douter…

Jenna vit les larmes monter aux yeux de sa mère.

— Je suis désolée, Jenna. Je ne savais pas. Pourquoi tu ne nous as rien dit ?

— Ce n'est pas grave, maman, répondit-elle en essuyant les pleurs maternels.

— Mais si, c'est grave. Je ne me pardonnerai jamais de ne pas t'avoir donné ce dont tu avais besoin à l'époque.

— Oh, maman ! C'est fini, je t'assure, dit-elle en la prenant dans ses bras.

Gavin s'approcha pour enlacer Jenna à son tour.

— Jen, tu es une star. Je savais qu'un jour tu nous éblouirais.

Quant à son père, il se contentait de rester assis, le visage ruisselant de larmes silencieuses.

— C'était quoi, cette chanson ? demanda sa mère.

— Je l'ai écrite moi-même.

— Elle compose beaucoup, ajouta Liz.

Jenna regarda son père, qui ne lui répondit que par un signe de tête, perplexe.

— Papa ?

— Mon bébé…, je n'aurais jamais imaginé…

Il éclata en sanglots. Jenna posa sa guitare pour s'approcher de lui et l'enlacer.

— Papa, ne pleure pas…

— Tu as la voix d'un ange. Je suis tellement fier de toi ! Mais ta mère a raison. On aurait dû faire plus attention à toi, à tes besoins. On ne t'a jamais payé ces cours de chant…

— Elle voulait prendre des leçons ? s'étonna Gavin.

— Oui, avoua Kathleen en s'essuyant les joues. Quand elle était petite.

— Alors, tu as ça en toi depuis des années, et tu ne nous en as jamais parlé ? s'offusqua Mick.

Jenna secoua la tête.

— Tu es trop bête ! assena Gavin. La seule façon d'obtenir ce qu'on désire, c'est de harceler les gens. Tu sais comment ça marche dans cette famille. C'est celui qui crie le plus fort qui gagne.

— Oui, je comprends à présent.

— Qu'est-ce qu'on peut faire pour t'aider dans cette voie ? demanda sa mère.

Elle prit une grande inspiration et regarda ses parents en face.

— Je voudrais ouvrir un deuxième *Riley's*. Un club où les gens viendraient faire de la musique. Et je chanterais, moi aussi.

— Un autre bar… ? dit son père, songeur.

— Oui. J'ai fait tous les calculs, et on peut se le permettre. Mais ça signifie que je ne m'occuperai plus du premier *Riley's*. J'aimerais gérer le nouvel établissement.

— Fonce, déclara sa mère. Ta place est dans un endroit où tu pourras mettre en pratique le talent que Dieu t'a donné.

— Depuis combien de temps tu rêves de faire ça ? voulut savoir son père.

— Depuis… toujours.

— Mais pourquoi tu n'as rien dit avant ?

— Parce que le *Riley's*, c'était ton rêve… Après ta crise cardiaque, je tenais à ce qu'il continue à tourner.

— Ooh, ma petite fille !

Il fit de la place dans son fauteuil pour qu'elle puisse se blottir contre lui, puis lui prit le menton entre ses doigts comme quand elle était enfant.

— Tu ne dois pas vivre les rêves des gens pour eux. Ce n'est pas à toi de réaliser mon rêve. Je peux le faire moi-même. Je dois avouer que je suis devenu un peu paresseux, que je me suis laissé aller, à force de traîner à la maison avec ta maman. Et savoir que le *Riley's* était entre tes mains m'a rendu les choses encore plus faciles. Mais je t'en veux de ne pas nous avoir dit plus tôt ce que tu désirais et d'avoir gaspillé cet incroyable talent aussi longtemps.

— Ce n'est pas votre faute. C'est la mienne. J'aurais dû vous en parler. J'avais peur d'échouer, de ne pas être assez douée.

— Alors ça, il n'y a pas de risque ! protesta sa mère en riant.

— Elle est même assez douée pour faire des disques, à mon avis, commenta Liz.

— Peut-être, dit l'intéressée. Ou peut-être pas. Tout ce que je veux pour le moment, c'est un bar où les musiciens pourront faire leurs premiers pas. Ça exaucerait mon rêve. Pour le reste… on verra plus tard.

Sa mère la fit lever et lui prit les mains.

— Tout ce qu'on a toujours voulu pour nos enfants, c'est qu'ils vivent leurs rêves et qu'ils soient heureux. Nous serions ravis que tu ouvres un deuxième établissement. Nous t'aiderons.

C'était comme si le monde venait de s'offrir à elle, lui promettant des possibilités infinies. Elle enlaça et embrassa chacun des membres de sa famille, l'un après l'autre.

— Merci. Vous n'imaginez pas combien votre soutien me touche. Mais, pour commencer, je dois aller retrouver l'homme que j'aime et voir si je peux réparer les dégâts que j'ai causés. Je crains de l'avoir perdu pour toujours.

Jenna avait demandé à Liz de lui réserver des places pour le match du soir même. Elle aurait pu choisir des fauteuils dans la loge, mais elle voulait être au premier rang, au plus près de l'action. Elle voulait que Tyler sache qu'elle était avec lui.

— On se gèle les miches sur ces sièges, tu sais, grommela Liz. On pourrait être dans une loge chauffée, et consommer tout ce qu'on veut à l'œil.

— Tu n'es qu'une vieille râleuse. C'est toi qui nous avais réservé ces places, la dernière fois, au cas où tu aurais oublié.

— Certes. Mais j'avais de bonnes raisons. Aujourd'hui, je ne vois pas pourquoi on devrait se les cailler.

— Ce que tu peux être chiante! Je me demande comment mon frère te supporte.

— Crois-moi, c'est uniquement par amour pour toi que j'accepte de rester ici. Quant à ton frère, il est fou de moi, du bout de mes orteils savamment ornés de vernis jusqu'au sommet de ma chevelure à la rousseur éclatante et néanmoins naturelle.

— Arrête ton char…

— Dire que je ne voulais pas passer trop de temps en famille… Après tout, j'ai fait de mon mieux pour m'éloigner de la mienne. Mais vous, les Riley, vous êtes plutôt pas mal.

— Tu m'adores et tu le sais très bien.

— C'est vrai. Absolument.

La porte s'ouvrit, et les joueurs commencèrent à sortir. Jenna resta comme pétrifiée. Elle ne savait pas si elle devait ou non chercher Ty des yeux. Elle avait plutôt envie de rentrer sous terre…

Liz lui donna un coup de coude.

— Ce n'est plus le moment de te conduire comme une froussarde, ma belle. Comporte-toi en adulte et montre à ton homme que tu es là pour lui.

Elle avait raison. Jenna se tourna vers les joueurs, et, lorsque Ty passa, il la vit aussitôt.

Il fronça les sourcils avant de se détourner pour rejoindre le banc.

Et qu'avait-elle le droit d'attendre ? Qu'il lui adresse un sourire éblouissant et lève les pouces en signe de joie ? Elle était là pour le soutenir, pas l'inverse, alors elle applaudit et cria pour saluer l'équipe qui descendait sur la glace pour s'échauffer.

Lorsque la rencontre débuta, Jenna se crispa, incapable de se détendre. Le jeu était serré, le suspense insoutenable. Les Ice et Denver se comportaient comme si c'était leur dernier match. Les pénalités pleuvaient, mais, cette fois, Ty n'était pas concerné. Il s'arrangeait pour ne pas commettre de fautes, bien qu'il se fasse bousculer à plusieurs reprises. En le voyant projeté sur la vitre juste devant elle, elle eut du mal à résister au désir de se lever pour aller frapper le type qui venait de lui faire ça. Mais Ty restait focalisé sur le palet, et, lorsqu'il marqua, elle hurla à s'en casser la voix.

À la fin de la deuxième période, les Ice menaient de deux points, et Jenna avait mal aux mâchoires à force de les serrer. Les défenseurs avaient fait de l'excellent boulot, empêchant Denver de rentrer le moindre but.

Ty ne lui avait accordé aucune attention. Il ne l'avait pas regardée une seule fois. Non qu'elle se soit attendue à ce qu'il le fasse. Elle voulait qu'il reste concentré sur le jeu, pas qu'il pense à elle. Elle désirait plus que tout une victoire des Ice.

Celle-ci ne manqua pas d'arriver. Denver était littéralement écrasé. Jenna et Liz, comme l'ensemble du public, poussèrent des acclamations et s'enlacèrent. Elles attendirent que les gradins se vident avant d'aller guetter Ty à la sortie des vestiaires.

— Il est vraiment en colère, soupira Jenna en se rongeant un ongle. Ça m'étonnerait qu'il accepte de me parler…

— Il faudra bien que tu fasses le premier pas. C'est le moment où jamais.

La conférence de presse dura assez longtemps. Jenna faisait les cent pas et essayait de se changer les idées en bavardant avec les femmes de joueurs. Renee lui avait envoyé un texto pour lui demander d'embrasser Eddie pour elle, car elle travaillait au bar ce soir-là et ne pouvait assister au match. Les choses étaient devenues sérieuses entre eux, et Jenna en était vraiment heureuse. Ils formaient un couple charmant. Quand Eddie émergea du vestiaire, elle s'approcha pour le féliciter et lui transmettre le message de Renee.

— Je vais au *Riley's* directement, répondit-il avec un grand sourire. J'espère que Malcolm s'est retroussé les manches !

— Tu sais bien que oui, dit Jenna en riant. Et je vous offre la première tournée. J'ai prévenu mon assistant.

Eddie lui fit une bise.

— Tu es super, Jenna.

Eddie décampa avec Victor dès que celui-ci fut prêt. Les joueurs sortaient les uns après les autres, rendant Jenna de plus en plus anxieuse, car Ty ne donnait pas signe de vie.

— Il s'est faufilé par une autre porte. Il m'évite.

— Il n'y a qu'une seule porte, fit remarquer Liz, exaspérée. Regarde : le voilà.

Ah, merde ! Il arrivait, et, tout à coup, Jenna ne savait plus quoi lui dire. Par chance, Liz la devança et le prit dans ses bras.

— C'est une excellente chose que tu aies remporté la victoire ce soir. J'ai des contrats publicitaires en vue, et plus vous allez loin dans les qualifications, plus j'aurai de possibilités de te faire gagner de l'argent.

— Ah oui, tu sais bien que je n'ai que ça à l'esprit quand je suis sur la glace, n'est-ce pas ?

— Mais oui, je n'en doute pas, répliqua-t-elle avec un clin d'œil amusé. Bon, je vous laisse. Il faut que je parle au grand chef.

Liz s'éclipsa, abandonnant Jenna en tête à tête avec Ty qui la regardait froidement.

La balle était dans son camp.

— Vous avez fait un match superbe.

— Merci. J'étais surpris que tu sois là.

— C'est vrai ? Je ne vois pas pourquoi. Je voulais vous soutenir, l'équipe et toi.

— Ah !

— Et aussi… j'avais envie de te parler seul à seul.

— Je crois qu'on s'est déjà tout dit, Jenna. Il n'y a pas grand-chose dont on peut discuter. Je suis fatigué, je sors d'un gros match.

— Je comprends. C'est vrai qu'on a tous les deux dit pas mal de trucs l'autre soir, mais il faut qu'on parle. J'ai des choses à te dire.

— Ah bon, tu ne m'as pas déjà tout dit ? s'exclama-t-il d'un air sarcastique.

— OK, j'ai mal agi. Mais ce n'est pas ce que tu crois.

— Très bien. Je t'écoute.

— Pas ici. Viens avec moi.

— Je ne pense pas que ce soit une bonne idée.

— Ty, je t'en prie, supplia-t-elle en lui mettant une main sur le bras. Je sais que tu ne me dois rien, après la façon dont je me suis comportée l'autre fois. Mais si tu acceptais de m'accorder une heure…

Elle espérait qu'il ne lui tiendrait pas rigueur des dernières phrases qu'elle lui avait assenées et qu'il lui donnerait une deuxième chance.

— D'accord. Tu as une heure. Je vais prendre mes affaires dans mon casier et voir mon entraîneur quelques minutes. Je viendrai chez toi quand j'aurai fini.

— Merci.

Elle partit et aperçut Liz qui bavardait avec le propriétaire du club. Elle attendit que la conversation prenne fin.

— Comment ça s'est passé ? questionna Liz alors qu'elles se dirigeaient vers le parking.

— Il est en colère. Ça se voit. Mais il a accepté de m'accorder une heure.

— C'est parce qu'il t'aime.

— Tu crois ? demanda Jenna, le cœur serré. Il avait une voix si dure…, glaciale.

Elles montèrent en voiture et attachèrent leurs ceintures. Liz démarra à sa manière fantasque, comme toujours, mais elle lança un regard à sa passagère.

— Ma puce, tu l'as blessé, et les mecs n'aiment pas trop ça. Ils ravalent leurs émotions au plus profond d'eux-mêmes pour se protéger. Ils ont beaucoup de points communs avec nous, même s'ils ne veulent pas le reconnaître.

— Tu as sans doute raison, convint Jenna en riant.

— Bien sûr que j'ai raison. Ils veulent nous faire croire qu'ils ne ressentent pas la douleur, qu'ils sont de vrais durs à cuire. C'est peut-être exact sur le plan physique, mais, pour ce qui est des émotions, ils sont aussi vulnérables que nous. Surtout quand ils tiennent à quelqu'un.

— Je l'ai blessé. J'en suis consciente. Et je dois réparer ça.

Liz lui pressa la main.

— Alors, fais-le. Récupère ton homme. Je le veux en pleine forme pour la finale.

Liz la déposa devant chez elle. Jenna se prépara en toute hâte, folle d'inquiétude.

En entendant Tyler se garer devant son appartement, elle courut à sa rencontre. Il sortit de la voiture, mais elle avait déjà ses clés à la main.

— Qu'est-ce qui se passe ? demanda-t-il, les sourcils froncés.

— Il faut qu'on aille quelque part.

— Pourquoi ?

— Parce que je veux te montrer quelque chose.

— Je n'ai pas le temps, Jenna.

En réalité, il voulait dire qu'il n'avait pas envie, tout simplement. Elle devait le convaincre. Ça allait passer… ou casser.

— Prends-le, le temps. Je t'en prie. Ce ne sera pas long.

— D'accord, répondit-il d'un ton maussade.

Ils se mirent en route dans la voiture de Jenna. Le silence était angoissant, mais elle savait qu'il ne servait à rien de parler de la pluie et du beau temps ; aussi, elle en profita pour peaufiner ce qu'elle voulait lui dire. Elle se repassa la scène dans la tête un certain nombre de fois, et, lorsqu'ils arrivèrent à destination, il lui sembla qu'elle était prête.

— Mais qu'est-ce que c'est que ce bordel… ?

Elle ne s'était pas préparée à cette réaction de Ty. Elle sortit de la voiture et tapa le code que lui avait communiqué l'agent immobilier la veille par téléphone. Exactement comme Ty l'avait fait, elle avait demandé un peu d'intimité pour visiter le bâtiment. Elle lui avait dit qu'elle était l'associée de Ty et qu'elle voulait revoir les locaux. C'était un mensonge, bien sûr, mais cela avait marché. Elle entra, espérant qu'il éprouverait suffisamment de curiosité pour la suivre. Si ce n'était pas le cas – s'il restait dans la voiture – sa tentative de réconciliation tomberait à l'eau.

Malheureusement, elle n'avait pas d'autre idée pour le reconquérir. Elle aurait sans doute mieux fait de prévoir une solution de secours…

Arrivée dans l'espace principal, elle se tint au centre, un sourire aux lèvres alors que des possibilités d'aménagement lui venaient à l'esprit. Elle avait pris des notes, commencé à dessiner des plans, mais rien de tout cela n'aurait de sens si Ty n'était pas avec elle.

— Pourquoi est-ce que tu m'as amené ici ?

Elle se tourna vers lui, le cœur si affolé qu'elle était assourdie par le bruit de son pouls battant à ses oreilles. Elle respira un grand coup, essayant de se calmer, et se lança.

Elle fit un pas vers lui, puis s'arrêta.

— J'aime cet endroit. Il est parfaitement bien situé, la surface correspond exactement à ce que je recherche, et il est dans mes prix. Tu as l'œil. J'aime l'image que tu te fais du bar.

Il ne répondit pas. Il n'était pas décidé à lui faciliter la tâche. Elle ne le méritait pas. Pas après les paroles terribles qu'elle avait prononcées, lorsqu'elle lui avait renvoyé sa merveilleuse surprise en pleine gueule.

— Je préférerais installer la scène de ce côté, cela dit. Comme les fenêtres sont juste de l'autre côté, ça laisserait entrer davantage de lumière en été, et on pourrait abattre les murs pour faire un patio.

Il ne disait toujours rien. Il avait les mains tellement enfoncées dans les poches de son manteau qu'elle était surprise qu'il ne les ait pas transpercées.

— Mais je ne veux pas faire ça toute seule.

Elle ravala ses larmes avant de reprendre d'une voix tremblante.

— J'ai longtemps cru que j'étais forte, indépendante, que je pouvais tout faire comme une grande. Mais il semblerait que je ne sois pas aussi vaillante que ce que je pensais et, depuis que je t'ai rencontré, je déteste la solitude.

Elle attendit, les jambes si flageolantes qu'elle avait peur de s'écrouler sur le sol.

— Tu n'as pas besoin de le faire seule, finit-il par dire. Depuis le début, tu n'avais aucune raison de le faire seule. Tu n'as jamais été seule, depuis qu'on se connaît. Pas une seule seconde.

Elle sentit ses larmes déborder brusquement et ruisseler sur ses joues. Elle hocha la tête et fit un nouveau pas vers lui.

— Je comprends. Maintenant, je comprends. Mais j'avais peur.

— Oui, je sais.

— J'ai chanté devant mes parents et mes frères.

Il s'avança vers elle d'un pas. Un seul pas, qui la fit vibrer d'espoir.

— Comment ça s'est passé ?

— Ils ont adoré ma voix. Je leur ai annoncé que je voulais ouvrir un deuxième établissement, pour la musique, et que je ne voulais plus m'occuper du bar sportif.

— Qu'est-ce qu'ils ont dit ?

— Que j'aurais dû leur parler de mes rêves depuis des années. Tu avais raison. Tout ce que j'avais à faire, c'était de prendre mon courage à deux mains.

— Rien ne résiste à ceux qui croient en eux-mêmes.

— J'ai peur, Ty. Tu avais raison. J'ai peur de l'échec.

Il s'approcha d'elle, tout près.

— C'est normal d'avoir peur de l'échec. C'est le cas de tout le monde, et ceux qui prétendent le contraire disent des conneries. Mais ce n'est pas parce qu'on a peur qu'on ne doit pas tenter sa chance.

Elle posa ses mains sur la poitrine de Ty. Elle sentait les battements de son cœur, et cela lui donna le courage qui lui manquait.

— Je n'ai jamais voulu sortir avec un joueur de hockey, mais Dieu m'est témoin que je suis tombée amoureuse de l'un deux, et je ne le quitterai jamais, quelle que soit la terreur que m'inspire l'amour.

De son pouce il sécha les larmes de Jenna.

— Moi aussi, j'ai peur, chérie. Pourtant, il n'y a pas grand-chose qui puisse m'effrayer. Une seule, en fait.

— Laquelle ? demanda-t-elle en reniflant.

— L'idée de vivre sans toi.

Elle éclata en sanglots et se jeta dans ses bras. Il la serra contre lui, très fort. Il lui embrassait les cheveux et lui frottait le dos pendant qu'elle pleurait.

— Je t'aime, Jenna.

À ces mots, ses larmes redoublèrent.

— Moi aussi, je t'aime. Je suis désolée, si tu savais comme je suis désolée…

Elle s'écarta afin qu'il puisse voir son visage.

— Je suis désolée pour tout ce que j'ai dit. À partir d'aujourd'hui, je veux que tu me bottes les fesses quand j'en ai besoin. Je veux que tu restes à mes côtés, et finalement non, je ne veux pas faire ça sans toi. J'ai besoin de toi auprès de moi, à chaque instant. Sans toi, je ne serais jamais allée aussi loin, je n'aurais jamais eu le courage de me rendre dans ce bar pour chanter. Chaque pas que j'ai fait, je l'ai fait grâce à toi, parce que tu m'as poussée à dépasser mes peurs. Et je n'en suis que plus amoureuse de toi. J'espère vraiment que tu me pardonneras.

Il embrassa les larmes sur les joues de Jenna, puis lui effleura la bouche du bout des lèvres.

— L'amour, c'est ça, ma chérie : le pardon. J'ai vu mes parents commettre de nombreuses erreurs dans leur mariage, et je suis bien décidé à ne jamais les reproduire dans le mien.

— Quoi ? fit-elle, déboussolée.

— Quand je t'ai amenée ici, la première fois, j'avais l'intention de te montrer les locaux et, si ça t'avait plu, j'allais t'annoncer que j'avais versé un acompte dessus. Je pensais acheter le bâtiment.

— Quoi ? répéta-t-elle.

— Je veux t'épouser, Jenna. Et le mariage, c'est un partenariat. Ça veut dire qu'on est liés pour le meilleur et pour le pire. Je compte te pousser à être la meilleure chanteuse que tu puisses être, à aller au bout de tes rêves. Et toi, tu devras me pousser à être le meilleur hockeyeur que je puisse être. Parfois, on se disputera, mais on ne laissera jamais tomber.

Elle porta la main à ses lèvres.

— Tu… tu es en train de me demander en mariage…

— Oui. Je ne t'ai pas acheté de bague, parce que dans un partenariat chacun doit avoir ce qu'il veut vraiment.

Je ne suis pas prétentieux au point de croire que je peux choisir pour toi. On ira ensemble à la bijouterie.

Oui, il la connaissait. Il la connaissait vraiment bien.

— Je voudrais un anneau tout simple. Très fin, avec des diamants tout autour.

— Tout ce que tu voudras. Est-ce que ça signifie que tu acceptes ?

Elle acquiesça, incapable de retenir ses torrents de larmes.

— Oui. Oh oui ! Je t'aime. Bien sûr que je veux t'épouser. Mais toi, tu es certain de vouloir me supporter ?

— Jusqu'à ce que la mort nous sépare, répondit-il en riant. Et je le pense vraiment, Jenna. Je me suis éloigné une fois, parce que j'étais blessé, en colère, et que j'avais besoin de prendre du recul, mais je n'avais absolument pas l'intention de te quitter. Je ne suis pas comme mes parents, je ne renonce pas aussi facilement. Je m'engage à tes côtés pour toujours.

Elle hocha la tête.

— Moi aussi. Je me battrai pour toi – pour nous – quelles que soient les circonstances. Nous, les Riley, on n'abandonne jamais.

Tyler n'aurait jamais cru que l'amour pouvait prendre cette forme – cet irrépressible besoin de protection, ce désir tellement puissant de l'autre qu'on se mettait à sa merci. Mais il savait également qu'il ne s'éloignerait jamais de Jenna. Si elle n'était pas revenue vers lui, il serait allé vers elle quelques jours plus tard pour lui dire qu'il n'avait pas renoncé à elle.

Il n'avait jamais renoncé à elle.

À présent, tout ce qu'il souhaitait, c'était de lui prouver son amour.

Il la tenait contre lui pendant qu'elle terminait de pleurer tout son soûl.

Elle fouilla dans son sac, puis se moucha.

— On a déjà vu des fiancées plus jolies, non ? demanda-t-elle en riant. J'ai le nez rouge et ruisselant, et les yeux bouffis comme une créature de film d'horreur.

Il la contempla : elle était magnifique.

— Tu as raison. Je ferais sans doute mieux de changer d'avis.

Elle lui donna une tape sur le bras.

— Ne fais pas le malin. Tu verras cette tête, en plus chiffonnée, tous les matins au réveil, jusqu'à la fin de ta vie.

— Je n'étais pas prévenu que tu pouvais ressembler à ça.

— Mais arrête, tu n'es pas drôle !

— Mais si, au contraire. C'est pour ça que tu m'aimes, dit-il en l'attirant vers lui pour l'embrasser.

Elle le serra dans ses bras, blottie contre lui.

— C'est vrai. Tu sais toujours me faire rire.

— Je sais seulement te faire rire ?

— Non, beaucoup d'autres choses aussi…

Il regarda tout autour de lui, imaginant l'avenir, les futurs aménagements.

— Tu sais : maintenant que tu as décidé que l'endroit te convenait, il faudrait qu'on l'inaugure officiellement.

— De quelle façon ? s'enquit-elle en levant la tête vers lui.

— Tu le sais très bien…

Il enleva son manteau et l'étala sur le comptoir.

— J'ai toujours rêvé de te prendre sur le bar.

— Un de ces jours, il faudrait qu'on le fasse d'une façon un peu plus classique, comme un vieux couple.

— Je ne vois pas l'intérêt, dit-il en se tournant vers elle, une main tendue.

— Tu as raison. On se rabattra sur le lit quand on sera vieux, avec des articulations qui craquent.

— Ça m'étonnerait ! protesta-t-il en riant.

— Quoi ? Qu'on ait un jour les articulations qui craquent ?

Il lui enleva son manteau et lui caressa les bras.

— Non. Qu'on le fasse dans le lit, même à cet âge-là.

Il l'embrassa, et elle poussa un soupir de plaisir.

Il ressentait la même chose qu'elle.

La vie était à nouveau parfaite, parce que Jenna était de retour dans ses bras. Il la caressa partout, voulant sentir chaque partie de son corps, comme s'ils avaient été séparés pendant des années, et non quelques jours.

Elle lui avait manqué. Son absence avait creusé une sorte de vide dans son existence, un néant qu'il espérait ne plus jamais éprouver.

Partagé entre le désir de prendre son temps et son impatience à entrer en elle, il lui embrassa le cou, respirant son parfum, puis lui donna de petits coups de langue. Il aimait la sentir frissonner à son contact. Elle s'accrocha à ses épaules et se laissa aller contre lui, abandonnée. Il lui enleva son pull oversize et déposa des baisers sur ses clavicules et la naissance de ses seins.

Puis il la souleva dans ses bras pour la jucher sur le comptoir.

— Quand on aura fini les travaux, dit-il, je t'installerai de la même façon sur le bar tout neuf et je te ferai l'amour. Et aussi sur la scène.

Elle lui sourit et, d'un geste de la main, repoussa les cheveux qui lui tombaient sur les yeux. Il fit descendre la fermeture Éclair de son jean, le tira jusqu'à ses chevilles et se mit à lui caresser les jambes, dont il aimait le toucher soyeux. Ses mains calleuses et balafrées formaient un contraste saisissant avec la douceur du corps de Jenna. Elle ne semblait pas gênée par la rugosité de ses doigts, au contraire. Surtout quand il arriva à hauteur de son sexe, à travers sa culotte.

Elle soupira et se cambra vers lui, enfonçant les doigts dans le manteau sur lequel elle était assise. Il se servait de la barrière de soie que formait le sous-vêtement pour l'exciter encore plus. Elle était déjà folle de désir, et cela le faisait bander comme un cerf.

Il finit tout de même par lui baisser sa culotte et poser la bouche sur elle. Elle gémit et s'appuya sur le bar pour se presser contre le visage de Ty.

L'un des traits de caractère qu'il aimait le plus chez Jenna était la joie totale qu'elle prenait à faire l'amour. Elle n'avait aucune inhibition et elle jouissait facilement. Il adorait lui procurer des orgasmes, regarder son visage lorsqu'elle s'abandonnait totalement au plaisir.

Il lui caressa le clitoris du bout de la langue, joua un peu avec le piercing, puis referma les lèvres sur le tendre mamelon pour le sucer. Il pénétra Jenna avec sa langue. Il avait du mal à résister au désir de se déshabiller pour la prendre tout de suite.

Mais il continua à lui donner du plaisir avec sa bouche, jusqu'à ce qu'elle se torde de volupté, prête à jouir. Alors il appuya doucement sur son clitoris. Elle cria et se laissa aller contre lui dans une joie suprême. Il lui accorda le temps de se remettre tranquillement. Il lui embrassait les cuisses et le ventre pendant que les derniers frissons s'estompaient. Puis il monta sur l'un des tabourets de bar et ouvrit sa braguette.

Il acheva de lui enlever sa culotte et la fourra dans sa poche, avant de se mettre en quête d'un préservatif. Elle lui attrapa la main, l'arrêtant dans son geste.

— Non. Plus de capotes. Il n'y aura personne d'autre que toi et moi, pour toujours.

— Tu es sûre ?

— Oui. Je veux te sentir en moi.

Il frémit de désir à la pensée de son contact chaud et humide autour de lui. Cette nuit-là, à Chicago, avait été merveilleuse.

— Moi aussi, j'en ai envie. J'ai envie de ne sentir que toi, rien que toi, sur ma bite.

— Fais-moi l'amour…

Il la souleva pour l'installer sur ses genoux. Elle l'enfourcha, et il regarda sa queue entrer en elle. Elle posa les pieds sur les barreaux du tabouret et commença un mouvement de va-et-vient.

— Oh, ma chérie, c'est tellement bon !

Il passa les doigts dans ses cheveux et attira sa tête vers lui pour l'embrasser avec passion. Il allait et venait avec sa langue dans sa bouche comme avec sa queue dans son sexe, à grands coups déterminés.

Elle gémissait contre ses lèvres, lui pétrissant les épaules et le chevauchant avec ardeur. Ty grognait de plaisir en la sentant se frotter contre lui.

Il avait des frissons jusque dans les testicules à la pensée de jouir en elle.

Il la repoussa un peu pour pouvoir contempler ses yeux d'un bleu profond. Éperdue de volupté, elle avait les paupières à demi baissées. Il sentait son sexe se serrer autour du sien.

Elle accéléra le mouvement, avec une vigueur croissante. Il savait que l'orgasme approchait.

— Je veux te voir jouir, Jenna, murmura-t-il en lui léchant le lobe de l'oreille.

Il lui agrippa les fesses et la plaqua contre son ventre afin d'appuyer sur son clitoris.

— Oh, Ty, oui, ça va me faire jouir !

Il sut qu'elle était prête lorsqu'elle lui planta les ongles dans les épaules. Alors il la pénétra encore plus profondément, d'un grand coup de reins, et la maintint dans cette position alors que des spasmes de plaisir la secouaient. Il sentait les frissons de l'orgasme de Jenna autour de sa queue. Elle se convulsait littéralement sous l'effet de la volupté.

Il la rejoignit aussitôt dans l'extase, et sentit sa semence jaillir avec une force et une abondance aussi intenses que le plaisir qu'il éprouvait.

Cela avait été extrême. C'était toujours comme ça avec Jenna, et, à présent qu'il la tenait à nouveau dans ses bras, il avait l'impression que le monde tournait à nouveau rond et que tout ce qui n'allait pas avait été réparé. Il lui avait manqué quelque chose depuis le soir où il l'avait quittée. Il s'était efforcé de ne pas y penser, parce qu'il devait se concentrer sur le hockey, mais il n'avait en réalité de pensées que pour Jenna.

Le boulot, ça restait le boulot, mais sa priorité serait toujours la femme qu'il aimait et avec laquelle il avait décidé de faire sa vie. À présent qu'elle était à nouveau tout contre lui, qu'il pouvait humer cette fragrance unique qui la caractérisait, il prenait conscience qu'il ne serait jamais complet sans elle. C'était ça, l'amour. Depuis toujours, il s'était demandé ce qui définissait l'amour et il venait de trouver la réponse. Lui qui n'avait jamais cherché, ni même désiré, l'amour, l'avait tout de même rencontré.

Il la souleva pour la reposer sur le comptoir.

— Ton manteau ! dit-elle.

— Ne t'inquiète pas. Je veux te regarder. Tu es toute rose, de la tête aux pieds, et ça te va bien.

Il la lécha méticuleusement sur une ligne imaginaire qui partait de son sexe et allait vers une hanche.

— Qu'est-ce que tu fais ? demanda-t-elle avec un petit rire ravi.

— Je crois qu'ici c'est l'endroit idéal.

— L'endroit idéal pour quoi ?

— Pour ton prochain tatouage. J'imagine très bien les lettres.

— Des lettres ? Qui écrivent quoi ?

— Mon prénom, bien sûr. Juste à côté de l'endroit que je préfère en toi.

Elle attendit quelques secondes avant de répondre.

— D'accord.

— C'est vrai ? demanda-t-il en levant la tête vers elle.

— Bien sûr. À condition que tu te fasses tatouer « Jenna » sur le bras.

— C'est comme si c'était fait. Prends rendez-vous avec ton tatoueur la semaine prochaine. J'ai hâte de porter ton prénom.

— C'est vrai ? Tu le ferais ?

Il se leva.

— Jenna, je vais t'épouser. Quand j'ai promis de t'aimer toujours, ce n'était pas une parole en l'air.

Elle se pencha vers lui, l'enlaça et l'embrassa, puis observa son visage avec attention.

— Un tatouage, ça ne disparaît jamais.

— Mes sentiments non plus.

Elle vit sur ses traits qu'il disait la vérité et poussa un soupir.

Tout ça, c'était pour de vrai. Ty, le nouveau bar, sa nouvelle vie.

Affronter ses peurs lui avait apporté les plus magnifiques récompenses, et la plus importante de toutes était cet homme merveilleux.

Elle avait mis ses projets de côté pendant trop longtemps. Mais à présent, grâce à Ty, à son amour et à beaucoup de courage, tous ses rêves se réalisaient.

The Fell Types are digitally reproduced by Igino Marini.
www.iginomarini.com

Achevé d'imprimer en avril 2014
Par CPI Brodard & Taupin - La Flèche (France)
N° d'impression : 3004609
Dépôt légal : mai 2014
Imprimé en France
81121204-1